# 夜想 Yaso #山尾悠子

Yuko Yamao

# yaso 特集#山尾悠子

contents●

## chronological table



## 地霊と言霊



## はじまりの頃



カバー写真｜沢渡朔 cover photo｜Hajime Sawatari

## エッセイ



## photo



## 評論|PART 1

## 評論｜PART 2



## 人形の縁(えにし)

写真提供｜山尾悠子

# 特集｜山尾悠子

## special feature | Yuko Yamao

# 金井美恵子　入子話

Kanai Mieko

批評家の中村光夫は、小説『わが性の白書』（一九六三）を書いていることを打明けると、大岡昇平には「五十すぎてそんなことを思ひついたのは、少しどうかしてゐる。」と言われ、小林秀雄には、そこまで書けば、もう一番恥しいところは乗りこえたね、と言われたと書いていますが、若くして小説を書きはじめたタイプの作者と小説を書くことが批評を書くことよりも遅い出発となったタイプの作者とを比べてみると、若い時分に小説を書きはじめてしまう者（いわゆる怖い物知らず、とそれを言うのかもしれませんが、山尾悠子の場合は、怖い物好きのあまり、でしょう）にとっては小説を書くことの「一番恥しいところ」と言われても、まるでピンと来るところがありません。

　そういったことを口にする小林秀雄的存在にとっては、おそらく、小説的な文章を書くことの恥しさは描写ではなかったかと考えるのですが、私にとって読むことが恥しい文章があるとしたら、道頓堀を歩いていると不意に内面に響いてくるモーツァルトの音楽について書かれたようなタイプのものですが、それはさておき、鏡花の道中記的随筆「深川浅景」に書かれた一挿話中に颯爽と登場する美少女の溌剌とした姿に山尾さんの処女作をもっての登場を見たように思ったことから『飛ぶ孔雀』文庫版解説を書きはじめたのでしたが、この解説を書くということ自体が、そもそも泉鏡花に結ばれた縁（結ばれつつ広く開かれた「本」の世界を介して）によるのでした。

　何年か前、あれは新版の全集の出版の宣伝のためだったのか、神奈川近代文学館で谷崎潤一郎の回顧展があり、展示品の中の拡大された一葉の写真を見て、ああ、あの時の、と思い出したのが、鏡花の「深川浅景」の一挿話なのでしたが、その時はよもや、この紀行文風エッセイの中で山尾悠子の登場を思わせる少女に出あっていたとは思いもよらなかったのですが、展示されていた写真に写っていたのは、大正九年、大震災前の深川での、『葛飾砂子』の撮影見物に誘われた際の鏡花と谷崎が猪牙《ちょき》舟に乗っているところを橋の上から撮ったものです。

　和服に二重回しの外套を着た二人の前にはお重のようなものが置かれ、当然、お酒もおかれています。大活映画の顧問だった谷崎に誘われて『葛飾砂子』の女主人公菊枝を演じる「その女優……否《いや》、撮影を見に出掛け」たのだったが「八幡様の門前の一寸《ちょっと》したカフェーで落合《おちあ》」い、谷崎は「かきのフライを、おかわりつき」で食べ、鏡花は、川岸につけられた水の上で揺れる舟にひょいいと身軽に飛んで乗り込むことが出来ずに難儀するのですが、この難儀があってこそ、「後姿《うしろすがた》のままで、ポンと飛んで」蓮葉《はすは》な娘が「軽く船の上へ」に落り立つ姿の美しさが水際立つわけです。

　この軽やかな娘《しんぞ》の登場が山尾悠子を思わせることについては、すでに『飛ぶ孔雀』文庫版の解説に書いたのでしたが、山尾さんの小説の出おくれた読者になる以前、古本屋の端本《はほん》を七百円で買った『日本の芸談（全八巻）』の六巻目の映画巻におさめられた内田吐夢の「映画監督五十年」に谷崎の『葛飾砂子』撮影時のことを読んだのを思い出しました。

　菊枝役の上山珊瑚（映画草創期のハリウッドで活躍した俳優上山草人の義妹）が橋之助の形見の小袖を橋の上から水に落すシーンの撮影現場で、見物の群衆整理が助監督だった内田吐夢の仕事でしたが、日本橋の方から客を二人乗せた一艘の猪牙がやって来たので、「邪魔だッ！」と怒鳴ったところ、その舟に乗っていたのが「オイ、あれは谷崎先生と泉先生」だと同僚の井上金太郎に教えられます。

「見れば、舟の中には緋毛氈が敷いてあり、重箱をまん中に銚子が二本、口には半紙のおひねり」がしてあり「鏡花先生は、含んだ盃を伏せられて、お重の蓋をほんのわずか開いて、覗きこむように、まるで鰻の穴づりでもするような手つきで玉子焼をつまみ出された（人間という者は妙なことを覚えているものである）。」井上金太郎は「鏡花先生はケッペキだと聞いていたが……うーん」と感嘆の声を上げた、と内田吐夢はつづけます。

　谷崎展で見たのは、まさしくこの時の写真（大活関係者が撮ったものでしょう）だったのですが、同じ情景を語っているにもかかわらず、小説家と映画監督（後に『人生劇場』『宮本武蔵』『飢餓海峡』などで知られる）の違いが見事にあらわれていて、おかしいのですが、もう一人の登場人物で、鏡花と吐夢の両者が

**金井美恵子**［かない・みえこ］KANAI Mieko

1947年、高崎市生まれ。小説家。67年、「愛の生活」でデビュー。68年、現代詩手帖賞受賞。小説、エッセイ、評論など幅広い執筆活動で知られる。著書に『プラトン的恋愛』(泉鏡花文学賞受賞)、『タマや』(女流文学賞受賞)、『噂の娘』、『お勝手太平記』、『「スタア誕生」』など。山尾悠子『飛ぶ孔雀』(文春文庫)に解説を寄稿。

書いている谷崎潤一郎の、この深川ロケについて書かれた文章が見あたりません。もちろん私が見落しているのかもしれませんが。

そして、この短文に「入子話」というタイトルを付けた理由《わけ》は、岡山生れ（山尾さんも岡山生れなのです）内田吐夢の半生記に登場する「家庭料理の展示会とでも言うか、有名な「岡山ずし」」について書かれた文章を、『飛ぶ孔雀』を読んでいて思い出したからかもしれません。火力の弱くなった空間で作られる低温調理の料理のさり気なくしかし充実した描写が、作りおいて冷たいものを食べる「岡山ずし」のはなやかさを思いおこすものだったせいかもしれません。すし作りの名人であった母親の作るすしが「菓子とともに」父親の自慢の種で、その贅沢な両方の品を春と秋に親類縁者に配るというのですが、『飛ぶ孔雀』の「岩牡蠣、低温調理」の章に登場する料理の数々を読んでいると、おのずから、岡山の「祭ずし」とも呼ばれる色とりどりの海の幸を飾った豪華な「箱」が思い出されるのでした。岡山に行くとおいしいおすし屋に連れて行ってくれる伴淳三郎に顔の似ている（多分、変人の）叔父さんのはなしを吉行淳之介に聞いたことがあったのですが、それはまた別のはなしでした。

ところで、私の手もとには、四冊の小村雪岱の愛らしく美しい絵をふんだんに使用した装釘の『澁澤龍彦泉鏡花セレクション』があります。澁澤がセレクトして、解説を書くことなく逝った鏡花作品の解説を山尾悠子が書くという魅力的な企画の中に、残念なことに深川ものの『葛飾砂子』は入っていないのですが、しかし、この選集の鏡花の小説の読み方は、いかにも贅沢な楽しみを与えてくれます。

金沢での第四十六回泉鏡花賞授賞式で、はじめてお会いした山尾さんの第一印象は、色の白い上品な奥様のような方――私の生活にはあまり縁のないタイプ――でしたが、受賞記念スピーチでの鏡花作品についての語りがはじまるやいなや、彼女の小説の世界の空間と鏡花の世界の空間が、作中のイメージを通底して広がり、舟の上に舞いおりる少女の姿が眼前に結ばれるのでした。受賞式の会場は、自ずから鏡花の作中空間に変るのでした。

小説を読むという（それも鏡花のようなたくらみと奥行があって、かつうねうねと複雑にして、しかもすっきりとあかぬけて単純な）快楽は、それこそ入れこ構造によって想像力を働かせることなのだということを如実に示しているかのようでした。

# 川上弘美

# 薔薇色の結晶

Kawakami Hiromi

山尾悠子を知ったのは、一九七六年。大学一年生の時だった。当時わたしは、大学のSF研究会で小説のようなそうでないようなものを書こうとこころみていた。SFは読んだが、必ずしもSFという分野のプロパー作品が自分の志向にフィットしていたわけではなかった。SFと呼ばれる分野では、J・G・バラードや、ブライアン・オールディス、ジェイムズ・ティプトリー・Jr.、コードウェイナー・スミス、筒井康隆、SF以外では、ホルヘ・ルイス・ボルヘス、あるいは刊行されはじめていた集英社「世界の文学」シリーズやその後刊行される国書刊行会のラテンアメリカ文学叢書に収められている作品、白水社のシュルレアリスム作品集の作家たち、澁澤龍彥などを、系統だってではなく、嗅覚と勘とSF研究会の友だちからの情報に頼って、虫食いのように読み散らしていた。もちろんカフカは、別格の王者として超愛読、「加藤さん」「木村さん」などの、「K」という頭文字をもつ知人すべてをうらやんでいた。ちなみに、当時のわたしの名前は「山田弘美」、Kは寸分もふくまれない。結婚して「川上」となり、離婚したのちも戸籍上の「川上」をそのままにしたのは、もしかするとKという文字に対する執着ゆえだったのかもしれないと、今この原稿を書きながらはじめて思いついた。

当時乱読していた作家たちのような小説を書いてみたいと、かすかに願ってはいたが、かれらはわたしにとっては、はるかに遠い場所にいた。そもそも自分の世代に近い若輩者の誰も、そのような小説が書けるわけがないと、たかをくくっていた。だから、自分が書けないのも、しょうがない。そう思っていた。

そこへ、同年代の山尾悠子が突然——山尾悠子自身にとっては、もちろん「突然」などではなく、こつこつと原稿用紙に文字を書く時間をじゅうぶんに重ね

川上弘美［かわかみ・ひろみ］KAWAKAMI Hiromi

1958年東京生まれ。94年「神様」でパスカル短篇文学新人賞を受賞しデビュー。96年「蛇を踏む」で芥川賞、2001年『センセイの鞄』で谷崎潤一郎賞、15年『水声』で読売文学賞、16年『大きな鳥にさらわれないよう』で泉鏡花文学賞など、受賞多数。19年、紫綬褒章受章。句集『機嫌のいい犬』、最新刊は『三度目の恋』。

たのち地道に、ということは、今ならばわかるが、当時のわたしたちSF研究会の女子たちにとっては、この突然さは暴力的と表現してもいいくらいの衝撃だったのだ——「SFマガジン」誌上にあらわれ、わたしそしてわたしと志向を同じくする物書き志望の者たちは、激しく打ちのめされたのだった。

山尾悠子の小説は、わたしたちが「いつか書きたい、書けるかもしれない、でもきっと書けないだろうがそれでも」と、追いめざしていた小説そのものだったからだ。山尾悠子のような小説は、一生かかっても、書けない。一瞬で、わたしたちにはわかってしまった。そして、一瞬のうちに、降参した。その四年後に、こちらもやはり自分と同年代の松浦理英子が『葬儀の日』を上梓した時にも打ちのめされたが、その前に山尾悠子ショックがあったので、少しばかりの免疫を獲得していた。助かった……。

なにしろ、山尾悠子の「夢の棲む街」を最後まで読むのに、わたしは一カ月かかったのだ。小説の密度が高いから、というのもあるが、それだけの理由で一カ月もかかるわけがない。一ページ読んでは、ため息をつき、もう一ページ読んでは自分に嫌気がさし、さらに半ページ読んでは魂が抜けたようになり、その日はもうそれで疲れきってしまうのだ。「夢の棲む街」の次に発表された「月蝕」を読んだ時には、もっとひどいことになった。前作の硬質で破滅的で怜悧な幻想譚とはまったく異なる筆致の、ごくふつうの大学生の日常を描いた、けれどその底にはあきらかに作家「山尾悠子」としての芯が通っている作品を、「夢の棲む街」の時とは正反対に、ヤケのようにずんずん読み進めるうちに、「無理……」という言葉だけが、頭の中をぐるぐる渦巻きはじめ、そののち、わたしは「小説家になりたい」という、胸の内にしまっていたかすかな希望を、どこかの遠い穴に埋めて上を足で踏み固め、すっかりなかったものとしてしまったのだった。

山尾悠子は、早すぎたのだ、という言葉を聞いたことがある。あるいは、デビュー当時、山尾悠子の作品を掲載することのできる媒体が少なすぎたのだ、という言葉も。その言葉はすなわち、山尾悠子の作品を渇望する者たちがとても少なかった、という意味にとれないこともないが、それは大きな間違いである。

どんなにかわたしとわたしの周囲の者たちは、山尾悠子の作品を待ちかねたことか。そして、作品が発表されるたびに、読みふけり、何回でも打ちのめされ、それでも嬉々として読みつづけたことか。

読んでいるうちに、うすぼんやりとではあるが、わかってきたことがあった。山尾悠子は、作品を書かずにはおられない作家なのである、ということだ。自分のもくろんでいる何かを、実際に言葉という形にして、文章化という構成をおこない、さらに物語を構築してゆくことは、かなり面倒な作業だ。だから、そのことに倦んだり疲れたりしてしまうと、作品を書くということから離れてしまうこともあるだろう。けれど、山尾悠子は、言葉を形にすること、文章を構成することに、大いなる快楽を感じている。だから、そのことに倦んだり疲れたりする、ということが、まったく、とは思わないが、ほとんど、ないにちがいないのだ。たとえしばらくわたしたちの目にその作品がふれることがなくても、その間も山尾悠子は、小説を書くということから離れていはしないだろう。一人ひっそりとまだ発表していない物語を書きつづけているのかもしれないし、たとえ実際に原稿用紙に文字を書きつけていなかったとしても、その心の中で頭の中で、山尾悠子にしかつくれない幻想の世界を、常にはぐくみつづけているにちがいないのだ。

　だから、一時的に山尾悠子の小説が発表されなくなった時も、心配しなかった。また時期がきたら、きっと山尾悠子は作品をわたしたちに読ませてくれる。そして、その時には、山尾悠子の作品世界はさらに奥深くなっている。そう信じていたからである。

　山尾悠子の作品の密度の濃さは、ほかに類をみない。密度が濃いのに、澄んでいる。ゆるみがないのに、刺してこない。絶望的なのに、愉快。

　いったいなぜそのような作品が書けるのかと、ずっと不思議に思っていたし、今も思っている。この文章を書くにあたり、手持ちの作品集を読み返すだけでなく、『角砂糖の日』も、ほぼはじめて読んでみた。ほぼはじめて、というのは、かつて『角砂糖の日』を一時間だけ手にし、いそいで読んだことがあるからだ。

　あれは、十数年前の、金沢だった。たしか、ひがしの廓にあるカフェの二階。コーヒーを注文したあと、棚に置いてある何冊かの本を眺めていたら、中に『角砂糖の日』があったのだ。発売されたことは知っていたが、手に入れることのできなかった、わたしにとっては幻の歌集である。驚いて、読みふけった。大学時代のSF研究会のころは、短詩のことはぜんぜん知らなかったが、この時は自分も俳句をつくるようになっており、歌集というものも読むようになっていた。

　うわ。と、ふたたび驚嘆した。山尾悠子、二十六歳の時の歌集である。発行は一九八二年。俵万智が角川短歌賞を受賞し、穂村弘が次席だったのは、その四年後の一九八六年。山尾悠子の短歌は、ライトヴァースではない。ご本人も書いていらっしゃるように、塚本邦雄、葛原妙子、山中智恵子、春日井建らの影響が感じられる。けれどいくら影響を受けたからといって、

百合喇叭《ラッパ》そを枕として放蕩と懶惰《らんだ》の意味をとりちがへ、春

曠野の地平をさびしき巨人のゆくを視つ影うすきかな夕星《ゆふづつ》透かし

春を疲れ父眠りたまふあかときはひとの音せぬ魂《たま》も立つかな

角砂糖角《かど》ほろほろに悲しき日窓硝子唾《つ》もて濡らせしはいつ

などの歌を、一冊目の歌集の作品として結実させることが、はたしてできるものなのだろうか。おそらく山尾悠子は、結社などに属して選を受けたこともなかったと推測する。それなのに、この独自の世界の完成度は、どうだろう。

一時間だけの読書だったのに、若いころと同じように打ちのめされ、すでに小説を発表する生活を送っていたが、帰りの飛行機の中で、今書いている原稿をもう書きたくない、と、ぼんやり思った。なんか、いろいろ無理、とも。でもまあ、山尾悠子とわたしは違うものだから。と、最後には自分をなぐさめもして。

月日はまた過ぎ、今わたしはようやく山尾悠子の作品を、平静な心もちで読むことができるようになった。年をとったからだ。人をうらやんでいる暇がなくなったのだ。ああよかった……。そして今、こうして山尾悠子の作品を読み返しているわけだ。

この原稿は、「山尾悠子の作品を何か一つ論じてください」という注文で書いている。けれど、一つにしぼることは、わたしにはできない。どの作品も独立しているけれど、どの作品も、「山尾悠子」という豊かな土壌でつながっているからだ。

山尾悠子という作家は、いったいどのようにして出来上がってきたのだろうかと、心の底から知りたく思う。どんな本を読んできたのか。その本を読む時、どのように読んできたのか。文章の緻密さと精巧さは、何の遺伝子あるいは獲得形質からあらわれ出るものなのか。文章を書く時、どのような順序で書くのか。推敲はどのようにおこなうのか。

ご本人に克明に解説していただければありがたいことこの上ないが、ご本人は決してそのような無粋なことはなさらないだろうから、しかたない、こうなったら彼女の脳を保存しておいて、後世の学者たちに研究してもらおうか。その脳が、人間の脳とは似ても似つかぬ、たとえば地球上ではまだ発見されていない元素からできている、薔薇色に美しく結晶した何かだったとしても、わたしはもちろん、まったく驚かない。

# 山尾悠子のロマネスク、或いは、言葉のマニエリスムについて

時里二郎

Tokisato Jiro

山尾悠子の『夢の棲む街』(1978年刊)のことを、盟友でもある詩人の高柳誠から教えられたのは、もう四十年ほど前になる。中に「遠近法」というボルヘス的な小説があって、これがすこぶる面白いこと、そして、彼女がぼくらと同じ同志社の国文を出た二つ年下らしいということも。

さっそくハヤカワ文庫を買って読んだが、《腸詰宇宙》という非在の世界をこれほどまでに精緻に描写したそのスタイルに息を飲んだ。翻訳では読めても、実際にこの国でボルヘスのような小説を、際だって完成度の高い文体と、視覚的なイメージの表出力とを兼ね備えた言葉で構築せしめていることに、高柳もぼくも驚いてしまった。

ちなみに一九七〇年代に京都で、同じ文学の揺籃期を過ごした者として、その頃の文学的な鳥瞰図を示しておくと、何よりも六十年代から七十年代にかけて、主に西欧の二十世紀文学が優れた翻訳者によって次々刊行された時代だった。清水徹のビュトール、菅野昭正のクロード・シモン、篠田一士のボルヘス、川村二郎のムージル、高橋英夫のホーフマンスタール。丸谷才一のジョイス、古井由吉のブロッホなどなど。同時にぼくらは澁澤龍彥や種村季弘の、シュールレアリスムをはじめとする異端的な美術や文学の世界に没頭していた。重要なのは、そうした翻訳文学の担い手のほとんどが、先鋭な文学批評を展開する批評家でもあったこと。ぼくや高柳は、進むべき文学の道を、今挙げた翻訳者たちに示されたのは確かだ。ぼくらに限らず、山尾悠子もそうした翻訳の日本語が息づいた時代を呼吸していたに違いない。

さらにぼくは(おそらく高柳も)、翻訳の言語を詩の言語として散文のスタイルで詩を書き始めることになる。「翻訳の日本語」というものが認知されている

かどうかはともかくとして、いちばん馴染む書記の手応えとして、それらの翻訳作品の日本語があった。ぼくが山尾悠子の作品に注目したのは、この同じ書記のスタイルで作品を書いているという同時代的な共感からだった。むろん彼女の場合は、それに加えて泉鏡花と谷崎潤一郎、とりわけ鏡花のスタイルへの思い入れが加わるのだが。

まだ山尾悠子が休眠中のことだが、なんの面識もない彼女に『星痕をめぐる七つの異文』(1991年)を送りつけたのは、彼女の作品世界に、以上のような共感をずっと持ち続けていたからだが、その長い休筆期間を経て二〇〇三年に上梓された『ラピスラズリ』には、またそれ以上に驚かされることになる。

ほの暗い店内に浮き上がるように展示スペースの壁だけが複数の照明を受け、額の背後の漆喰壁に淡い影が交差していた。経年による劣化の著しいシートには錆のような染みが点々と浮かび、それは自然と黄ばんだ古書の頁から漂いだすあのほのかな臭気をわたしに連想させた。絡みあう描線の要所要所に淡い手彩色が施されているのが、疲れた眼に色インクが一滴ずつ滴り落ちるように、いつのまにか沁みた。

「銅版」(国書刊行会版)

この『ラピスラズリ』の導入部にあたる三葉の銅版画についての語り出しで、ぼくはすでに紙片の活字が、刷られたばかりのインクの盛り上がりの質感を浮き立たせていることに魅入られたように、眼差しをさまよわせて、おのずと言葉の世界に没入していた。

この細部の丹念な描き込みから匂い立つような時間の腐食作用こそ、山尾悠子の小説の魅惑に他ならない。言葉の隘路に導かれるように、いつのまにか三葉の銅版画の世界を呼吸している自分に気づくのだが、『ラピスラズリ』は、決して読みやすい小説ではない。しかし、その読みにくさはひとえに、物語の筋を綿密に辿ろうとするところに生まれる。登場人物も多いし、彼らの関係も、読みながらメモをとらないとわかりにくい。様々な挿話の細部は実に巧緻に仕組まれているのに、それぞれの時間軸や筋立ての構成が曖昧で、何度もページを戻って確かめなくてはならない。しかし、不思議なことにそうやって行きつ戻りつしながら読んでいると、この筋立ての曖昧さは、仕組まれた罠ではないかと気づいてくる。語り手が、幾度も時間軸をずらして経過する物語の先まわりをしたり、後戻りしたりして、時間の迷宮化を企てるのも、この物語の時間が《夢の遠近法》に基づいていることを知らしめているからに他ならない。夢は起承転結ではその蠱惑は語

**時里二郎**［ときさと・じろう］TOKISATO Jiro

1952年生まれ。1996年詩集『ジパング』(思潮社)で第37回晩翠賞。04年『翅の伝記』(書肆山田)で第22回現代詩人賞。18年『名井島』(思潮社)で第49回高見順賞及び第70回読売文学賞。この晩秋はカメラを携えて、但馬のブナの森や播磨の里山をよく歩いた。冬はもっぱら、古いリュートソングを聴きながら、言葉の森に籠もることになりそう。

れまい。問題は時間の経過ではない。時間の滞留によってたゆたう空間の揺らぎを、言葉によって描き出すこと。冒頭に引用した語りだしの一節などもその典型であろう。

　それにしても、「冬眠者」という蠱惑的な凋落の貴種を探りあてるとはさすがである。むろん、山尾自身の長い休眠期間が重ねられているのはいうまでもないだろうけれど。冬の間眠り続ける冬眠者たちが部屋に置く人形を運ぶ《荷運び》、冬眠者を世話する《使用人》たち、塔に現れる《ゴースト》、さらに塔の外部の《森の住人》——もうこれだけ並べれば、全体の物語の筋は十分語られているのと同じこと。あとは彼らをめぐる挿話を腐刻銅版画——というよりも、ぼくにはビュランで彫られたエングレーヴィングを想起させる精緻な筆致による興味深い挿話の断片が重ねられていく。

　例えば、一つだけ引用すれば、フルークという番人が管理する《冬の館》の大温室の描写。そこは多種多様な植物の蒐集で知られているのだが。

　季節によっては温度調節のため針鼠が針を逆立てるかたちにドームの窓が開く様子が遠くからもよく目だった。滝のようにそよぐ無数の仕掛け紐がきりきりと絞られたり緩められたりする夏の朝、開閉するガラスパネルの反射光はあたかも帆船の帆が風を操るように豊かに溢れ出し、並木の梢から庭園の空へと長い光芒を放って輝きわたるのだった。——しかしひとたび二重の入り口を潜って中に入っていくならば、吹き抜けの天井まで届く緑豊かな巨木の木漏れ日や多色の蘭のコレクションなどに最初は誰もが幻惑されてしまうのだが、次第に慣れてくると次に気になるものは決まっていて、それはフルークが実に多くの植物に紐で結わえつけた温度計や愛用のパイプや大鍋用の木杓子などの雑多な生活用品に他ならなかった。緑の団扇《うちわ》を八方に広げたような芭蕉の樹に移植鏝《ごて》と絵入りの園芸暦が括りつけられている程度ならともかく、空中に絡みあう奇怪な蔓から手鏡と折畳式の剃刀が、ハンモックと食虫植物の鉢と如雨露《じょうろ》と古タオルがぶら下がるに至っては、ここに長年住み着いているフルークが勝手に行なった居心地のいい巣づくりの結果であるとしか言いようがなかった。

「竈の秋」（ちくま文庫版）

　言葉による描刻の見事な狂騒。アンチンボルドの寄せ絵や、ボッシュの、あるいはブリューゲルの絵や版画をも思い起こさせる。つまり、ここには所謂通常言われるところの《幻想》というような曖昧なもの、おぼろなものは退けられ、極めて視覚に忠実なものの描写に徹していること。いわば、言葉のマニエリスム世界とでも言えようか。

山尾悠子の作品を読んでいると、時として、望遠鏡を逆さにしてのぞき込んでいるような気分になる。あくまでクリアな像なのに、現実よりもいっそう手のとどかない遠さが介在する。それでいて、読み手の心は蠱惑的なイメージの世界に閉じ込められている。そのようなある種の歯がゆさを癒やしてくれるような作品が「トビアス」ではあるまいか。

彼女のロマネスクの心髄が表れた、何度読み返しても心震える一編なのだが、全体のトーンは、凋落の時間の相に染められた人々、倉敷を思わせるような海沿いの古い町。戦後しばらく経ってからだろうか。おばあ様の葬式に集まった親族たち、主人公の産みの親であるたまきさん。主人公は、なにゆえか、よくわからないまま、たまきさんに逃げようと促され、山荘に隠れている。猟銃を持ったまま出て行ったたまきさん。一人残された主人公のモノローグ。この作品もおぼろな筋立てしかわからないが、その隠されている謎めいた筋立てがロマネスクを掻き立て、抑制のきいたストイックな筆致が、さらに張り詰めた作品空間を陰翳深い闇に浸していく。

この「トビアス」に限らず、山尾悠子の作品世界は、カタストロフ後の、熾火のごとき生命をながらえている人々が棲む世界である。凋落とも黄昏とも殊更に言わずとも、それが日常であり常態である世界。限られた地域のどこか——もしくは何処でもない何処か——それを言葉でしか言い表せない世界といってもいいだろう。薪の燃え尽きた後の熾火を生きることを強いられた人々の世界(それは他ならぬぼくらの生きる世界でもある)にとって、そのような山尾悠子の言葉の世界は、凋落の残照を不意に掻き立てる幻想の炎でもあろうか。『飛ぶ孔雀』が不燃性をめぐる物語であることは、言うまでもなく3.11以後の小説であることを思い起こさせて示唆的だが、このコロナ禍の瀰漫する日常のなかで、山尾悠子の言葉の世界に手をかざすことの意味は小さくない。

例えば「トビアス」の世界に触れることで、ぼくらはこの主人公の語りのなかにごく自然に潜りこんで、熾火のごとき生命を掻き立てて生きることの宿命やかなしみを、彼女の魂とともに享受することができる。大天使に護られた幸せな聖書の少年の名を冠した犬の「トビ」や、身を挺して主人公を庇護しようとする「たまきさん」の激しい行為や、鍋に満ちる濃厚な苺ジャムを頬張る主人公の生きようとするその息遣い——それらの言葉のみなぎる世界が、ぼくらの魂と震えるように共振しあう、その言葉の時間のかけがえのない余韻を味わうことをとおして、この時代を生きる手応えのようなものを受け取ることができるはずだ。

わたしがその日ジャムを食べたことはいのちを繋ぐことに直結した行為だったのであり、そのようにしてものを食べたことは以来一度としてない。

どこから来てどこへ行くのか、もう一度眠り直して正しい啓蟄の日に目覚めてから考えることができるよう、熱い甘さと粘りの塊である食べものをわたしは口に運びつづけた。食べるあいだ頭は空白で、何を考える余裕もないようでもあったが、ただわたしの寝室の戸口で春を待ちきれずに死んだトビのことを思うと、甘さといっしょにほろほろと泣けた。

「トビアス」末尾（ちくま文庫版）

photo｜時里二郎 Jiro Tokisato

廃屋の庭に咲いていた。

霧の朝

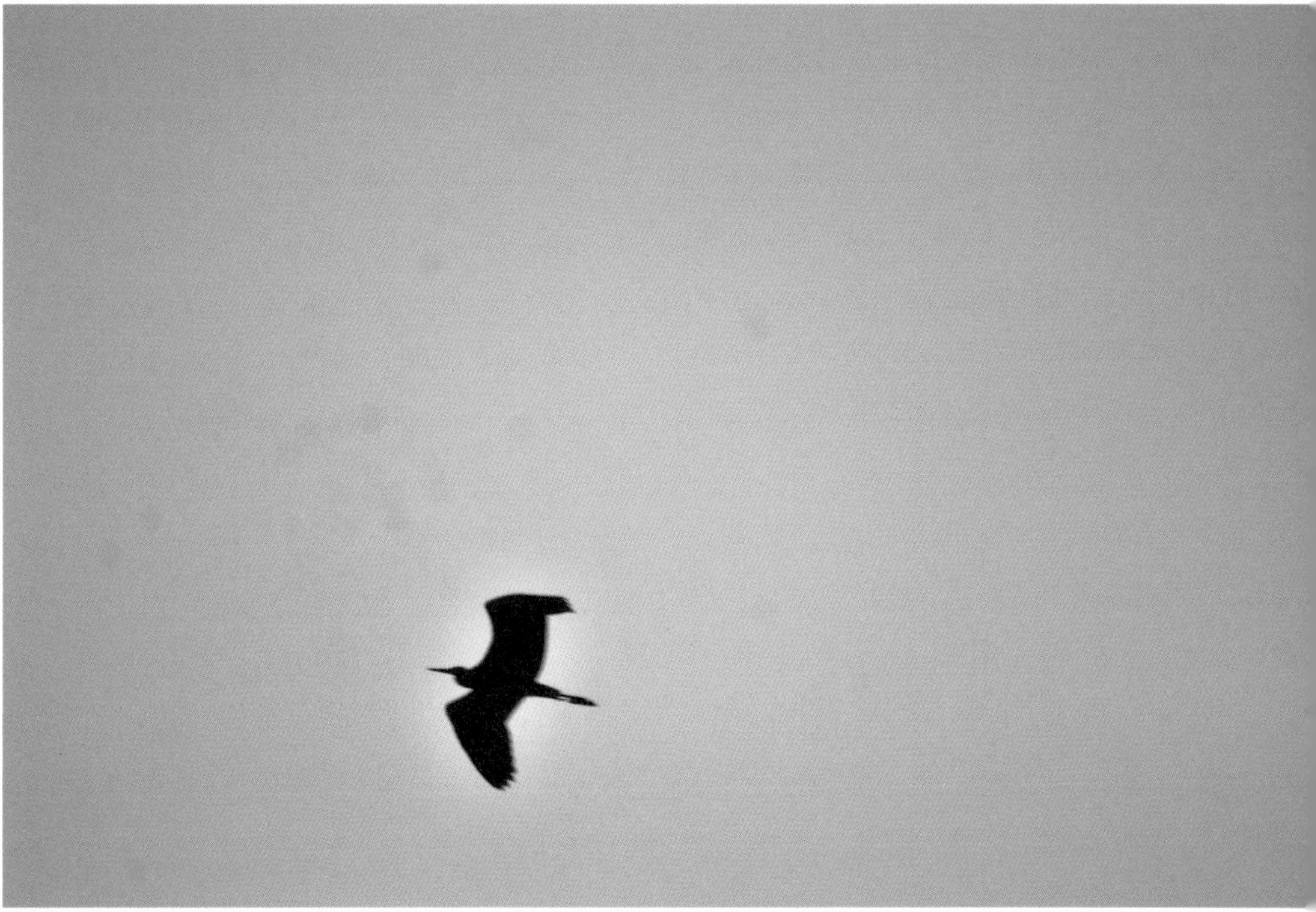



サギもねぐらに帰る

ライスセンター

部屋の灯りを消すと引きかえに月影が差し込んできた。

photo | Jiro Tokisato

# Yuko Yamao in 1979

photo **Hajime Sawatari**

山尾悠子 1979 | 沢渡朔

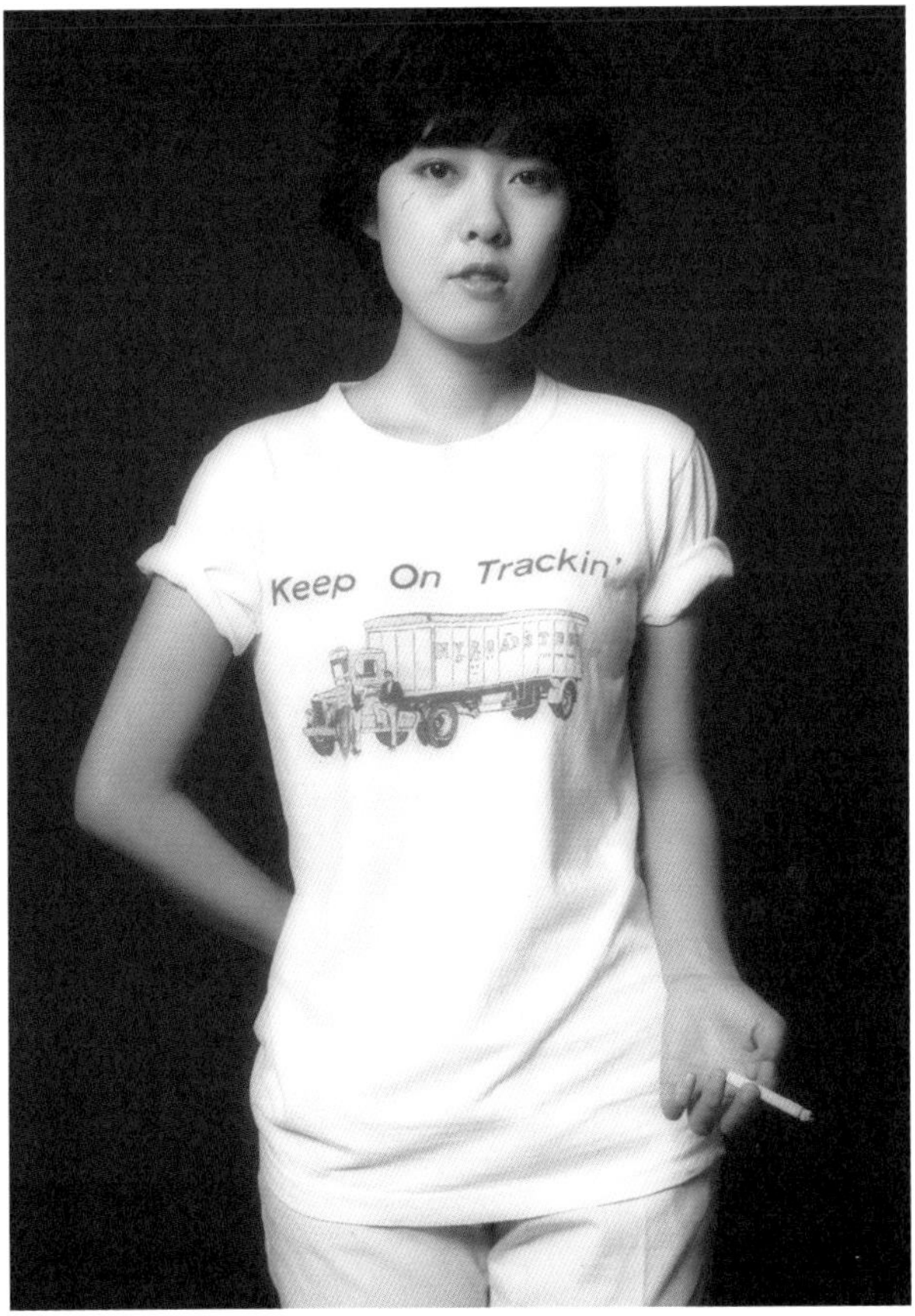
Keep On Trackin'

Keep On Trackin'

沢渡朔［さわたり・はじめ］SAWATARI Hajime

1940年生まれ。COMME des GARÇONSなどファッションの仕事を手がけ、光の陰影の鮮烈な写真表現を生み出した。作品集に『少女アリス』、『Rain』『ロクス・アモエヌス』（共著）など。僕は女性しか撮らない。巡り合えれば、素直に美しいものに向き合い続けたい。
https://sawatari-photo.com/hajime

# 年譜｜chronological table

# 山尾悠子年譜

## 年譜に付け足す幾つかのこと

山尾悠子

【凡例】
・年譜＋書籍の刊行→小説→随筆等、の順に掲載した。
・書籍に収録されていない小説・随筆等には＊印を付した。
・書籍【収録作】中の太字は、書籍化に際して書き下ろしたものを示す。

**■1955（昭和三〇年）**
3月25日、岡山市に生まれる。

**■1973（昭和四八年）18歳**
4月、同志社大学文学部に入学。
4月、「仮面舞踏会」を「ＳＦマガジン」（早川書房）のＳＦ三大コンテスト小説部門（のちのハヤカワＳＦコンテスト）に応募。

**■1974（昭和四九年）19歳**
7月、「ＳＦマガジン」9月号でＳＦ三大コンテスト小説部門発表。最終候補10作に残る。

**■1975（昭和五〇年）20歳**
9月、「ＳＦマガジン」11月号〈女流作家特集〉に「仮面舞踏会」が掲載されてデビュー。

小説
仮面舞踏会（ＳＦマガジン11）＊

**■1976（昭和五一年）21歳**

小説
夢の棲む街（ＳＦマガジン7）
月蝕（ＳＦマガジン10）
ムーンゲイト（ＳＦマガジン12）

## ■１９７７（昭和五二年）２２歳

３月、同志社大学文学部卒業。卒論は泉鏡花。
４月、山陽放送に入社。テレビ制作美術部に勤める。

小説
堕天使（カッパまがじん早春号３月）
ファンタジア領（ＳＦマガジン７）
遠近法（別冊新評41号７月）〈ＳＦ新鋭七人特集号〉
ワンス・アポン・ナ・サマータイム（ＳＦマガジン11）＊
オットーと魔術師（小説ジュニア11）

アンケート
Ｑアンド Ａ25／自筆年譜―あるいは私自身のための広告（別冊新評41号７月）〈ＳＦ新鋭七人特集号〉＊

随筆
アンドロギュヌスの夢（牧神10号９月）〈ＳＦ女性作家ル・グィンの神話王国〉

対談
（小松左京×山尾悠子）ＳＦ第２世代のうぶ声（サンジャック11）

## ■１９７８（昭和五三年）２３歳

６月、初の著書『夢の棲む街』（ハヤカワ文庫ＪＡ）が刊行される。
【収録作】夢の棲む街／月蝕／ムーンゲイト／遠近法／シメールの領地／ファンタジア領（解説・荒巻義雄）

小説
シメールの領地（ＳＦマガジン２）
チョコレート人形（小説ジュニア５）
ハドンの肖像（ＳＦファンタジア４号５月）＊
耶路庭国異聞（ＳＦマガジン７）
街の人名簿（ＳＦマガジン臨時増刊号10月）

随筆
一九七五年十月十五日（星群28号８月）＊
虎のイメージ―あるいは毛皮を所有するまでの儀式（流行通信11）＊

インタビュー
秋に稔る〈ベスト９〉（平凡パンチ11・13）＊

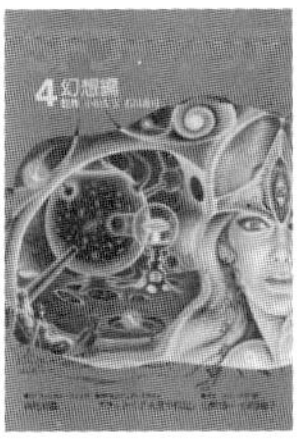

## ■1979（昭和五四年）24歳

5月、「流行通信」グラビアに登場し、まりの・るうにいを知る。工作舎とつながりが生じ、「遊」への寄稿が増える。

6月、山陽放送を退職。執筆に専念する。

小説　蝕（小説怪物1）
　　　巨人（SFマガジン1）
　　　水棲期（SFアドベンチャー1）
　　　ヴァニラ・ボーイ（小説ジュニア10）＊
随筆　円盤上の虫（カイエ1）〈特集　ジャズの死と再生〉＊
　　　満開の桜のある光景（教育ジャーナル4）＊
　　　〈歴史劇〉のことなど（歴史読本6）＊
グラビア　人物登場　文：まりの・るうにい／写真：沢渡朔（流行通信6）＊
随筆　夢と卵（遊1007号6月）＊
解説　小松左京『流れる女』（文春文庫、6月刊）
随筆　白い乾燥した風景（星群33号8月）〈荒巻義雄特集〉＊
アンケート　今月私が買った本（遊1010号12月〜1017号81年2月、秋の臨時増刊号81年11月）＊

## ■1980（昭和五五年）25歳

2月、書き下ろし長篇『仮面物語　或は鏡の王国の記』（徳間書店）が刊行される。

8月、ジュブナイル集『オットーと魔術師』（集英社文庫コバルトシリーズ）が刊行される。

【収録作】オットーと魔術師／チョコレート人形／堕天使／初夏ものがたり（第一話　オリーブ・トーマス／第二話　ワン・ペア／第三話　通夜の客／第四話　夏への一日）

小説　破壊王——パラス・アテネ（奇想天外1）
　　　支那の禽（ソフトマシーン2号1月）
　　　破壊王——火焔圖（奇想天外3）

**随筆**

童話・支那風小夜曲集（奇想天外4）
破壊王 —— 夜半楽（奇想天外5）
スターストーン（スターログ6）
菊（ソムニウム3号9月）
透明族に関するエスキス（奇想天外10）
黒金（SFアドベンチャー12）

**随筆**

チキン嬢の家（ふたりの部屋早春号3月）
セピアの記憶　過去《とき》のつぶやき―長崎西洋館・異人館物語（ふたりの部屋春号5月）＊
人形の棲処（アニタ・ホーキンズ、室住信子訳　沢渡朔写真『西洋人形館』、サンリオ、12月刊）

## ■1981（昭和五六年）　26歳

**小説**

秋宵（ショートショートランド夏号7月）
私はその男にハンザ街で出会った（奇想天外10）

**随筆**

「蔵書」のこと（遊1016号1月）＊

**アンケート**

続・ザ・もの書きの座標（バラエティ2）＊
〈読宴〉の一冊縁起集（遊1023・24合併号、8／9月）＊

**解説**

赤江瀑『花曝れ首』（講談社文庫、8月刊）

## ■1982（昭和五七年）　27歳

2月、歌集『角砂糖の日』（深夜叢書社）が刊行される。
8月、『夢の棲む街／遠近法』（三一書房）が刊行される。
【収録作】夢の棲む街／遠近法／遠近法・補遺／傳説／繭　後記
11月、結婚。

**小説**

傳説（小説現代2）
美女と野獣（野性時代11）＊

企画　月齢（NW-SF12）
俳句入門　講師：角川春樹、藤原月彦／生徒：大藪春彦、高信太郎、矢吹申彦、山尾悠子、高千穂遙、南伸坊（バラエティ3）＊

グラビア　SF界の新星　山尾悠子と新井素子　文：齋藤愼爾／写真：橋本照嵩（アサヒグラフ3・12）＊

紀行　祖谷渓の月—高松琴平電鉄・土讃本線（『ローカル線をゆく7　中国・四国』桐原書店、3月刊）

随筆　こたえざるものへの手紙　幻郵便局　二十五時発、塔の頂上行（野性時代7）＊

## ■1983（昭和五八年）28歳

4月、季刊「幻想文学」3号にインタビュー「世界は言葉でできている」が掲載される。

残間里江子編集長の女性誌「Free」にて、26人による連載コラム「FESTA AtoZ」の1人に選ばれる。

小説　眠れる美女（綺譚5号6月）
少年の街（流行通信10）＊

自作解説　〝うたごころ〟の気配に愛着（週刊読書人6・6）〈特集　若き表現者たちの現在〉＊

連載コラム　FESTA AtoZ（Free7〜84・7）＊
Quest　無重力エレベーター　宇宙食夜会への招待（7）
Quest　都市の狼少年あるいはコレクター少女の秘密（8）
Quest　懐かしい送電塔の記憶が凶々しい悪夢として甦る（9）
Lunatic　悪夢のコレクション（10）
Lunatic　月の種族の容貌に関する雄羊座的考察（11）
Lunatic　美女・月《ルナ》を迎えるためのセレモニー（12）
Zoology　幻獣コレクションⅠ（84・1）
Zoology　幻獣コレクションⅡ（2）
Zoology　幻獣コレクションⅢ（3）
Zoology　幻獣コレクションⅣ（4）
Zoology　幻獣コレクションⅤ（5）

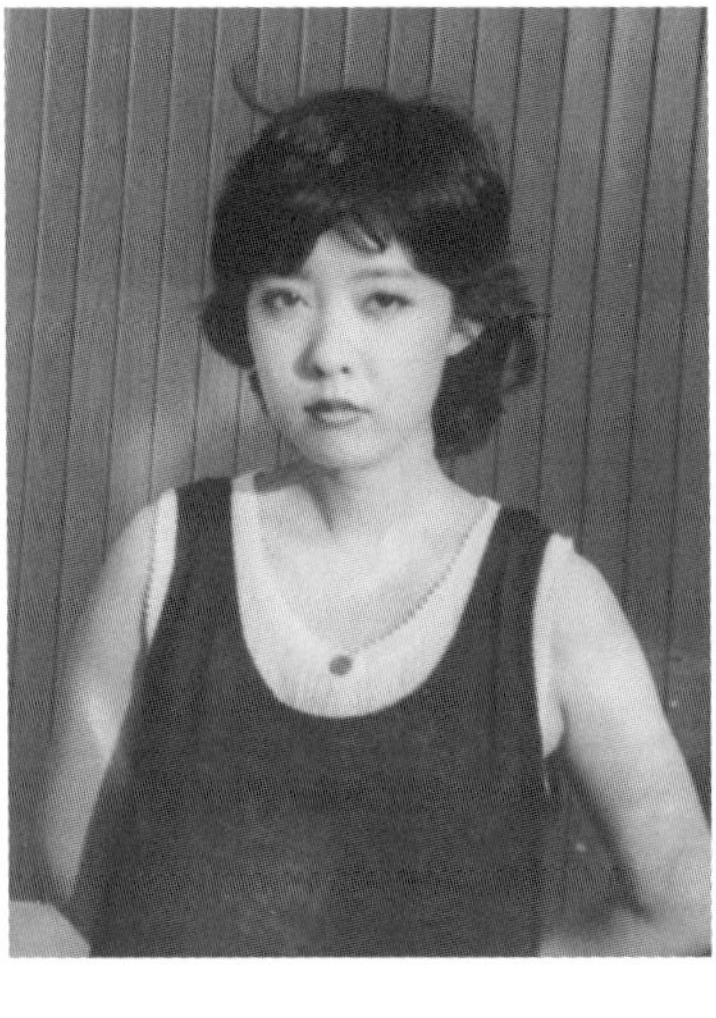

20代後半のころ。
写真提供｜山尾悠子

Zoology　幻獣コレクションVI（6）

アンケート「男女の一線をこえる」とは（7）

## ■ 1984（昭和五九年）29歳

8月、『黄金仮面の王　シュオブ短篇選集』月報に随筆を寄稿。ここから国書刊行会との仕事がはじまる。

11月、長男誕生。

**小説**

蟬丸（小説現代1）

冬籠り（流行通信1）＊

狼少女（流行通信2）＊

塔（小説現代別冊春号）

赤い糸（ショートショートランド9）

**随筆**

思い出の一曲　レクイエム　ニ短調（小説現代2）＊

**月報**

シュオブに関する断片（【フランス世紀末文学叢書2】マルセル・シュオブ、大濱甫訳『黄金仮面の王　シュオブ短篇選集』国書刊行会、8月刊）

## ■ 1985（昭和六〇年）30歳

7月、『幻視の文学　1985』（幻想文学会出版局）に「眠れる美女」収録。

9月、『日本幻想文学大全　下（幻視のラビリンス）』（幻想文学会編・青銅社）に「遠近法」収録。

**小説**

天使論（ショートショートランド3／4）

## ■ 1986（昭和六一年）31歳

**随筆**

十年目の薔薇（別冊幻想文学1号6月）〈中井英夫特集〉＊

ピレネージとわれわれの……脳髄（現代詩手帖7）＊

煌けるコトバの城（週刊読書人12・8）〈特集　稲垣足穂〉＊

■1987（昭和六二年）　32歳

2月、次男誕生。

随筆　幻想小説としての（國文學：解釈と教材の研究7）〈特集：澁澤龍彦―幻想のミソロジー〉＊

ラヴクラフトとその偽作集団（ユリイカ9）〈偽書渉猟〉

アンケート　幻想ベスト・ブック1982〜87（幻想文学20号10月）＊

随筆　頌春館の話（別冊幻想文学3号12月）〈タルホニウム文学館〉

■1988（昭和六三年）　33歳

随筆　死と真珠（別冊幻想文学4号11月）〈澁澤龍彦特集〉＊

■1992（平成四年）　37歳

随筆　時間の庭（鳩よ！4）〈特集　万有博士　澁澤龍彦〉＊

アンケート　ライフステージごとの1冊（よむ5）＊

■1997（平成九年）　42歳

10月、『書物の王国1　架空の町』（国書刊行会）に「遠近法」収録。

■1998（平成一〇年）　43歳

11月、『書物の王国12　吸血鬼』（国書刊行会）に「支那の吸血鬼」収録。

■1999（平成一一年）　44歳

2月、「幻想文学」54号〈小特集 山尾悠子の世界〉に「アンヌンツィアツィオーネ」を発表して復活。（「傳説」再録／野阿梓「七月のレジェンド」／石堂藍「世に崩壊せざるものなし」）

10月、『書物の王国4　月』（国書刊行会）に「月齢」収録。

小説
アンヌンツィアツィオーネ（幻想文学54号2月）
夜の宮殿と輝くまひるの塔（幻想文学55号5月）



# 矢川澄子さんと「アンヌンツィアツィオーネ」のこと

山尾悠子

世紀の変わり目、2000年前後の出来ごと。ここから始めようと思う。この話はネット上で二度ほど書いたことがある。矢川澄子さんと私のこと。

矢川澄子さんとは結局、お目にかからず仕舞いとなった。2000年6月刊行『山尾悠子作品集成』出版記念会（於東京ステーションホテル）の折、お越し頂けるよう国書刊行会礒崎氏が図らって下さり、敬愛する先達に対面できることを楽しみしていたのだが、当日になって体調不良との連絡が。——そして実を言うと、少し先に出ていた『矢川澄子作品集成』とのタイトルの相似を私は内心で気にしていた。名前も同じく「や」で始まって「子」で終わる名だし、こちらは遠慮して『作品集』とするべきかと迷ったのだが、有耶無耶のうちに格好のよい『作品集成』に。欠席の矢川さんに本をお送りすると、丁寧なお手紙とともに、何とその『矢川澄子作品集成』の函つき初版本が送られてきた。私が持っていたのは函なしの新装版のほう。そこで二冊並べて喜んでいること、矢川読者としてそれまで思ってきたことを縷々認めてお返事を出した、というだけのはかないご縁となった。ただし、そののち思いがけず創作上のご縁が生じていた（らしい）ことに気づいたので、これはその話。矢川さんの生前さいごの小説発表作となった短編「受胎告知」は、おそらく私の「アンヌンツィアツィオーネ」がきっかけとなってお書きになったのだと思う。種本が同じ、矢代幸雄の名著『受胎告知』（西洋絵画における〈受胎告知〉のテーマをめぐる美術評論書）なのだ。

さて、99年2月発行の「季刊幻想文学」誌54号「世の終わりのための幻想曲」特集号の山尾悠子小特集をもって、私は長い休筆期間から復帰し、翌年の『山尾悠子作品集成』刊行へと続いていく流れとなった。小特集のために新たに書いたのが「アンヌンツィアツィオーネ」(学生のころに読んだ矢代幸雄についてのメモが、昔の創作ノートに残っていたので)で、その次の号には「夜の宮殿と輝くまひるの塔」を書いた。矢川さんから頂いた手紙では「夜の宮殿」のほうの感想を書いて下さっていたのだが、前号の小特集もお読み下さったような様子だった。——そしてここから先は想像になるのだが、「アンヌンツィアツィオーネ」をお読みになって、教養の深い矢川さんのこと、おやこれは矢代幸雄、とすぐにお気づきになったのでは。そしてごじぶんの書架から問題の『受胎告知』を取り出され、改めて目を通すことになられたのでは。私が今も持っているのは73年復刻版だが、矢川さんの書棚ならば、52年発行の初版本が架蔵されていたかもしれない。そしておそらくはこれがきっかけとなって、(ちょうど一年後に)矢川版「受胎告知」が発表されることになったのでは。この想像はたぶん当たっていると思うのだが、もしも本当なら名誉なことと思います。

そしてまた。矢川さんが手紙に書いて下さった「夜の宮殿と輝くまひるの塔」の感想のこと。これがまた、そのときの私には複雑に響くものだった。

『山尾悠子作品集成』が出た時点で、私は「季刊幻想文学」誌に「アンヌンツィアツィオーネ」「夜の宮殿と輝くまひるの塔」を書いており、『集成』用の書下ろしとして「ゴーレム」、後記の付録として「火の発見」を書いていた。「アンヌン」「夜の宮殿」「火の発見」はのちに『歪み真珠』に収録。「ゴーレム」は久びさの書下ろしということで、無理せず抑え気味に淡々と書いたところが当時も気に入っていたし、今も気に入っている。書いている最中に軽いライティングハイがやって来て、ちょっと感動したものだった。——以上のラインナップは(分量的にはごくわずかだが)質的に言って特に悪いものではないと思う。内心じぶんではそう思っていたものの、小特集および『作品集成』が出た時点では、ひたすら若かった頃の作が注目され賞賛されるのみだった。立派な墓を建ててもらったら、思いがけず多くの花束まで寄せられたといった塩梅で、「引き際は潔く」と空耳に聞こえる始末。刊行記念パーティーの翌日には念願だった鎌倉澁澤龍彦邸の訪問も果たし、これでもう思い残すことは何もないという状態。そんなところへ矢川さんの手紙は届いた。あれほどの文学者でありながら、何故か徹底して自罰傾向の強いひとであった矢川さんからの手紙が。

「夜の宮殿と輝くまひるの塔」は当時の私の消滅願望を正直に反映した小さな創作なのだが、矢川さんはいかにも矢川さんらしく、そこのところをピンポイント的に褒めて下さったのだった。いかにもあの矢川さんらしい表現で。

これでは私は駄目だなあと、さすがにそのとき思った。矢川澄子氏ほどの存在からそれを言われたことが何より大きかった。――そして私は眠りと再生の物語である『ラピスラズリ』を書きました、というほど単純な経緯ではないのだが。とにかくこれはそういう話。

『山尾悠子作品集成』が招いた別の小さな縁についても。パーティーがあったその日、国書刊行会の新人編集者として、のちの「二階堂奥歯」さんが現場にいらしたということ。何しろその日の私は後ろ向きが最大限に煮詰まった状態だったので、入社早々というのにスピーチまで引き受けて下さった元気のよい彼女のことは、ただ眩い存在としか見えなかった。外見も都会的で垢抜けて、場慣れ人馴れしていて頭の回転が速そうで、何より自分に自信のある幸せそうなひと。そのように私には見えた、その日そのときには。

矢川澄子さんの訃報もまた頭上に岩が降ってきたような衝撃だったものだが。鋭くひかるものと、一瞬だけ擦れ違った記憶。

## ■2000(平成一二年)45歳

6月、『山尾悠子作品集成』(国書刊行会)が刊行される。

【収録作】

〈夢の棲む街〉夢の棲む街/月蝕/ムーンゲイト/堕天使/遠近法/シメールの領地/ファンタジア領

〈耶路庭国異聞〉耶路庭国異聞/街の人名簿/巨人/蝕/スターストーン/黒金/童話・支那風小夜曲集/透明族に関するエスキス/私はその男にハンザ街で出会った/遠近法・補遺

〈破壊王〉パラス・アテネ/火焔圖/夜半楽/繭(「饗宴」抄)

〈掌篇集・綴れ織〉支那の禽/秋宵/菊/眠れる美女/傳説/月齢/蟬丸/赤い糸/塔/天使論

〈ゴーレム〉ゴーレム

後記・火の発見の日

6月、「幻想文学」58号に短編「月暈館」、インタビュー「私は私の表層を知るのみである——東編集長の質問に答える」が掲載される。
9月、アンソロジー『少女怪談』（東雅夫編、学研M文庫）に「通夜の客」収録。

小説　月暈館（幻想文学58号6月）＊
随筆　綺羅の海峡（幻想文学57号2月）〈赤江瀑特集〉
教育実習の頃（月刊国語教育3）＊
月光・擦過傷・火傷（『山尾悠子作品集成』国書刊行会、内容見本小冊子、5月）＊
東京ステーションホテル、鎌倉山ノ内澁澤龍彦邸（ウェブサイト　bk1、6月）＊
アンケート　私のボルヘス作品ベスト3（澁澤龍彦他著『ボルヘスの世界』国書刊行会、10月刊）

## ■2001（平成一三年）46歳

対談　（山尾悠子×須永朝彦）天使と両性具有（幻想文学60号3月）＊
アンケート　1993-2000　私のベスト3（幻想文学60号3月）＊

## ■2003（平成一五年）48歳

9月、書き下ろし連作長篇『ラピスラズリ』（国書刊行会）が刊行される。
【収録作】銅版／閑日／竈の秋／トビアス／青金石

小説　紫禁城の後宮で、ひとりの女が（幻想文学67号7月）
インタビュー　メールによる一問一答　山尾悠子さんに聞く（ウェブサイト　bk1、怪奇幻想ブックストア）＊
山尾悠子が選ぶ〈異界〉小説十選（ウェブサイト　bk1、怪奇幻想ブックストア）＊

## ■2004（平成一六年）49歳

8月、金原瑞人・谷垣暁美と、ジェフリー・フォード（Jeffrey Ford）『白い果実』（Physiognomy）を翻訳する（国書刊行会）。

■ **2006（平成一八年）51歳**

**評論**　人形国家の起源——『硝子生命論』（『現代女性作家読本④笙野頼子』鼎書房、2月刊）

■ **2009（平成二一年）54歳**

3月、金原瑞人選のアンソロジー『みじかい眠りにつく前に2』（ピュアフル文庫）に「月蝕」収録。

11月、『小松左京全集完全版35巻』（城西国際大学出版会）に対談「SF第2世代のうぶ声」収録。

■ **2010（平成二二年）55歳**

2月、『歪み真珠』（国書刊行会）が刊行される。
【収録作】ゴルゴンゾーラ大王あるいは草の冠／美神の通過／娼婦たち、人魚でいっぱいの海／美しい背中のアタランテ／マスクとベルガマスク／聖アントワーヌの憂鬱／水源地まで／向日性について／ドロテアの首と銀の皿／影盗みの話／火の発見／アンヌンツィアツィオーネ／夜の宮殿の観光、女王との謁見つき／夜の宮殿と輝くまひるの塔／紫禁城の後宮で、ひとりの女が　後記
3月、『日本SF全集2』（出版芸術社）に「遠近法」収録。
10月、『夢の遠近法 山尾悠子初期作品選』（国書刊行会）が刊行される。
【収録作】夢の棲む街／月蝕／ムーンゲイト／遠近法／童話・支那風小夜曲集／透明族に関するエスキス／私はその男にハンザ街で出会った／傳説／月齢／眠れる美女／天使論　自作解説
［栞］山尾悠子エッセー抄：人形の棲処／頌春館の話／チキン嬢の家／ラヴクラフトとその偽作集団

**随筆**　歪み真珠の話（ウェブサイト　bk1『歪み真珠』予約特典配信）＊

■ **2012（平成二四年）57歳**

1月、『ラピスラズリ』（ちくま文庫）刊行。

【収録作】銅版／閑日／竈の秋／トビアス／青金石　文庫版あとがき（解説：千野帽子）

**書評**　間宮緑『塔の中の女』（週刊朝日2・3）＊

随筆　美しい犬（文學界3）＊

デルヴォーの絵の中の物語（群像5）＊

アンケート　私が選ぶ国書刊行会の3冊（『私が選ぶ国書刊行会の3冊――国書刊行会40周年記念小冊子』国書刊行会、非売品、8月）＊

## ■2013（平成二五年）58歳

小説　飛ぶ孔雀 I（文學界8）

書評　長野まゆみ『45°』（群像6）＊

## ■2014（平成二六年）59歳

11月、『増補 夢の遠近法 初期作品選』（ちくま文庫）刊行。

【収録作】夢の棲む街／月蝕／ムーンゲイト／遠近法／パラス・アテネ／童話・支那風小夜曲集／透明族に関するエスキス／私はその男にハンザ街で出会った／傳説／遠近法・補遺／月齢／眠れる美女／天使論　自作解説　文庫版あとがき

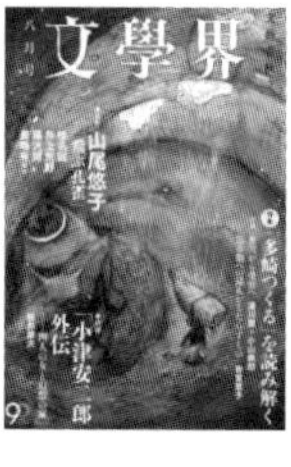

小説　飛ぶ孔雀 II（文學界1）

随筆　ご挨拶（「第四回ジュンク堂書店文芸担当者が選ぶこの作家を応援します!! 山尾悠子」、非売品、7月）＊

## ■2015（平成二七年）60歳

推薦文　マルセル・シュオッブ、大濱甫・多田智満子・宮下志朗・千葉文夫・大野多加志・尾方邦雄訳『マルセル・シュオッブ全集』（国書刊行会、6月刊）＊

月報　シュオッブ、コレット、その他（同右）

随筆　マルセル・シュオッブ全集のこと（日本近代文学館会報266号7月）＊

## ■2016（平成二八年）61歳

12月、『新装版 角砂糖の日』（LIBRAIRIE6）刊行。【新版後記／付録　小鳥たち】

推薦文　荒野より（『新編・日本幻想文学集成』全9巻、国書刊行会、内容見本小冊子、5月）＊

解説　変貌する観念的世界—あるいは両性具有者の憂鬱（『新編・日本幻想文学集成1　安部公房／倉橋由美子／中井英夫／日影丈吉』国書刊行会、6月刊）「倉橋由美子　山尾悠子編」

対談　（山尾悠子×諏訪哲史）「澁澤龍彦のいる文学史——『新編・日本幻想文学集成』（全9巻）刊行記念トークイベント」（週刊読書人8・19）

随筆　同志社大学クラーク記念館に纏わる個人的覚え書き（『高柳誠詩集成　II』書肆山田、11月刊）付録

随筆　同志社クラーク記念館の昔（泉鏡花研究会会報32号12月）＊



## 『新装版 角砂糖の日』刊行記念パーティーのこと

山尾悠子

さて。切実なものがあって書いた『ラピスラズリ』に比べれば、『歪み真珠』は掌編・短編取り交ぜて好き放題に書いた本ということになる。書くまでにずいぶんと時間がかかったが、ちょうど息子たちがふたり揃ってよくもいろいろやってくれたなという時期だったので。辛抱強くお付き合いくださった礒崎氏には頭が上がらないのである。

——そして一気に時間を飛ばして、『新装版 角砂糖の日』のことへ。

ところで20代で創作の現場にいた頃、私は女の友人が欲しかった。「女の友達が欲しい、対等な立場で創作の話ができて、ついでにパルコのバーゲンに付き合ってくれるような友達が」と当時の日記に書いていて、若い頃はバーゲンとなると血が燃えていたなあ、と思い出す。それまで女の書き手はひとりもいなかったというSFの現場に入っていって、その後も周囲に女性は少なかったのだが、そのうちパステル画家のまりの・るうにいさんとお近づきになる機会があり、それをきっかけに工作舎方面ともつきあいができた。当時としては珍しく女性の編集さんが多く、遊びに行っても居心地がよかったのだ。そしてずっと後年、2014年になってシス書店「月街星物園」展にお招きを受け、るうにいさんと久びさの再会を果たし（『山尾悠子作品集成』パーティーの折にも来て下さった）、そしてシス書店からの『新装版

角砂糖の日』刊行にも繋がることになったという次第。

さて2016年12月の初め、クリスマス一色となった恵比寿で2泊3日を過ごした。駅近くのホテルに泊まり、初日はオープニングパーティー、2日目にトークショーとサイン会。編集の平岩壮悟さんが「多幸感に満ちた2日間でした」と後になって言って下さったけれど、ほんとうにそう。恵比寿という土地柄も田舎者には眩ゆくて、お洒落なギャラリーには両日に渡りアート系と短歌と幻想小説方面のお客様が入り混じるという華やかさ。もしやこれは私の人生の頂点なのではと思えたが、実をいえばこの印象は今もあまり変わりがなかったりする。ちょうどそれぞれ近くに住んでいた息子たちが（ひとりは婚約者同伴で）やって来たことも個人的には大きかった。

それにしても、黒歴史と称して長く封印していた『角砂糖の日』を何故復刊したのかといえば。思いがけずシス書店の佐々木聖さんから声をかけて頂き、「るうにいさんや山下陽子さんなどの挿画入りの洒落た装丁で、ギャラリーで刊行記念パーティーも」と囁かれて、ころりと同意したのであるから、我ながらいい加減なものだと思う。

これが普通の出版社からのオファーであったら同意しなかったのだが、ギャラリー出版の本ならば趣味的なオブジェのようなものだし、まあいいかなと考えたのだった。——だからパーティー当日、思いがけず短歌系の若い女性たちが多数いらっしゃって、内心大いにへどもどした。でも紹介して頂いたとき、ずらりと横一列に並んで「きゃあ、山尾さん」とかいっせいに仰って、両の握りこぶしを顎の真下へ持っていくポーズ。それはもう、ぱっと花が開いたようで、考えてみれば私は創作者である若い女性たちの集団というものに生まれて初めてお目にかかったのだった。

ただいま第一歌集『Lilith』が評判となっている川野芽生さんも恵比寿でお目にかかったひとり。東大・本郷短歌会の名刺を頂いたので、「本郷キャンパスでわかるのは七徳堂（剣道部と柔道部の道場）だけ」と私は得意になって喋った。パーティーの二次会は確か近くの中華の店だったか、私は女性たちのテーブルにいたのだが、ちょうどその頃発売となった河出書房新社「日本文学全集」の『近現代詩歌』の巻のことが話題となった。何とその日、会場にいらした河出書房新社のかたから私はその巻を頂いて所持していたのだった。

「これのことですか」と紙袋からごそごそ取り出すと、わっとばかりに皆が大喜び。早速広げて皆で覗き込み、話題の中心となったのは「選者の穂村弘はそれぞれの歌人のどのうたを代表歌として選んだか」ということ。たとえば塚本邦雄ならば「皇帝ペンギン」「馬を洗はば」などの初期作ばかりだが、順当といえば順当、といった具合に。このときの楽しかったことは何しろ忘れられないが、お名前挙げてもいいかしら、その日は服部真里子さんが大活躍、才気煥発の話しぶりでした。このように才能ある若い女性たちの集団というものに昔はお目にかかることがなかった訳で、私はひとりで悶々と歌集をつくり、続けるほどの才能ではないとひとりで判断し、作歌はやめてしまったけれど。小説の世界にしても同様で、女性の本質がここ数十年で急に激変した訳でなし、むかしむかしの「ちょっと風変わりな」多くの女性たちはひとりで生きてひとりで死んでいったのだろうなと、尾崎翠のことなども少し思い出していた。

LIBRAIRIE6の展示風景

少し補足。この2日間はアート＋短歌＋幻想小説なお客様たちだった訳だけれど、SF方面と完璧に疎遠だった訳でもなくて、山田正紀さんが来て下さった。２０１１年の「小松左京氏を宇宙へ送り出す会」で久々にお目にかかって（こちらも『作品集成』パーティー以来）、メアド交換していたのだ。でも当日の山田さんは居心地悪そうで、会場の外に出てはふたりでごそごそ話をしたが、何と「飛ぶ孔雀」掲載の文學界を読んで下さっていた。私はすっかり嬉しくなり、早口の短時間でけっこう濃い創作の話ができたつもり。作家の知り合いは今でもほぼ皆無に近いので、創作者を相手に創作の話ができるのは非常に珍しいことなのだ。——若かったころの私は、男の若手ＳＦ作家たちに囲まれた紅一点、という美味な立ち位置にいたことが（ほんの短期間だけ）あった。とても楽しかったけれど、でも当時は作家としてはまともに相手にしてもらえませんでしたよね。と、感謝とともにちょっと嫌味も申し上げておきます。

## ■２０１７（平成二九年）　62歳

3月、カードセット『跳ね兎――『角砂糖の日』より』（短歌：山尾悠子、挿画：山下陽子　éditions HAQUENÉE 限定６００部）が刊行される。

小説　親水性について（たべるのがおそい3号4月）

随筆　倉敷・蟲文庫への通い始め（本の旅人6）＊

推薦文　グスタフ・マイリンク、垂野創一郎訳『ワルプルギスの夜：マイリンク幻想小説集』（国書刊行会、10月刊）＊

## ■２０１８（平成三〇年）　63歳

4月、年刊純文学アンソロジー『文学２０１８』（日本文藝家協会編、講談社）に「親水性について」収録。

5月、『飛ぶ孔雀』（文藝春秋）が刊行される。

6月、『年刊日本ＳＦ傑作選　プロジェクト：シャーロック』（大森望・日下三蔵編、創元ＳＦ文庫）に「親水性について」収録【著者のことば】。

10月、『飛ぶ孔雀』で第46回泉鏡花文学賞を受賞し、11月、金沢市にて記念講演を行う。

小説　小鳥たち、その春の廃園の（『夜想#中川多理――物語の中の少女』ステュディオ・パラボリカ、5月刊）

解説　世界の果て、世界の終わり（C・S・ルイス、土屋京子訳『ナルニア国物語⑦　最後の戦い』光文社古典新訳文庫、3月刊）

インタビュー　不燃性という幻想世界（毎日新聞5・22夕刊）＊

羽ばたく空想　不燃の世界（朝日新聞5・23夕刊）＊

緻密な言葉で架空世界紡ぐ（日経新聞7・2夕刊）＊

安部公房が絶賛したレジェンドの圧倒的な幻想を見よ！（ダ・ヴィンチ7）＊

随筆　秘密の庭その他（群像8）＊

飛ぶ孔雀、その後（「『飛ぶ孔雀』スペシャルペーパー　終わっても終わりきらない物語のために」文藝春秋、非売品、9月）＊

鏡花の初期短篇（北國新聞11・24）＊

推薦文　ジェフリー・フォード、谷垣暁美訳『言葉人形―ジェフリー・フォード短篇傑作選』（国書刊行会、12月刊）＊

ディーノ・ブッツァーティ、長野徹訳『現代の地獄への旅―ブッツァーティ短篇集Ⅱ』（東宣出版、12月刊）＊

# 泉鏡花文学賞のこと

山尾悠子

以下は文学賞のこと、しかも複数同時受賞したことについての話になるので、どうしても口吻がえらそうになると思う。まあそれでもマイナー路線一直線でやってきて、今後も路線に変更はない予定の人間が、一生にいちど出会った目覚ましい出来事ということで。

しかしそれにしても。どこからも新規の小説の注文は来ないものだ、と我ながら感心する人生を50代後半まで送ってきて、「文學界」からの連絡はある日とつぜんやって来た。まさに青天の霹靂だったのだが、お目にかかってみると「すぐ単行本化できるよう、ある程度まとまった枚数で」との願ってもない話。ここで内心意識されたのは長年憧れの泉鏡花文学賞であって、だから「飛ぶ孔雀」の特にさいしょのあたりなど、ばりばりに鏡花あるいは鏡花賞を意識しているのが見え見えではないかと本人は気にするほどだった。文芸誌掲載ということも一応冒頭のあたりだけは意識しており（どうも私の思う「純文学」とはこのように古めかしいイメージであるらしい）、だから普段の書きぶりとは違っているのだ。しかしすぐさま通常運転となって、特に後半部は、この厄介な小説を何とかして終わらせることしか考えられなくなったのだが。

ところで、私はごく若いうちに文芸誌および純文学とは縁のない人生と決定したので、以後きっぱり視界にも入れぬよう、文芸誌の新聞広告すら見ないよう頑なに避けてきた（例外的に一度だけ、ミルハウザー「バーナム博物館」の掲載誌を読んだのみ）。そこへ声をかけて頂き、生まれて初めて「文學界」を読み、その勢いでさらにあれこれ読んでみた一時期があった。ベテランも新人も何しろ名前がさっぱりわからないのだったが、谷崎由依さんの「……そしてまた文字を記していると」にそのとき出会い、感銘を受けた。ついでに思い出したので書いておくと、ちょうど私は休筆期間中だったが、笙野頼子さんの最初の単行本『なにもしてない』が出たとき何故か強力電波を受信して、読んでみると京都で同じ時期に学生生活を送ったかたとわかり、勝手に親しみを持って読み続けることになった。これはほんとうに例外的なケース。あとは高校時代から現在まで変わらず読み続ける倉橋由美子・金井美恵子の二大女神。京都にいたころ『誘惑者』が出て、京都の学生は皆が読んでいた高橋たか子。石川淳、吉田和子、中上健次。いわゆる純文学畑の現役作家で、むかしよく読んでいたのはそのあたりかな、20代前半からあとは、とにかく頑なに視界に入れないようにしていた。『山尾悠子作品集成』が出たとき川上弘美さんが新聞で紹介して下さり、「この高名な作家のかたは、SFマガジンを読むようなオタクなひとだったのか！」とそのことにまず驚いた。慌てて『溺レる』あたりを読み、これは本物だわ、とますます大変驚いた。こちら方面、今はさすがにもう少しは（ほんの少しだけ）読んでいます。

　さて、さんざん苦労して何とか完成させた『飛ぶ孔雀』が単行本となり、その年の9月となった。文春の担当さんは親身になって下さるものの、こちらとしてはやはり大出版社のかたということで遠慮があり、文学賞の話などしたこともなかったが、長年のつきあいの礒崎氏は私の意中の賞が何であるかよくご存じ。しじゅう電話する仲だが、その日はとつぜん「鏡花賞の選考会、明日ですよ」と言い出すので驚き、何でも4年にいちど、金沢市長選のある年は鏡花賞の選考が早めに行われる由。いつもは秋が深まってからという印象があったので、9月の時点ではまだ何も考えておらず、「結果の電話が来るとすれば晩の7時くらいですね、ふふふ」と言われても、そもそも候補作は非公開。候補入りしているかどうかもわからないのだった。（後で考えると、文春担当さんはご存じだった筈。）――さて当日の晩、時間が近づくにつれて口は渇き心臓はばくばく。7時を20分過ぎ30分過ぎ40分過ぎても電話は来ない。気が揉める一方で、あれ、まだかな、そもそも候補入りしているかどうか。でも候補くらいには入っていそうな気が――ああやっぱり駄目だったか。と、時間とともに諦めとつらさの気分に変わっていった。そのとき私が何を考えたかといえば、あともう一度だけ何とか頑張ってトライしてみようということだった。『飛ぶ孔雀』では駄目か、あれでは駄目だったかなあ、そうかなあ、不行き届きな小説ではあるので仕方がない。でも良いところもいろいろあると思うのでつらい、とてもつらい。でもあと一度だけ、「親水性ロングバージョン」でもう一度だけ頑張ってみよう。と胸をさすりさすり考えるうち家電が鳴り、ディスプレーを見ると文春担当さんの名が。

それからあとの大騒ぎ、夢のようだった金沢での授賞式のこと。お目にかかった立派なかたがた。授賞式の夜のこと。大阪から金沢まで往復したサンダーバードのグリーン席がたいへん素敵だったこと。鏡花記念館から金箔ソフトクリームに至るまで、印象は渦巻く。金沢はこうして特別な地として荘厳されたため、このの ち気安く観光で訪れてはならないような気もされる。（授賞式の翌年3月、金沢文芸館での講演会のための再訪はしたが。）——しかし私にとっての真の鏡花賞とは何か。あの電話がかかってくるまでのつらかった数十分、『飛ぶ孔雀』では達し得ないと思った遠い遠い目標。無理してでもあと一度だけ目指してみよう、そう固く決意した遠い理想の金の星なのだ。

今年（2021年）は「親水性ロングバージョン」（「たべるのがおそい」誌に書いた「親水性について」の長編化）書下ろしに専念する年となっています。

■2019（平成三一・令和元年）64歳

3月、『歪み真珠』（ちくま文庫）刊行。（解説：諏訪哲史）
『飛ぶ孔雀』で3月に第69回芸術選奨文部科学大臣賞（文学部門）、4月に第39回日本SF大賞を受賞する。
7月、『小鳥たち』（文：山尾悠子、人形・写真：中川多理　ステュディオ・パラボリカ）が刊行される。
【収録作】小鳥たち／小鳥たち、その春の廃園の／小鳥の葬送　中川多理さんと小鳥たちのこと——あとがきに代えて
10月、『澁澤龍彥　泉鏡花セレクション』（全4巻、国書刊行会）の刊行開始、解説を担当する（〜2020年9月）。

小説　「薬草取」まで（北國新聞10・26）＊
解説　短文性についてⅠ／短文性についてⅡ（『特別ではない一日（kaze no tanbun）』柏書房、11月刊）
随筆　壊れやすく愛おしいもの（ニール・ゲイマン、金原瑞人・野沢佳織訳『壊れやすいもの』角川文庫、6月刊）
解説　地誌とゴム紐（現代詩手帖7）〈特集　時里二郎——『名井島』を訪ねて〉＊
　　『澁澤龍彥　泉鏡花セレクションⅠ　龍蜂集』（国書刊行会、10月刊）

## 芸術選奨文部科学大臣賞、日本SF大賞

山尾悠子

鏡花賞騒動のほとぼりも冷めやらぬ12月、今度は日本SF大賞の候補入りの打診がやって来た。文學界掲載で（前半のみだが）、文藝春秋社から出た本がSF大賞の対象となるとは思っていなかったので驚いたが、このときけっこう悶着があった。もしも直接打診があったなら、私は即答で断っていた筈で、理由は「すでに鏡花賞を受賞しているから」。そのうえで別の賞の候補入りを承諾して、もしや不出来を理由に落選したのでは、鏡花賞サイドへの申し訳がたたないではないか。と思ったのだが、版元経由での連絡であったため、そこはいろいろ。――結果発表は遠い先の2月後半であるというので、ずっともやもやしていたところ、忘れもしない2月12日に（連休明けのウィークデーだった）またもや青天の霹靂のような電話がかかってきた。夕方犬の散歩から帰ったとき電話を受けたのだが、相手は文化庁のお役人で、芸術選奨の受賞が決まったというのだった。仰天しつつ文春担当さんに連絡すると、「それは昨年金井美恵子さんが『カストロの尻』で受けられた賞ですね。きっとその新人賞のほうでしょう」と仰るので、おおそうか、待望の新人賞だと喜ぶうち、正式通知のメールが届き、見れば新人賞でなく文部科学大臣賞のほうだった。ひたすら仰天し続けたのだった。

一か月後の公式発表まで口外厳禁とのことで、内心弱ったのはSF大賞のことだった。お役所仕事の大量の書類の作成などしつつ（芸術選奨は文学部門以外にも多くの部門があり、じぶん以外の受賞者たちがどなたであるのかは知らされない）、もやもやし続けるうち24日の日本SF大賞選考会の日が来て、この度はめでたく受賞の報せを頂いた。授賞式は少し先、4月であるという。20年まえ、SF専門誌時代の旧作をまとめた『山尾悠子作品集成』も候補にして頂いたのに、何だかあまり相手にもされず落選したという、因縁の日本SF大賞なのである。「夢の棲む街」や「遠近法」では不足でしたかそうですか、どうせならあのとき下さればよかったのに。と改めてそう思い、それから芸術選奨の公式発表があるまでの10日間ほ

どが、まあ長かったこと。ＳＦ大賞サイドには、内密ながら別の受賞がすでに決まっているのだとお伝えはしたのだったが――３月６日にようやく文化庁からの公式発表、12日には東京で贈呈式となった。ちょうどその間隙に金沢でのトークショーがあったり、『歪み真珠』の文庫発売となったりでいちどきに慌ただしいことだったが、さて芸術選奨贈呈式。

公式発表があって初めて文学部門新人賞が谷崎由依さんとわかり、受賞作の『鏡のなかのアジア』も読んでますます感服し、当日お目にかかるのが何より楽しみだった。文学部門文部科学大臣賞のほうは、何と吉田修一氏の『国宝』と同時受賞で、一流作家のかたと無名の私が並ぶのは何とも肩身の狭いことだった。選考委員のかたがたも立派なかたばかり、当日はお見えにならないのでご挨拶もできず、今後の精進をもって返礼とするしかない。芸能部門の華やかな芸能人のお姿なども遠くから拝見し、さて場を移して、谷崎由依さんとゆっくりお話しできたのがその日いちばんの出来事。「……そしてまた文字を記していると」を含む受賞作『鏡のなかのアジア』は、誰もが知るとおり言語テーマとエキゾチシズムが絡む魅力的な連作。何より掉尾の中編「天蓋歩行」の豊かなイメージとストーリーテリングにすっかり魅了されたのだが（熱帯雨林の大樹であった記憶を持つ男というイメージ、何とも秀逸ではないか）、私の感覚ではこの作は連作中の一編の位置に置くよりも、独立させてこれのみで本とすれば断然魅力が際立つと思う。ということを当日の私は暑苦しく語り、谷崎さんは「でも連作ですから…」と少し困ったご様子。純文学畑の知り合いは他に諏訪哲史さんしかいないのだが、おふたりとも創作に関して真面目なかたでいらっしゃるなという印象。私がいい加減で適当なのだ。「天蓋歩行」の系統の長編熱烈希望、とお伝えしておきました。

さてどんどんＳＦ大賞授賞式へ。候補の発表が12月で授賞式が４月というのは、都合もあるのだろうがちょっと間が抜けるのではないかと思う。公式パンフ用に受賞の言葉をというので、「ＳＦとわたし」と題してつらつら書き綴り、読み返してからいくぶん穏健な文に書き直した。何しろ40年も放置された女ほど恐ろしいものはないのだ。くどくなるので繰り返しませんが、私には怒ってしかるべき理由が充分にあるのだった。

鏡花賞授賞式は金沢の地、芸術選奨贈呈式はクローズな場、SF大賞授賞式はエドモントホテルの立派な会場で、お客様が賑やかで多かった。昔はそれに加え、銀座のホステスさんの姿が作家の数より多かったものだが。ところで先の「小松左京氏を宇宙へ送り出す会」にお招きを頂いたとき、このような場へ伺う機会はきっとこれが最後。小松氏にはたいへんお世話になったことだし、SFの現状をひとめ見納めにしてやりましょうと思って参上したが、会場入りして20分くらい知った顔が見つからず、帰ろうかと思ったものだ。そのうち新井素子さんや山田正紀さん横田順彌さんに出会い、懐かしくお話しできたので、結果はよかったのだが。——今回は「山尾はSFを書いていないと主張するのだから、SF大賞の候補入りは辞退するべきだった」とのたまう肥満体の選考委員が睨みつけてくるので、「このおたんこなすめ。SF大賞は頂きますよ」と口には出さず、こちらも気味悪くにっこりしてやった。でも多くのかたがたは親切に接して下さいました。とにかく大勢のお客様にずっと挨拶し続けだったが、私が最後にSF専門誌を読んだのは80年代の頭のことで、どなたもお名前がさっぱりわからないのには参った。私が直接存じ上げているのはぎりぎり野阿梓さんまでなのだ。40年ぶりの懐かしいお顔もたくさん。横田さん、まさかこんなに早く先に行ってしまわれるとは。初対面の倉数茂さんが「遊戯する龍《ドラゴン》と孔雀《ピーコック》——山尾悠子『飛ぶ孔雀』小論」と題する立派なペーパーを準備して配布して下さり、心強い味方を得たようで嬉しく有難いことだった。これはお願いして本書に収録させて頂きました。また鏡花賞選考委員の綿矢りささんが円城塔氏の友人としてお見えになっていて、まさか金沢に続けて再会の機会があるとは思わず、嬉しいことだった。

同時受賞の円城塔氏のこと。二次会の締めの挨拶で、酔っ払った円城氏が「今日はSF作家クラブに入会してもいいかなあっと、ちょっとだけ思ったけど…やっぱり入会してやらない！」と、何だか可愛らしいゴネかたをしてらして、可愛いのはいいとしてSFの現場は相変わらずなのかな、という印象。まあ関係ないですが。円城氏に関しては、「純文学とSFは読まない」という私の忌避コードにばっちり該当する存在だなとずっと思っていたのだが、『文字禍』には興味があり、同時受賞が決まったときに読んだ。予想どおりの洗練された高等知的遊戯、何より最後の「仮名」

のパートで色香がだだ洩れているので驚いた。二次会がお開きとなったとき、「またお目にかかりましょう」と円城氏は言って下さり、これも嬉しいことだった。純文方面のかたとはまったく接点がなく、それまでも面識がなかったが、今後も接点はなさそうなのだ。——これでSF方面とも改めて縁が切れたと思う。二次会のあと、文春担当さんと少しだけ寄り道してお話ししたのだが、実は熱烈な新井素子ファンと当日発覚したこの担当さん、同時にガンダムや銀英伝ファンとしての青春を過ごしたかたとも判明した。私は新井さんの人気シリーズや銀英伝は読んでいないが、ファーストガンダムは（ちょうど地元のローカルTV局に勤めていたので、職場のTVで）熱心に観ており、たいへん話が合った。密かにSFな夜を過ごしていたのである。

## ■2020（令和二年）65歳

2月、豆本『翼と宝冠』（ステュディオ・パラボリカ）が刊行される。
11月、『飛ぶ孔雀』（文春文庫）刊行。（解説：金井美恵子）

| | |
|---|---|
| 小説 | 漏斗と螺旋（群像1）＊ |
| 随筆 | 個人的な、ひどく個人的な―文學界書店（文學界1）＊ |
| 解説 | 『澁澤龍彦 泉鏡花セレクションⅡ 銀燭集』（国書刊行会、1月刊） |
| 随筆 | 綺羅の海峡と青の本（『赤江瀑の世界―花の呪縛を修羅と舞い』河出書房新社、6月刊） |
| 解説 | 『澁澤龍彦 泉鏡花セレクションⅢ 新柳集』（国書刊行会、6月刊） |
| 解説 | 『澁澤龍彦 泉鏡花セレクションⅣ 雨談集』（国書刊行会、9月刊） |
| 推薦文 | 川野芽生歌集『Lilith』（書肆侃侃房、9月刊）＊ |

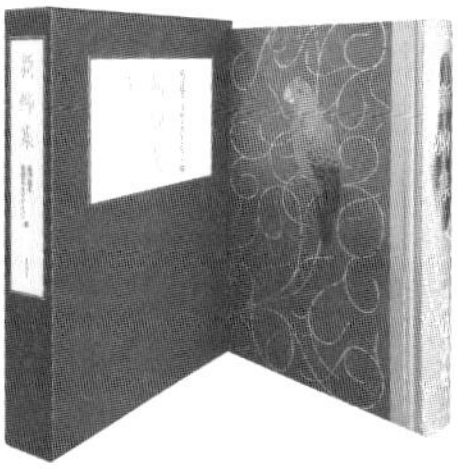

『澁澤龍彦 泉鏡花セレクション』

# 鏡花のこと

山尾悠子

さいごにもう少しだけ続けます。鏡花作品では初期作の「山中哲学」が特別に好きだ、という話は鏡花賞受賞をきっかけにさんざんした。高校生のときの初読時以来ずっと思い続けてきたので、ほぼ半世紀ののちついに話す機会が持てて、実に嬉しかった。が、公式な場では何となくそぐわない気がして言わなかったこともあり、要するにこれはセクシュアルな感興を秘めた話なのだが、「性癖に刺さる」か否かは人によるかもしれない。私には見事に刺さったので、お陰をもって直截なエロスにはあまり感心しないという身の上に。ところで、『澁澤龍彥 泉鏡花セレクション』(国書刊行会) 全4巻に続けて同じく国書刊行会から種村季弘『水の迷宮』(種村による泉鏡花論集成)が出たが、この中に「山中哲学」の名が登場する箇所がある。前記セレクションは澁澤・種村共同編纂の鏡花選集の企画がむかしあって、長く保存されていたそのときの〈澁澤リスト〉を書籍化したというもの。このリストには「山中哲学」が入っていないことが私には無念でならかったのだが、しかし〈種村リスト〉も実は保存されており、こちらには何と「山中哲学」が入っている由。さらに種村個人編纂のちくま文庫版『泉鏡花集成』には「山中哲学」は入っていないが、初期の計画段階では入っていたとのこと。「山中哲学」種村解説を読みたかった！ 特にこの作を取り上げた解説は他に見当たらないのだ。作品は岩波鏡花全集第三巻収録、このたびの鏡花セレクション第I巻『龍蜂集』にも拙解説つきで収録されています。ちなみにこの「龍蜂」というのは鏡花の造語らしく、専門家も謂れがわからないそうですね。

解説の問題。大人の事情で引き受けることになった鏡花セレクション解説であるのだが、何しろ「澁澤は」「澁澤が」と呼び捨てする度、少しずつ寿命が縮む思いがした。この先私が早死にすることがあれば、身の程知らずの罰が当たったと思って下さい。とにかく当方は小説書きであるので、フラットな態度と専門知識が要求される解説は不向き、こうして好き放題書き散らかしているほうがよほど楽しい。全4巻完結したので、重荷を下ろした気分でこっそり言うのだが、鏡花も後期になるとくどい感じがされて、清新な初期鏡花のほうがやはり好きなのだ。澁澤リストは初期作偏重の妙なリストで、そこのところにもっとも共感があった。拙い解説なりに、「薬草取」不採用問題や、「ランプの廻転」をもって「草迷宮」が初めて注目作となった経緯など、要所要所では力を入れて書いたつもり。最終巻『雨談集』では、清純で大好きな「三枚続」でなく、続編のくどくて悪趣味な（と私は思う）「式部小路」が選ばれている件で大いに引っ掛かり、こちらに入れ込むあまり、別の箇所で大ポカをやらかした。「処方秘箋」解説で「舞台は金沢」と書いたのは大間違い、正しくは「越後」、新潟です。

　と白状したところで、この駄文もそろそろおしまいに。今後は創作に絞って力を注ぐ所存です。立派な賞を頂いた御恩返しもあるし、意中の鏡花賞に加えて芸術選奨に選ばれたことは実に実に有難く、そしてSF大賞もついに頂くことができて、ほんとうはとても喜んでいるのです。長年の胸のつかえが取れました。ここまでお読み頂きありがとうございました。

**■2021（令和三年）66歳**

2月、『山の人魚と虚ろの王』（国書刊行会）が刊行される。

3月、「夜想#山尾悠子特集号」（ステュディオ・パラボリカ）刊行。

小説

部屋と喫水（群像2）＊

泉鏡花文学賞の二次会。歓談がはずみ久しぶりに煙草を手にとる金井美恵子さんに火をさしだす

本年譜の作成にあたり、「山尾悠子著作年表」（『山尾悠子作品集成』所収）、山本和人「山尾悠子作品リスト」を参考にしました。
また、礒崎純一氏、日下三蔵氏、一般財団法人石川武美記念図書館にご協力いただきました。感謝申し上げます。（編集部）

写真提供｜山尾悠子

写真提供｜山尾悠子

# 「薬草取」まで

山尾悠子

Yamao Yuko

　新婦の母堂は北陸出身とのことで、黒留袖は加賀友禅、四季の花がいちどきに咲き乱れる華やかな裾模様だった。何かの用なのか、目立たぬように披露宴会場の隅を通っていく、その柄ゆきはいかにも珍しいものとして目に映るのだったが、艶やかな牡丹に桜に萩桔梗、まるで〈美女ヶ原〉を描いたような。と新郎側の縁戚であるKは思い、酒気のせいもあってか口に出していたようだった。

「鏡花の『薬草取』ですよね。ご存知なのですか」

　ふいに横手から話しかけられ、「むかし読んだかな」とそちらへ顔を向けながらKは応じたが、思いがけず隣席には流行りの大きな花飾りをつけた短髪の若い娘がいて、これも艶やかな振り袖姿なのだった。

「薬王品《やくおうほん》を夜もすがら。そうだ、たしかそのような文で終わるのだった」急に思い出してKは言った。「これは法華経だね、経典の名が印象的だったので、今でも覚えているわけだ。鏡花の文は口調がよくて、記憶に残るのが多いね」

「ええ、ええ」と相手は明らかな喜色を顔にうかべて、「夜の美女ヶ原には四季の花が咲き乱れていて、あのさいごの場面が幻想的で、とても好きなんです。主人公は子どものころ、母親の病気を治したい一心で、まるで神隠しに遭ったようにひとりで山へ向かったのでしたよね。薬草を取りに、加賀染の紋付姿のままで」

「そして大人になって、再び薬草を求めて美女ヶ原へ向かう。そんな話だったね」

さらに思い出しながらKは言ったが、そのとき宴席の場内は急に暗くなって後方にスポットライトが当たり、衣装を改めた新郎新婦の再入場となった。ホログラムの立体映像の仕掛けなのか、薄闇となったあたり一帯にはらはらと桜の花びらが舞い落ちる演出などもあり、若い二人には目出たいことながら、遠縁のKにとっては義理の出席なのだった。顔なじみのない年配者ばかりの卓へ島流しされた按配と思っていたが、盛装の若い娘がいつから隣りの席にいるのかまるで覚えがない。季節の料理は多色の絵を皿に描いたよう、グラスの地酒は涼やかな蒸留水のように抵抗なく喉を通った。

「山道で、急に話しかけられて」とKはつれづれに話を続ける気になって、「不思議な花売り娘が道連れになって……」

「小説のぜんたいが夢幻能の結構になっているといいますね。主人公と道連れの花売り娘が、それぞれワキとシテ」

「きみは国文科の学生ですか」

「卒論の準備中なんです。できれば院試も受けたいと」と娘は力みのある表情になった。

「論文のテーマは鏡花で、『薬草取』を論じるということだね」

「ええ、『高野聖』や『眉かくしの霊』ほど有名ではないけれど、鏡花の幻想小説のなかでは定番のひとつですよね。何よりよく整って、寂しげでいて華やかな魅力のある作だと思うんです。ただ……」

そこへ眩いスポットライトとともに晴れやかな主役の二人が近づいてきて、「こんなところにいたのね」と新婦は軽く睨む目つきになった。「勝手に席を替わったりして。お隣りにご迷惑おかけしないようにね」

「この席のおじさまならば、従姉妹たちのテーブルで機嫌よく酔っ払ってらっしゃるわ」――やがて二人が次の卓へと離れていくと、娘は肩を竦めて言った。「あたし、ちょっとの隙に席を取られてしまったんです。今夜ここに泊まっていくので、あの子たちは大はしゃぎなんですわ」

「山腹からの夜景が有名だからね。従姉妹が多いのはよいことだ、仲良くなさいよ」

最終便で都会へ戻る予定のKが言いかけたとき、会場の壁と見えていたロールカーテンがするすると上へ動き出した。鮮やかにライトアップされた夜の庭園光景が戸外に現われ、会場は軽くどよめいたが、それは評判の下界の夜景が見えているためでもあった。ホログラムの桜の花びらも相変わらず会場内に降りつづけ、給仕が来て隣席のグラスとカトラリー一式を交換し、コースも進んだので、娘はようやく料理に手をつけ始めた。

「むかし高名な仏文学者と独文学者が合同の選者となって、鏡花選集が企画されたことがあったそうなんです」と、それから祝辞と余興の合い間にぽつぽつと娘が話したことはのちまでKの印象に残ることになった。

「編集会議が始まった段階で事情が変わり、企画は流れてしまったのですけれど。そののち仏文学者は亡くなって、長く生きた独文学者は個人編纂の見事な鏡花選集を実現させました。そして先ごろ、保存されていた仏文学者の手書きの選集リストが公表されて、これが興味深いものだったんです」

「面白いリストでしたか」

「偏りが大きいというより、ストレートな個人の好みで出来ているので。何しろ合同会議にかけるまえの草案で、下書きのようなものですから」

「いっさいの配慮や忖度なしということだね」

「何故選ばれたのか、不思議に思えるような無名の小品も多いんですけれど」と娘は続けるのだった。「仏文学者は幻想小説のアンソロジストとしても知られた存在でしたから、選の傾向はどうしてもそちら寄りですね——でもこうなると、幻想系の有名作や定番作で何故か選ばれていないものがあって、その不在の存在感というか、それが気になって仕方ないんですわ」

「わかった。『薬草取』が選に洩れていたのかな」Kが言うと、「『夜叉ヶ池』も洩れているんですよ。信じられます？」と相手は憤然とした口調になった。「舞台化された折のパンフレットや、文庫の解説まで引き受けて書いていたのに」

『夜叉ヶ池』なら映画も有名だね。むかし封切りの映画館で観ましたよ」Kは言った。「懐かしいね。池の主である妖怪の姫が眷属を従えて、さいごは大洪水を起こすのだった。暗愚な村人たちを成敗するために」

「これが選に洩れた理由なら、実はわかっているんです」と娘は眉をひそめた。「文庫解説で、仏文学者自身が本心を述べている箇所があるので。『夜叉ヶ池』は泥臭く、完成度で劣ると」

「――それはまた、手厳しいね」

「でしょう。そうですよね」またしても力んだ顔になって、髪の花飾りを揺らしながら娘は言い募るのだった。「そして『薬草取』ですけれど。こちらについての仏文学者の生前の言及は何もなくて、選に洩れた本当の理由は誰にもわからないんです。子どもの頃の回想で、主人公は庇護者の娘とともに山賊の根城に捕らわれて、折檻を受けるのでしたね。こうした展開が泥臭いとでもいうのでしょうか――娘は髪に挿した花を子どもに与え、逃がしてくれる。のちに追っ手がかかった山賊は大槍をふるって、死美人を背中に括りつけたまま美女ヶ原へ逃げた、と。これなどは少しあとの活劇長編、『風流線』に出てくるような人物ではあるんですよね」

「それで思い出したよ」Kは口を挟んだ。「大人になって美女ヶ原へ向かう主人公は、いったい誰のために薬草を求めたのだろうね。子どものころは母のため、でも大人になった現在は誰のためともはっきりしなくて。そこが何だか不思議に思えたものだった」

「病床の尾崎紅葉に捧げるために書いた作なんですよ」相手は言った。「快癒祈願として。

そういう成りたちの作なんです、『薬草取』は」

「ああ」とKは少し驚き、ようやく腑に落ちた気分になった。「門下生だったね、鏡花は」

それで、幻想がいささか理に落ちる作となった訳か。と内心で思ったものの口には出さず、そこへ隣席の客が千鳥足の上機嫌で戻ってきたが、これはドレス姿の若い娘たちの支えでやっと歩いている始末だった。

「せんせい、この娘は理屈を言うでしょう、理屈を。よく相手して下さったですな」と顔を真っ赤にした遠縁の酔客は言い、そういえば最初に名刺交換したとKは思い出した。「いや、なかなか面白く伺っていましたよ」と反対席の客も話しかけてきて、従姉妹たちに交じった短髪娘はこちらへ向き直り、「お話、ありがとうございました」と深く頭を下げた。

国文学は畑違いながら明日の授業があるので戻らねばならず、宴のあとでKがホテルの車寄せにいると、話題のきっかけとなった加賀友禅の新婦母堂が見送りにやってきた。「下の娘が相手して頂きましたそうで。ありがとうございました」

これも深ぶかと頭を下げるのだったが、横手の電飾庭園のテラス席には華やいだ多人数の賑わいがあって、若い者たちの二次会でもあるようだった。夜気の冷たさというのに、あの花飾りの短髪娘も中に交じっているのかどうか、「ああ、お懐かしい。思うお方の御病気はきっとそれで治ります」と幻の正体を現わす花売り娘のイメージが想起された。——夜の美女ヶ原の幻想美もさることながら、とタクシーの車内でもKは考えの続きを追っていた。この「薬草取」という作から何より自然な情として伝わってくるのは、神隠しの子が戻った喜びで母の重病が治ったことではないか——いったんは本復し、数年生きてから死んだ、と。そう書き記した折の作家は、たまゆらの浄福のなかにいたと思われるのだった。

下界の夜景のなかを車は快調に走り抜け、駅舎の改札でKがチケットを取り出すとき、何かはらはらと足元へ落ちた。桜の花びらか、一瞬の目の迷いを冷たい秋の夜風が拭い去り、ここから日常の喧噪へ戻るまで行程約二時間半。

［初出］「北國新聞」二〇一九年一〇月二六日朝刊

photo｜時里二郎 Jiro Tokisato

# 評論｜エッセイ｜インタビュー

criticism｜essay｜interview

# 沼野充義

## 世界は言葉でできている
### ――「夢の棲む街」の衝撃とわが「夢小説」の系譜

Numano Mitsuyoshi

山尾悠子（と、書き始めて、呼び捨てみたいに響くのも失礼かと思いつつ、その反面、「さん」づけにすると妙になれなれしいし、とずいぶん迷ったのだが、ここは作家に対する敬意をこめて「さん」付けをしないことにする）は私とほぼ同い年の、文字通り同時代を生きてきた作家で、いつも気になる存在だった。彼女の長い休筆期間にもその名前を忘れることはなく、私の脳裏で「山尾悠子」という名前は絶対に消し去ることのできない伝説のようなものになっていった。

実質的なデビュー作「夢の棲む街」が『SFマガジン』に掲載されたのは一九七六年、著者がまだ同志社大学の学生だったときで、この鮮やかなデビューは当時同世代の読者の間ではずいぶん騒がれた。SFファンだった（今でもそうだが）私も、SF仲間に「すごい女性作家が出てきた」と聞かされて、さっそく読んで衝撃を受けた。その二年後、一九七八年に文庫版オリジナルとして出版された『夢の棲む街』（ハヤカワ文庫JA）もすぐに買った。この記念すべき山尾悠子最初の著書はその後ずっと大事に取ってあり、長いこと手にとったことがなかったのだが、今回改めて書庫の中をくまなく探してみたところ見つからない。本が増えすぎた結果、この十年来、自宅書庫と大学の研究室の他に六か所も本の置き場を設けて本の大移動が続いているため、それらの場所のどこかにしまわれていることは間違いないのだが。

「夢の棲む街」のどこがそれほど衝撃的だったかといえば、やはり、言葉によって幻想空間を緻密に作っていく徹底的な姿勢だった。街そのものが幻想空間であることは言うまでもなく、その上に広がる空と星座、上空に棲息しているらしい透明な生き物たちから、街に住む人間と人間ならざるものたち――人魚や天使も含む――そのすべてが渾然となって、結末のカタストロフになだれこむ。「人間ならざるもの」の最たるものは、街の噂の運び屋とされる〈夢喰い虫〉である。その一人、バクの視点から小説は語られていく（主人公の名前が「バク」だというのはちょっと今から考えるとわかり易すぎる感じもする。ちなみに夢枕獏という筆名の作家がデビューしたのは一九七七年である）。バクというのだから、読者はなんとなく動物の獏を連想するのだが、作中では〈夢喰い虫〉の姿は「どんぐりの実」によく似ているとあるだけで、具体的な描写はないので、最後まで不思議な感じがずっと残る。

こういった山尾悠子の作風は、言うまでもなくSFとは対極的なものだが、それだけにそれが『SFマガジン』に掲載されたことで衝撃度が増したと思う。ちょうどこの頃SFは正確な科学的知識とそれに基づく外挿法に支えられた「ハード」な正統派の牙城であった時期は過ぎ、ファンタジーや実験的純文学などとの境界を曖昧にしていった。純文学陣営の異端としての幻想はすでに澁澤龍彥や種村季弘によって開拓されていたが、それをSFファンを含む若い読者につなげるような存在が山尾悠子だった。少なくとも当時の私にはそう思えた。山尾悠子は大学の国文科では泉鏡花で卒論を書く一方で、個人的には澁澤龍彥、塚本邦雄、高橋睦郎などを耽読し、作家として登場したのである。

初期の典型的な「幻想空間もの」では、「夢の棲む街」の翌年に発表された「遠近法」がある。これは無限に重なりあった回廊からなる円筒形の塔の内部世界を記述したもので、その世界は《腸詰宇宙》と呼ばれている。このように無限に部屋や回廊が続いて架空の建築物が形作られるという発想自体は珍しいものでもなく、ボルヘスの『バベルの図書館』など有名な前例もあるが、山尾悠子はみずから解説しているように、当時ボルヘスの作品を読まないでこの発想を得たというのだから、かえってすごい。もちろん、山尾悠子は「想像力の質」がボルヘスのようなブッキッシュな作家とはまったく違い、緻密に言葉を重ねてあやしく蠱惑的なピクチャレスクな空間を作り出すので、ボルヘスの亜流とかいったことにはならない。ちなみに回想の糸をたどるうちに書き留めておくと、私の大学時代の同級生、丹野義彦は私と一緒にやっていた文芸同人誌に『部屋の地図』という創作を連載していた。たぶん、一九七三年から七四年のことだ。これは部屋が無限に続く建物の内部とその住人たちの様子を延々と探っていく小説で、完成したらカフカの『城』なみの大長編になりそうな気配があったが、残念ながら未完に終わり、丹野も結局小説家としてデビューすること

**沼野充義**［ぬまの・みつよし］NUMANO Mitsuyoshi

1954年、東京生まれ。東京大学名誉教授、名古屋外国語大学世界教養学部教授・副学長。ロシア東欧文学。著書に『徹夜の塊 亡命文学論』（サントリー学芸賞）、『徹夜の塊 ユートピア文学論』（読売文学賞）など。今回、文学そのものが「夢の棲む街」なのだと思い当たりました。これまでの人生も長い夢を見てきたようなもの。いつまでも覚めたくない夢ですが。

はなかった。彼は後に心理学者、東大教授となった。
　話を「遠近法」に戻すと、この作品は初出誌の枚数制限のため、書いたものが全部掲載されず、のちに「遠近法・補遺」という形でまとめられたという（ちくま文庫版『増補　夢の遠近法』所収の「自作解説」による）。この補遺に出てくる「誰かが私に言ったのだ／世界は言葉でできていると」という二行のフレーズは、山尾悠子の創作の核心をついたものとして、たびたび引用されてきた。いま手元にある、東雅夫が編集人を務めた『幻想文学』の第三号（一九八三年）は「幻想純文学」と銘打った特集を組み、山尾悠子のインタビューも掲載しているのだが、そのタイトルもまた「世界は言葉でできている」となっている。ちなみにこの号には、村上春樹の（いまとなっては大変珍しい写真も添えた）インタビュー「羊をめぐる冒険　ぼくらのモダン・ファンタジー」も載っていて、幻想文学の可能性を追求する新しい流れの両極端がはからずもここに同居していて興味深い。そういう時代だったのだ。

　ところで、この「誰かが私に言ったのだ／世界は言葉でできていると」という、ある意味では極めて分かりやすく山尾悠子の姿勢を宣言するマニフェストだが、山尾悠子は『増補　夢の遠近法』の「自作解説」でちょっと不思議なことを書いている。この二行分かち書きのフレーズのうち、「比重はもちろん一行目のほうにある」というのだ。常識的には二行目の「世界は言葉でできている」のほうが重要な意味を担うと考えられそうだが、一行目、つまり「誰かが私に言ったのだ」のほうに比重があるというのはどういうことだろう。私にはこれはいまだによく分からないのだが、ひょっとしたらこういうことではないか。つまり「世界は言葉でできている」というのは、山尾悠子にとって今さら宣言するまでもない当たり前のことだ。それに対して「誰かが言った」というのは、伝聞、伝播を通じて（「夢の棲む街」の〈夢喰い虫〉が噂の運び屋であったように）受け継がれていくものこそが、幻想の営みを成り立たせていることを示唆している。しかしその幻想の成り立ちを人々はあまり理解していない……。

　まるで見当はずれの解釈のような気もするのだが、人は個々の幻想作家に独創性を求めるあまり、受け継がれていくものを軽視する傾向があるのは確かだろう。それで思ったのだが、自分自身のその後の読書遍歴を考えると、「夢」というテーマをめぐって明らかに受け継ぎ、受け継がれていく（意識的なものでないにせよ）流れができていることに気づかざるを得ない。

ロシアや東欧の文学を中心に読んできたので、私が挙げられる例はかなり偏っているが、この機会に私が山尾悠子の「夢」を起点に、どのような道をたどってきたか少し書いてみよう。

まずアルバニアの作家、イスマイル・カダレの『夢宮殿』（原書一九八一年。邦訳は村上光彦訳、創元ライブラリ）。いつどこを舞台にした物語なのか、最初のうちは判然としないのだが、やがて、どうやらオスマン・トルコらしいということが分かってくる。その意味では、この小説は「リアル」な設定に基づいており、山尾悠子的な幻想空間ではまったくないのだが、この小説世界に君臨する「夢宮殿」なる迷宮のごとき巨大官僚的組織は不気味で不条理で夢幻的である。そこで収集・分析・解釈される夢の数々は、夢がいつもそうであるように、不可解で現実離れしているけれども、それがもたらす現実的な恐怖は——主人公の叔父は、この夢の解釈の結果、逮捕され、処刑されてしまう——スターリン時代の東欧さながらの生々しいものである。となると、この作品の夢の世界は、山尾悠子の幻想世界とは対極的なものだと言えそうだが、悪夢を通じて現実と渡り合うというのも夢の一つの可能性であることは否定できない。さらに、山尾悠子の幻想空間が現実から隔絶した、社会とも無縁で批判的要素の一切ない「芸術のための芸術」とするのは、単純化しすぎた見方ではないか、と書き添えておきたい。「夢の棲む街」の孤立した都市空間という設定は社会風刺を秘めたユートピア・ディストピア文学の多くと共通するものだし、不可視の絶対権力者と思しき〈あのかた〉は当然のことながら、スターリンのような独裁的権力者、あるいはオーウェル『一九八四』の「ビッグブラザー」を思い起こさせる。

カダレの作風はしばしば「カフカ」的と呼ばれ、生々しい現実と夢幻的な不条理をあわせ持ち、幻想的でありながら、つねに現実の批判につながる扉をどこかに組み込んでいる。山尾悠子自身は前述の『幻想文学』第三号所載のインタビューでカフカは「退屈で」「辛気臭くて」嫌いだとはっきり言っている。そうであるにしても、私があえてここで言いたいのは、本人が嫌いだと言っているにしても、夢の系譜の中では受け継がれていく側面もあるということだ。

カダレよりもずっと山尾悠子的夢の世界に近いのは、セルビアの奇想作家（あえて幻想作家とは言わない）ミロラド・パヴィチの『ハザール事典』（原著一九八四年。邦訳は工藤幸雄訳、創元ライブラリ）だろう。この小説はバロック的な奇想天外な仕掛けに満ちた、実に風変わりな作品だ。キリスト教関係資料に基づく

「赤色の書」、イスラム教関係資料に基づく「緑色の書」、ユダヤ教関係資料に基づく「黄色の書」の三冊からなる百科事典の形式をとり、中世に滅びた伝説的なハザール王国に関する様々な情報を掲載しているのだが、そのすべてが幻想的な内容で（かなり突拍子もない奇怪な伝承を含む）、しかも事典形式の小説というポストモダン的手法のおかげて、文学的奇想の楽しいゲームと相対主義的な遊びの感覚に満ちた作品になっている。このようなポストモダン的な遊びの感覚は山尾悠子にはないが、徹底的に緻密な言葉によって奇想世界を作っていくという「想像の質」においては近いものがある。その一番いい例は、『ハザール事典』に収められた「夢の狩人」という項目である。少し引用してみよう。「〈夢の狩人〉らは他人の夢を読みとり、その夢のなかに住み、夢のなかを駆けめぐって、指定された獲物——人、物、動物など——を追うことができた。最古の〈夢の狩人〉に関しては記録が残っており、それにはこうある。「夢のなかでわれわれは、われわれ自身を水中の魚同様に感じる。時おり、われわれは水面に顔を出し、岸辺の世界に一瞥を投ずる（……）」。伝説によると、〈夢の狩人〉のなかでとくに有名な（……）男は秘伝の奥義を極めた人物で、他人の夢のなかに入り込んで、そこで魚を飼い馴らすことも、ドアをあけることもできた。そして、それまでのだれよりも夢の奥深く入って行けたので、ついに神のいるところまで達した」

さらに夢の系譜で、パヴィチよりもさらに「想像力の質」において、山尾悠子に近親性があると思われるは、現代ポーランドの女性作家マグダレーナ・トゥッリである。彼女の代表作『夢と石』の一節を拙訳で引いてみよう。「憧れと疑いに苦しめられ、思い出の町は不安にかられて毎晩夢を吐き出す——それは静けさと暗闇の中で自分を支えてくれるものを探す、魔法にかけられたねばっこい若芽のようなものだ。しかし、夢は他の夢以外には何も見つけられず、結局夢どうし互いに絡み合う。夢たちはあらゆる方向に伸び、結び目や輪を作り、巻きつきあい、癒着し、枝分かれする。暗い夢もあれば、明るい夢もあり、美しい夢も、恐ろしい夢もある。しかしその明るさはいつも闇から出てくるし、美は恐怖から出てくる。絡みあった夢たちは植木バサミに断ち切られることもなく全世界を満たす。まさにこの夢たちの絡みあいこそが世界そのものであり、この町の住人たちも、彼らの家もベッドも布団も思い出もすべて、夢が夢見られるためだけに必要なのだ、と言えるほどである。」

トゥッリは一九五五年生まれなので、山尾悠子と同い年だ。ここに引用した『夢と石』で一九九五年にデビューして一躍注目され、現代ポーランドの新しい詩的散文の旗手として国際的に知られるようになった。『夢と石』は長編小説と呼ぶには短い、長い散文詩と言ったほうがよさそうな作品で、非常に密度の高い、独自の幻想性を（そしてときに繊細なアイロニーとユーモアを）かもしだす文体で書かれている。ここで語られるのはある名前もない町の生成と成長と崩壊である。それが、不動の石と不断に変化する夢の対照のうちに、現実と幻想の境界をつねに曖昧にする流動的な文体で描かれていき、普通の小説のようなプロットも主人公もなく、この作品を一気に通読した読者は長い夢を見させられたような気分を味わうことになるだろう。トゥッリ自身は、この作品についてこう説明している。「プロットの組み立て方は小説の常識とは違っていますし、会話もなく、語り手の言葉の一言一言を信ずることもできません。これは町についての本ではありません。これはむしろ生について、そして、死についての本なのです。」私は『夢と石』を最初にポーランド語で読んだときやはり衝撃を受け、一度短い抜粋を『真夜中』創刊号（二〇〇八年、リトルモア刊）に訳載したのだが（そのときは「夢の町」というタイトルをつけた）、その後、夢からかけ離れた雑事に追われる人生の渦の中、すっかり忘れてしまった。いずれ全訳してみたいと、いまごろになって思う。

振り返ればこういった「夢小説」の系譜の――もちろん個人的な読書歴を通じてできた系譜にすぎないが――原点にいつでもあったのが「夢の棲む街」だった。そのことをいま改めて思い出す――感謝と懐かしさと限りない愛をこめて。

# 谷崎由依

# 箱のなか、箱の外

Tanizaki Yui

## 1

その本のまわりだけ、しんと静かだった。書店員による惹句は添えられず、ただおもてを向けて置かれていた。不世出の幻想小説家、と帯にあった。

四条河原町にかつてあったブックファーストで、矢川澄子の集成が差してあったりするような棚だった。碧玉色の箱に入った本は、静謐なたたずまいなのに強い吸引力があった。降る雪が音という音を吸い込むような、そうした吸引力だった。手に取って箱を外すと、薄葉に包まれた布装のまんなかにはちいさな絵が嵌め込まれていた。頭部と目に包帯を巻いた少女が、縋るように竪琴を手に、小島の上に座っている。引き結んだ口許は、ほんのわずかに笑んでいるように見えなくもない。絵の題は「希望」だった。

『ラピスラズリ』との、それが出会いだった。ひいては山尾文学との。二〇〇三年という奥付の数字を見ると、鳩尾を掴まれるような心地がする。表紙に施されたウォッツの絵に――それはほんとうは、盲目の少女の手にも音楽は変わらずある、ということらしいのだが――、絶望の果てを敢えて希望と呼び換える、つまりは心的状態とは、それをどのように捉えるかだけ、呼び方ひとつの問題であると諭されているかのような、イロニーと言っても足りない、逆説的な喜びのようなものをわたしはそのとき感じたのだけれど――たとえば凍てつく寒さのなかにあっても、寒さと同化し、寒さを進んで胸中に受け入れてしまうなら、それはもう寒さではない――、それというのも当時自分が、ともすると絶望と呼んでしまいたくもなるような、何かの底にいたからかもしれない。

冬眠者たちの物語だった。夜行列車を待つあいだに入った画廊で目にする三葉の銅版画。塔と人形と森と落ち葉と、絵のなかに入り込んでいくかのように言葉は続いていく。その絵がどうしてそこにあるのか、続く物語との関係も、はっきりとは示されない。けれど納得のいくもので、当時好んで読んでいたロブ＝グリエの『迷路のなかで』の導入部を想起した。冬が来ると眠りに入り、飲まず食わずで仮死状態になって寝室に籠もる貴人たちと、世話をする使用人たち。やがてその場所は疫病に冒され、カタストロフが訪れる。人物たちはどこか自動人形のような諧謔味を帯びてもいて、リズミカルに進んでいく使用人たちの世界を、ブリューゲルの描く中世風のタッチで思い浮かべもした。

四篇めは、日本のどこか地方の廃市を舞台に、一人称で語られる。その語り手が冒頭で銅版画を見ていた者と同一かどうかというのは定かではない。けれど流れているものはおなじで、辿られる記憶と諦念と、つめたい熱狂とでもいうべきもの——それは何より文章の緻密さそのものであって——により、ひとつに繋がっている。「銅版」が寒さのほうへと降りてゆく篇であるならば、この「トビアス」は水のぬるむ季節へ向かう目醒めの篇である。

にんげんの数は減り続け、戸籍制度は死にかけていて、電話も繋がらなくなりつつある——災厄か戦争か、とにかく何かのカタストロフが訪れたあとの世界。「トビアス」の語り手はそんな現《うつつ》を生きていて、そこから反転するように転がり出ていたのが「閑日」「竈の秋」の世界なのかもしれない。鍋いっぱいの苺煮の、ふつふつと泡立つさまと匂いを思い浮かべる〝わたし〟としての記憶を、冒頭「銅版」の〝わたし〟は喪失していたのかもしれない（列車を待つという状態は、どこか匿名的である）。いずれにせよ両者が同一人物かどうかということはさして重要ではなくて、冬の物語を通り抜けた先にここへ出たということなのだ。首尾一貫性や辻褄合わせや裏設定といったようなものは、もしかしたらあるのかもしれないけれど、重要ではないとやはり思われた——し、読み返したいまもそう思う。生け花を差してゆくときとか、絵を描くときのコンポジションとか、あるいは文章でも詩に向かって、そのようなならびである理由を、審美的な要因を越えて求めはしないはずだから。詩を読んだり書いたりといったことを続けていた当時のわたしにとって、だからこの本の構成は、とても自然なものだった。より広い天へと向かってひらかれてゆく「青金石」が最後に置かれていることも。

色では青がいっとう好きで、マルグリット・ユルス

**谷崎由依**［たにざき・ゆい］TANIZAKI Yui

1978年福井県生まれ。作家、近畿大学文芸学部准教授。2007年「舞い落ちる村」でデビュー、19年『鏡のなかのアジア』で第69回芸術選奨文部科学大臣新人賞を受賞。著書に『囚われの島』『藁の王』『遠の眠りの』など。夜想に、それも山尾悠子特集に、書かせていただく日が来るとは。遠くでひかる星のように憧れていた世界です…。

ナールは最初期の「青の物語」がじつはいちばん好きだ――翻訳なら多田智満子のものが別格だったけれど、作品そのものとしては。これは掌篇ともいうべき長さの、青のイメージについてひたすら綴られた散文詩のような一篇である。青は静的であり、ともすれば死の象徴とも捉えられる。なまあたたかい生の側に甘んじようとしないひとは、凍った湖底へと歩みを進めるかのように、死に至る絶望を癒やそうともせず、そのうちに身を浸し続けようとする。

青金石――ラピスラズリの青は、けれども顔料としてはもっとも高価なものである。材料の希少性ゆえに、と、ほかはうろ覚えの美術史の授業で、そこだけは記憶した知識だった。嗜眠症者の体温は、冬のあいだ下がり続けるかもしれないけれど、アッシジのフランチェスコのもとにあらわれた名もなきものの言葉のなかで、それは天上の青、裂けた空から降りくる祝福の色となる。

作者自身が長く休筆していたこと、眠りと目覚めの物語であるのはそれと関わりがあるらしいということを、知ったのは読後しばらく経ってからだ。つめたく凝《ここ》ってゆくに任せていたこころにとって、青い箱のなかのこの本が何か救いのように思われたこと。ほっとあたたかく、今度こそは正しく――嗜眠症めいた眠りではなく、正しく目覚めるための眠りを、眠れそうだと感じたこと。それもまた、降る雪がほとりとあたたかいのに似ていたこと。もう十七年も前の、そんなことを思い出す。

## 2

当時わたしはまだ大学に片足を突っ込んでいた。下鴨神社とか知恩院とかでひらかれる古本市には新本を扱う店も出ていて、国書刊行会の本は多くそこで買った。ボルヘスにはまっていたのでバベルの図書館シリーズとか、二〇〇四年の日記を読み返すと、日本幻想文学集成と山尾悠子作品集成を買ってしまってお金がない、と書かれている。その数日後には、生まれてはじめて書評を書くことになった、ひとに見せる文章など卒論くらいしか書いたことがない、どうしよう、とあり、続いてジェフリー・フォード『白い果実』の評の下書きが残っている。大学の生協が発行していた「綴葉」という冊子に、確か寄稿したものだ。

山尾悠子訳によるこの本を読むことにより、わたしは氏の文体について、それまで以上に考えることになった。「肥大した頭脳の投影たる都市、教理問答の悪魔、人狼、木乃伊、地上の楽園」――とそのときその書評に書いたのだが（以下、この段落鍵括弧内同様）、そうしたモチーフを山尾氏の、「ひややかで切れ味のよい言葉の連鎖」で読むことはひじょうなる喜びだった。とくに前半部、「サディスティックで奇矯な挿話が諧謔的な迄の手際の良さで眩《くるめ》く」さまは「文体の賜物」とも言える。そこへ来て後半部の、物語の落ちが着けられていくくだりへさしかかって、あれ、と思った。もしかして、いや、きっと、この小説は翻訳によって原文以上に優れたものになっていたのではないかと。

　海外文学を翻訳で読むときは、通常、どこか大目に見ているようなところがある。わたし自身、翻訳の仕事をしながら痛感することなのだが、訳文という皮膜を通すことによって、原文そのものの美質は幾分か減じられる。ほんとうはもっと素晴らしい小説なのに、自分の訳によって伝わらない部分が必ずあると感じるし、翻訳物の読書の際にも、だから幾らかよさを割り増しして読むようなことが多い。それは訳者のせいではなくて（と、これは自己弁護のつもりではないのだけれど）、翻訳という作業が本質的に不完全さを孕むものだからだ。

　だが『白い果実』の場合は違う。その逆である——とわたしは想像した。フォード氏の原文に当たったわけではないので、憶測で物を言うことを許されたいのだが、もとの文体はもう少し、ぼったりとしていたのではないだろうか。山尾氏の訳文を通すことで、より彫琢されたものになっているのではないか。著者のフォード氏は、この幸運をわかっているのだろうかと考えたものだった。

　山尾作品における文体の独自性については、それ以前から感じてはいた。小説においてこのような言葉の連なりを目にすることはまれである。『飛ぶ孔雀』の書評に書いたことでもあるのだが、たいていの小説は一文一文に欠落が仕込まれており、言わばその不完全さが次の一文を読ませ、物語を推進させる。筋書きに多くを拠っているということでもある。それは言い方は悪いけれども、袋菓子を食べはじめるとひとつではすまず、ふたつ、みっつと続けてそのまま平らげてしまうことにも似ている。

　けれど山尾氏の文体は、文章のひとつひとつ、もっといえば言葉のひとつひとつが、それだけで完璧に立っている。世の多くの小説が、どこかにあるかもしれない——それは結局ありもしない、という場合もままあるのだが——中心への仄めかしと誘導によって成り立つとすれば、山尾作品の場合は、鉱石の結晶する核のような中心が、フレーズの単位で存在するのだ。その意味では詩にも近いと感じる――実際、『山尾悠子作品集成』を手にしたとき、多田智満子の散文詩と共通するものを感じて驚喜したものだ。ひとつひとつをゆっくりと味わいながら進むうちに、いつしか読者は広大な伽藍のうちに――あるいは一幅の絵のうちに、立たされていることになる。

「誰かがわたしに言ったのだ、世界は言葉でできていると」――『集成』の帯に記された、あまりにも有名な一文。けれど学生だった当時、山尾悠子について語る相手などいなかったわたしは、この言葉をひとりただ護符のように握りしめていた。

　世界は言葉でできている――世界は言葉で構築することができる。ダーシで結んではみたけれど、そのふたつは無論イコールではない。世界を言葉で構築することに血道をあげているうちに、この世界が言葉でできているような錯覚をすることになった――それがそのころのわたしであり、眠って夢ばかり見ているうちに現世《うつしよ》のほうが夢であるような気にもなっていた。地面を踏んで歩いているのかも覚束なかった学生にとって、「世界は言葉でできている」とは宣言のようなものであり、このままこの道を進めばよいと言われたようでもあった。

　話が逸れてしまったけれど、つまり言いたかったのは、山尾作品における幻想は、何よりもまず場の幻想であるということだ。「夢の棲む街」の漏斗型をした街、京都が舞台の「月蝕」は都市論のようでもあるし、「遠近法」の《腸詰宇宙》は言葉のひとつひとつが鏡のかけらを繋げたようにまばゆくて、鏡対称のその世界に一瞬で連れ去られる。幻想を書く作家は、場の幻想とひとにまつわる幻想と、どちらをおもに書くかによっておおきくふたつにわかれるように思うが、山尾氏は前者であり、ものを書こうとしていた学生は、その点にも意を強くしたのだった（それにしても、場とひとと、ふたつの型の幻想作家があるのは、どうしてなのだろうと時折思う）。

　山尾作品の推進力は、だから欠落に拠るのではなくて、言葉により構築されていくこの〝場〟がいったいどのようなものなのか、絵のぜんたいを見たいという欲求を掻きたてることに、まずは拠っているのかもしれない。『ラピスラズリ』『集成』『歪み真珠』と、どれも布装、箱入りの、国書刊行会版単行本を読み返していると、劇場や垂直性、可燃と不燃、または水が作り出す場など、最初期から『飛ぶ孔雀』まで一貫したモチーフへのこだわりが見えてきて、目をひらかされる。『集成』の中扉と目次のあいだに挟み込まれた沢渡朔による肖像写真――ここに写っている瞳には、どんな世界が映じているのだろうと。

3

書物を箱に入れるのは、何の故だろうか。汚れないようにするため、ひらいてあけるときにこころの準備をするため――あるいは純度の高いその世界が、頁から零れ落ちてしまわないように、だろうか。

手持ちの著書がすべて箱入りであるというのは、わたしの本棚では山尾悠子だけだった。国書刊行会の本は多く持っていたけれど、海外文学でもなく昔の作家でもなくてこの版元から出ているというのは、少なくとも小説では、山尾悠子しか知らなかった。国書刊行会に就職した知人が、山尾さんは別枠だから、というようなことを言っていた。

それが二〇〇七年のことで、わたしは小説の新人賞をそのころいただいた。二〇〇三年に鬱々としていたのは、その前年におなじ新人賞の最終選考に残るだけ残って、そのあとどうしたらいいかわからなかったからかもしれない。二〇一三年になると、その賞を出している「文學界」に「飛ぶ孔雀」が掲載され、同作は五年後、単行本として刊行された。箱には入っていなかった。

『飛ぶ孔雀』を書評する機会を得たが、与えられた紙幅は四〇〇字詰め三枚だった。作ったメモの分量の何分の一かである。書き切れず残念だったのだが（とはいえ時評では褒めてもらった）、そこにはこんなふうに述べた――「（収録作である「飛ぶ孔雀」と「不燃性のついて」の）書かれ方は二篇でだいぶ違う。前者は地図と遊戯のルール、後者は演劇のルールに従っている――と考える」。

地図と遊戯のルールとは、つまりはこういうことだ。「飛ぶ孔雀」の章題はそれぞれ場所をあらわしており、街の各所を灯りで照らしながら一枚の地図を浮かびあがらせる。終盤近くにカード遊びをする女たちが出てくるのだが、そのカードが裏返ることによって、人物が孔雀になったり性が逆転したりといったことが起こったのではないかと。いっぽう演劇のルールとは、場が裏返って出現した〝不燃の秋〟（『ラピスラズリ』の「竈の秋」も想起させる）を劇空間と捉え、そのことにより「飛ぶ孔雀」と同名の人物がべつの役割で登場することになっているのではないかと論じた。

わざわざここに繰り返して書くのには理由があって、それはリアリズムに拠らない小説を、幻想だから、夢のようなものだからと言ってすませてしまうことに、喉に小骨が引っ掛かったような違和感と、おそらくは不満をへいぜい自分が抱いているからだと思う。辻褄は重要ではないと先には述べたけれど、誰が何をしてその結果こうなったとか、そうした因果関係とはまた別種の経済が、幻想小説には存在する。幻想小説、という言い方もほんとうはそんなに好きではなくて、それはわたしが純文学の領域にいて、幻想的、幻想小説、のひとことでくくられて片づけられる、といった読まれ方をときどきするなあと感じるから、であり、この十年余りのあいだに溜まったそれは言わば鬱憤にすぎないのだけれど（だから幻想小説の側への不満ではなく純文学の側への不満である）（そもそもリアリズムとは何か。虚構である小説を、それが現実的《リアル》であるとかないとか云々したところで、たんに蓋然性の問題でしかない）、つまり何を言いたいかというと、印象で語られがちなものこそ、その成り立ちについて論じてみる価値があるのではないかということで、この書評ではそれを、試みたのであった。

『飛ぶ孔雀』は冒頭の一文から、舌に載せれば舌が悦び、胸中にその絵を描いてみればどこまでも彷徨い続けたくなる作品で、京都は誠光社のブックトークで「なつかしい」をテーマに話したときこの本を選んだのは、作中にあらわれる風景が、少時の記憶の手触りにも似た何かを掻きたてたからだった。

芸術選奨を受賞された際には、わたしも同席することができた。というのも同賞の新人賞をいただくことができたからである。これはわたしがデビュー時を除いてはじめて受けた賞であり、そのことじたいは無論ありがたかったけれど、山尾さんにお目に掛かり、その後の食事会ではあまつさえ隣に座って、たくさんお話しできたというのは、いま思い返しても気を失いそうなほどの僥倖であった。

『集成』の肖像と、同書の「栞」に載せられた、洋館の暖炉に右手を滑らせている山尾悠子氏。その姿は文体と同様に、重さがない――あるいはどこにも寄り掛かることなく、重心が内側にすっとおさまっている。読んでは箱に入れ、ということを繰り返してきた書物のなか――つまりは箱のなかの存在だった。その山尾さんが、箱の外にいる。ふたりの息子さんのことを、「聞いてくださる?」と言ってお話しされる。気高さのなかに愛らしさがあって、こんな言い方をして失礼でなければ、まるで高貴な猫のような方であった。わたしは緊張すると飲み過ぎるくせがあって、この晩もワインを何杯も干してしまった。宿泊先のホテルでベッドに潜り込んでからも、ひとりでわーわーと言っていた。山尾さんとお話ししてしまった！　と。

ボルヘスの短篇「トレーン、ウクバール、オルビス・テルティウス」は、虚構世界であるはずのトレーンが現実世界に入り込んでくるところで結ばれている。箱の外の山尾悠子氏、と思ってみて、ふとそのくだりが思い浮かんだ。もちろん山尾さんは当時もいまもずっと生きた生身の現実なのだが、わたしにとってはそれくらい、とくべつな存在だったのだ。

わたしが大酒飲みなのを知って、また酒席を、と言ってくださったのだけれど（山尾さんご自身は飲まれない）、まだしばらくは叶いそうにない。というのも芸術選奨の晩のあと間もなく、妊娠・出産・育児という事態が身に降りかかってきたからだ。頼るひともないなかでの育児は結構たいへんで、山尾さんが休筆されていた期間、ふたりのお子さんを育てていたことに時折思いを馳せる。『ラピスラズリ』へと結晶していったその長い時間のことを、いつか、少しだけ、伺ってみたいような気がしている。

# 鏡と影
## ——「ムーンゲイト」と初期山尾作品をめぐって

金沢英之
Kanazawa Hideyuki

隣町の古本屋の軒先で見つけた白背の文庫ではじめて「遠近法」を読んだ十代の終わり、作中の名もない男たちとともに〈腸詰宇宙〉の垂直に連なった回廊を旅するうち、身の回りの現実がどこかへ消えて言葉で綴られた世界に囚われたような眩暈に襲われた。「遠近法」をはじめ、「夢の棲む街」や「耶路庭《えるにや》国異聞」のような、純度の高い幻想で構築された異世界の系列が好みだけれど、それらのあいまに挟まれる「月蝕」や「天使論」のような、こちらがわの世界を舞台とした作品にもたまらなく惹かれる。「破壊王」の連作では艶治な物語世界に陶然となり、「スターストーン」の甘々な超現実の恋に涙する。

　とまあ、偏愛の山尾作品を挙げていけばきりがないけれど、いちばん好きな作品は？　と問われたら、「ムーンゲイト」なのである。

　最初は、描かれた世界そのものの魅力だったのだと思う。沈みゆく水上都市〈千の鐘楼の都〉。積み重ねられた石の腐蝕した肌理を感じさせるようなモノクロームの描写。館の地下の水を湛えた秘密の洞窟。都の中心を貫く大水路を行き交う異国の交易船。忍び寄るいくさの気配。小説の後半、舞台が河を遡った先の〈月の門〉に移ってからは、一転して羊歯の葉群の隙間から滴り落ちる月光と、一面にひろがった水の湛える静謐さ。ジュリアン・グラック『シルトの岸辺』を読んだとき、長引く戦争の時の中で朽ちかけた古都オルセンナの幻影や、石畳の街路を地下水と密林に覆われたサグラの廃墟の眠るような沈黙に同種の魅惑を感じることになるが、それはもっと後の話。ついでに言えば、館の塔に閉じ籠もったままの領主が異形の姿となって出現するシーンで、ラヴクラフト「アウトサイダー」の影に気づくのも、何度目かに読み返したときのことになる。

まず心を摑まれたのはたしかにそのような世界の肌触りだった。けれども、この作品が自分にとってかけがえのないものとなった理由の中心には、水蛇という名の領主の娘の存在があった。

山尾作品の登場人物は、GとかKとかOだとかの没個性的な記号、あるいは「刺客」や「魔術師」や「仲介人」などの属性だけで呼ばれることが多い。そうした中にあって、一握りの固有名詞を与えられた存在は、そのぶん具象的な実在感を帯びることになる。なかでも本作の主人公である水蛇は、山尾作品の中でもひときわ深い印象を残すキャラクターだ。

そもそも、初期の山尾作品には、二種類の登場人物がくりかえし現れる。世界を傍観者として見つめつつ運命に翻弄される受動的なキャラと、反対に、世界の果てを自ら見出だすことで定められた運命に対峙しようと行動する能動的なキャラだ。

「ムーンゲイト」で言えば、〈月の門〉の里から流され記憶を失って水蛇と出会う少年の銀眼、「夢の棲む街」なら、街の噂を集めて漏斗状の街の縁から囁く〈夢喰い虫〉の仕事を忘れたバクを前者の代表とするならば、後者の典型は水蛇だろう。「遠近法」や「耶路庭国異聞」にも、宇宙の果てをこの眼で確かめようと九万層の回廊を上り続けた男たちや、世界が硝子玉の中に閉じこめられていることを証明するために送り出された〈影〉と呼ばれる騎士たちが登場する。けれども、個別の名を持たず常に集団として描かれる彼らと比べて、水蛇の個性はいっそう際立っている。それが滅びをもたらす行いであることを知りながら、真の月の光を人の目から覆い隠す靄をうち払おうと手を伸ばす意志の苛烈さに肩を並べるのは、伝説の破壊神の姿を自らの機で織りあげることに身を捧げる、「パラス・アテネ」の領王の娘、二位くらいのものだろうか。だが、より多くの登場人物が錯綜する「パラス・アテネ」では、世界に真の滅びをもたらす役割は別の手に委ねられることとなる。一人の意志が世界を終わりに導く存在として、より純化された造型を水蛇には見ることができる。

物語の冒頭から示されるのは、都の領主の娘である水蛇の、獰猛な肉食魚の樽に素手を差し入れることも恐れぬ矜持と、誰であれ自らの意に従わせずにはおかない傲慢さ。だがそれは、自身の誕生が都の滅亡の前兆となることを予言された存在であること、この世界で唯一の特別な存在であることの、疎外と孤独、その不安と裏表をなすものなのだ。

**金沢英之**［かなざわ・ひでゆき］KANAZAWA Hideyuki
1968年東京生れ、札幌在住。上代文学・神話史研究。著書に『宣長と『三大考』』『義経の冒険』。その他評論に「ブラックホール／M·E／忌字禍——フィクションのサイエンスとしてのSF」（『層』vol.10）。ウェブサイト「マルセル・シュウォップ拾遺」
https://suigetsuan.hatenadiary.org

そうした水蛇の性格づけの一方で、その見た目については、薄茶色の膚にまつわる綿毛のような白い縮れ髪という異形性のほかには、二顆の真紅の石がその耳を飾っていたことが語られるばかりで、物語のヒロインに求められるような女性性は、ほとんど感じさせることがない。それは、もうひとりの主人公である少年、銀眼との関係においても同様である。

水蛇が銀眼にもとめるのは、畢竟、いつの日か自分を、月がその姿を現す場所、〈月の門〉へと導く道標となることであり、それ以外の感情や関係性が入りこむ余地はそこにない。そのような水蛇の特異なありかたは、たとえば「シメールの領地」において、街を出て国境線を目指そうと夢みる少年を絡めとり、捉えて放さない母性の戯画として描かれた少女シメールと比べてみれば、より鮮明に浮かび上がる。街の中心の島に身を潜めそこから決して動かないシメールと、都を棄ててその水源を目指す水蛇の対比もまた著しい。

あえてこの物語にヒロインの存在を求めるなら、相応しいのはむしろ銀眼の方だろう。月の世界から記憶を失ってこの世に流され、水蛇に求めるものを与えてふたたび月の世界へと帰ってゆく銀眼は、まるでかぐや姫ではないか。だから銀眼は、過去の記憶と真の自分を取りもどして宙を舞う時、下界での出来事はすべて忘れてしまう。

だとすれば反対に、水蛇にまつわる描写には男性的なシンボリズムを看てとるべきなのだろうか。予言とともに水蛇が誕生したその日の未明、都を貫く大水路を、数千匹の白い蛇が、東、すなわち〈月の門〉の方角へと泳ぎ去るのが目撃されたと噂はいう。シンボリズムの宇宙で、蛇が男性性と容易に結びつくことは知れよう。水路を上流へと遡る数千匹の白い蛇のイメージは、卵子を目指して泳ぎを競う精子のようにも思えてくる。すると、その行きつく果てである〈月の門〉、月を宿して茫漠とひろがる湖は、さしずめ子宮の象徴ということにもなろうか。月と女性性との連絡は「月蝕」の読者にはおなじみのものだ。〈月の門〉から時を違えることなく現れ、機械的な運行をくりかえす月は、世界の子宮から周期的に生み落とされる卵なのか。物語の結末、銀色の蛇身に変貌を遂げ、月をその永遠のくりかえしの軌道から踏み外させる水蛇は、女性原理を否定し破壊する男性原理の化身であったのか。

否、とここで直観《ゴースト》は囁く。そうした次元の読みは、ついにこの作品の本質に届くことはないだろう。そうではなく、そのような男や女という差異を枠組みとするまなざしそのもの、あるいは、〈男〉〈女〉等々といった名づけによって、〈男〉でも〈女〉でもない何者かである自由を奪われ、存在をピン留めされてしまうことこそが、ここで拒絶されているものの正体なのではなかったか。

〈領主の娘〉である自分。滅びをもたらす〈運命の子〉であることを定められた自分。やがては成人し〈女〉となってゆくであろう自分。そうした、自分を外側から規定し束縛するすべてのものへのいらだち。存在を差異化し、分類し、固定化する力から自由でありたいという希求が、そこにある。

差異とは、つまりは言葉である、と言ったのは空海だった。言葉が差異の体系であることをソシュール以降の近代言語学は発見したが、空海が言うのは声や書かれた文字だけではない。色彩、音、香り、五感に触れるあらゆる対象の織りなす差異が言葉なのだ（『声字実相義』）。まさしく、世界は言葉でできている。その、世界を幻出せしめる言葉＝差異の一切が消え去ったあとの絶対平等の境地が、すなわち涅槃であり窮極の真理である。それまでのすべての仏教が目指してきた涅槃の真理を、だが空海は反転させる。あらゆる言葉の中に、すでに真理は本来的に存在しているのだと。言葉は無明のもたらす幻であると同時に絶対の真理である。この世界そのものがそうであるように。その二律背反を同時に成り立たせるところに、空海のもたらした密教の秘鑰《ひやく》はある。

山尾作品の登場人物たちもまた、言葉による差異化の誘惑と拒絶との間で揺れ動く。「シメールの領地」の街の少年たちは、母親に与えられた個別の名という差異を棄て、唯一の父の名、領主ソロモンの名を名のろうとする。すべてが同じ名を持つということは、誰も名＝差異を持たないことと同義だ。だが、少年たちの試みは、少女シメールによって笑い飛ばされ否定される。「ファンタジア領」のO氏は、自分だけの言葉を探し求めた挙げ句、深情けな「コトバの女」にとり憑かれ、「コトバのない夢の世界へ」飛んでゆくことに失敗する。

そのように見れば、言葉から逃れようとする男たちと、それをつかまえて放さない女たちといった構図がまた立ち現れてきそうだが、その一方で、「夢の棲む街」では、「コトバのない世界の縁を、爪先立って踊ってみたい」、そう言って劇場から逃げだすのは踊り子である〈薔薇色の脚〉だし、舞台裏の緞帳の影で、夜な夜な彼女たちの足裏に言葉を吹き込むのは〈演出家〉の男たちだ。「堕天使」のKは、この世でただひとりの〈堕天使〉という差異化された存在であることで、かろうじて天界から追放された己れのプライドを保っている青年だが、結局はしがみついていた〈堕天使〉の名を剥奪され、誰でもない存在へと堕ちてゆく。

つまりは、男か女かといったことはどうでも良いのだ。そのような差異そのものをつくり出す言葉のやみがたい誘惑と、言葉によるあらゆる定義から自由でありたい欲望と、その両極の間の往還運動が、そのまま物語として結晶化したものが、初期の山尾悠子の小説なのである。

「月蝕」に描かれた少女真赭《ますほ》には、そこから先〈女〉として定義づけられる存在へと変わってゆく決定的な一線の手前でためらい、駄々をこね、拗ねてみせる子どもの姿、兄と慕う年上の青年と、〈異性〉という関係の中に閉じこめられる前にまだ遊んでいたい、けれどもその先にあるものに少し魅了されてもいる子ども＝〈男〉や〈女〉といった言葉によって差異化され固定化される以前の存在のゆらぎが、見事に形象化されている。

そして、そのゆらぎがひとたび言葉による差異化、固定化の峻拒へと傾けば、「ムーンゲイト」がその典型であるように、それは世界を終わりへと導く意志となる。世界そのものが言葉であり、言葉が差異なのであってみれば、それに対する拒絶が世界を崩壊させるのは必定である。月のおもてを覆い隠す靄が払われるとき、光は水に、水は光になり、鳥と魚が交接する。物事をわけ距てていた差異の消失した世界は滅びを迎えるだろう。その帰結の、幾何学の定理のような自明さが、山尾作品の、とりわけ初期の諸作の持つ魅惑を裏打ちしている。

……と、ここまで書いてきて自分で自分の梯子を外すようだが、本当は、山尾作品を理屈で読むことほど無粋なこともない。最後にカタストロフ。それまでは好きなものを好きなだけ詰めこんで。それでよいのだと思う。観念的な説明からこぼれ落ちる言葉の手触りの中にこそ、山尾作品の真の魅力はあるのだというのも正しい。それでも、あのときの十代の終わりの学生が、そしてその後も長らく、過剰なまでにこれらの作品に反応することになったのは、きっと彼自身の中にも、〈男〉にも〈女〉にも、何者にもなりたくない自分がいて、その〈たましいの顔〉をほかの何より巧みに映し出してくれる鏡を、山尾作品の中に見出していたからなのだと思う。もちろん、その頃の彼がそんなことを考えて山尾悠子を読んでいたわけはなく、ただただその世界に耽溺し、幻惑されるばかりであったのだけれど。

世紀の変わり目を経て、長くつづいた冬籠もりの沈黙を破った作家から届いた『ラピスラズリ』は、絡みあう五篇の連作を通じ、静かに淡々と滅びてゆく世界を物語るように見えながら、その先に訪れる春の目覚めと瑞々しい世界の予感を描き出してみせた、感動的な傑作だった。世界はもう、滅びて終わるだけのものではない。言葉を、生み出される差異を、豊饒として受け容れるおおどかさがそこにはあった。

近作の『飛ぶ孔雀』でも、何やら〈夢の棲む街〉が姿を変えたような、列柱に支えられた漏斗型の劇場めいた空間があちこちに出没し、あまつさえ崩壊の時を迎えたりもして楽しませてくれるが、しかし破滅の訪れののちも、その場所は新たな人気スポットとして再生し呑気に存続してゆく。それどころか、〈夢の棲む街〉そのものが、「漏斗と螺旋」でしれっと復活したではないか。「ムーンゲイト」でも「遠近法」でも、世界に終わりをもたらす破壊神であった大蛇が、『飛ぶ孔雀』では自らが崩壊させた後に新名所となったプールで客の気を惹いているのを見ると、よしよし、ずいぶん変わっちゃったなおまえ、と、かつては王冠だったという赤いトサカを撫でてやりたい愛おしさに駆られもする。

その世界にはもはや、水蛇をいらだたせていた言葉の檻は存在しない。名づけは、存在をひとつに固定することを意味しない。スワはスワンになり、またサワになり、男と女、少女と青年と中年の女医との間を融通無碍に往き来する。劇場は眺める視線の角度によって、ホテルにラボに姿を変える。『小鳥たち』でも、老大公妃の侍女たちは、少女と小鳥のあいだで軽やかな変身をくりかえす。

なんという自由を手に入れられたのだろう、と思う。そして、なんという遠いところまで。この新たな境地の風通しの良さに魅せられている自分もまた、相応に時を重ねてきたということなのだろうか。けれども同時に、これからも変幻自在に奥行きを深めてゆくであろう山尾宇宙の片隅で、いつかまたふと、あの頃の自分自身と出会えるような予感もどこかにあるのだ。『翼と宝冠』の、白と翠の宝冠を戴いた始まりの侍女が、孤独な大公妃の中の彼女自身、かつての凛とした少女の影であったように。

そんな想いとともに、やがて来る季節もまたきっと山尾悠子を読むのである。

# コバルト色のチョコレート 山尾悠子と児童文学

三辺律子
Sambe Ritsuko

わたしが「山尾悠子」という作家の存在を知ったのは、二〇〇四年。こんなに遅いのは、ひとえに、わたしの「洋風かぶれ」のせいだ。子どもの頃から、読むもの観るもの聴くもの（ついでに言えば食べ物も）、洋風のものが圧倒的に多かった。つまり、山尾悠子との出会いも『白い果実』（ジェフリー・フォード著、山尾悠子・金原瑞人・谷垣暁美訳　国書刊行会）。世界幻想文学大賞を受賞したこの作品、わくわくしながら手に取ったときは、「海外文学を作家の文体で再翻訳？　そんな手もあるんだ、興味深い！」といった認識だったのだが、読み始めたとたん、圧倒され、没頭し、魅力に溺れ、陶酔したのだった。

「とある秋日の夕刻正四時、私は理想形態市《ウェルビルトシティ》を出立した」

最初のたった一行だけでも、こんな「翻訳」がありうることに茫然としてしまった。

その後、山尾悠子が「伝説の」幻想文学作家であり、長い執筆中断の後の活動再開に、熱烈なファンが狂喜乱舞していることを知る。「夢の棲む街」、「耶路庭国異聞」、『ラピスラズリ』、『歪み真珠』……タイトルだけでもうっとりしてしまう。『新装版角砂糖の日』の出版の際は、当時短歌歴五年だったわたしもいっしょに狂喜乱舞した。けれど、そんな幻想文学作家山尾悠子が、児童文学を書いていること、しかも、それがコバルト文庫で出版されていることを知ったのは、今回、矢内裕子氏に原稿の依頼をいただいた時だ。

山尾悠子とコバルト文庫？　山尾悠子とあのコバルト文庫!?

少女向け小説のレーベルであるコバルト文庫で一九八〇年に出版された『オットーと魔術師』には、「オットーと魔術師」「チョコレート人形」「堕天使」「初夏ものがたり（四話）」の四編が収録されている。

このうち、『山尾悠子作品集成』(二〇〇〇年)に収録されているのは「堕天使」のみだ。『山尾悠子作品集成』の解題で、石堂藍氏が「初夏ものがたり」について「本書に入れればいささかの違和感が感じられるに違いない」と書いているが、確かに山尾悠子とコバルト文庫そのものの組み合わせに「違和感」を持つ読者も少なくないと思う。

そして、児童文学を翻訳・研究している者としては、その違和感の正体に興味をそそられずにはいられない。

「オットーと魔術師」はオットーなる青年が病気の飼い猫を治してもらいに魔術師のところへいく話。魔術師の館は夜会中(「パーティ」でないところが、さすが)で、最後はドタバタふうの展開となる。面白いのは、主人公であるオットーの年齢や外見、家族等のバックグラウンドは、ほぼなにも描かれていないところ。それを言うなら、魔術師や女魔術師といったほかの登場人物についても、そうした情報はほとんどない。オットーのもとには「女の子たち」が大勢押しかけてくるが、オットーと彼女たちとの関係性はまったくわからないし、物語の最初と最後でオットーが成長したり、心情が変わったりした様子もない。

「児童文学」の定義は、この学問分野自体が比較的新しいこともあり、まだ定まっていないのだが、特徴としては「主人公が読者と同年代」「読者は主人公に感情移入して読む」「子ども特有の悩みや問題(家族関係、友人関係、恋愛、学校……)が描かれる」「子どもの成長が描かれる」「作者から子ども読者へのなにかしらのメッセージを含む」「物語(ストーリー)に重きが置かれる傾向が強い」などが挙げられるだろう。ちなみにこれらは絶対条件ではないので、すべてあとに「ことが多い」をつけるくらいで理解していただけるとありがたい。

となると、オットーが児童文学の大方の主人公とはずいぶん違っていることがわかるだろう。子どもというよりは大人に近く、家族や友人関係も考え方もまったく不明なオットーに、子ども読者が感情移入するのは難しそうだ。

それを言うなら、「チョコレート人形」は、タイトルこそかわいらしいが、主人公はマッドサイエンティストと人形師という大人だし、「堕天使」にはひとりの子どもも出てこない。死者による生者の訪問を描くシリーズ「初夏ものがたり」四話も、狂言回しとも言える死者と生者の仲介役タキ氏は大人で、一話目の「オリーブ・トーマス」のように子どもが出てくるものでさえ、物語の真の主人公はオリーブの父親のように感じられる。三話目「通夜の客」にいたっては老女

三辺律子[さんべ・りつこ] SAMBE Ritsuko
1968年東京生まれ。翻訳家。主に児童書/YA作品を訳す。主な訳書に『少年キム』(キプリング)、『エヴリディ』(レヴィサン)、『月のケーキ』(エイキン)など。最近は、"洋風かぶれ"も少し直って、日本文学も楽しんでます!

が主人公だし、二話目「ワン・ペア」と四話目「夏への一日」の主人公二人も、若い女性とはいえ、運転したりビールを飲んだりできる年齢だ。

　主人公が子どもではなく、彼らの心理や成長などがテーマでないとすれば、なにが描かれているのか。

「オットーと魔術師」で断然魅力を放っているのは、時計台のある三階建ての魔術師の館や、媚薬入りのクッキー、使い魔、そしてクライマックスの切り紙細工にされた夜会客たち、といった〝小道具〟だ。夜会に集まっているのは、「アペニン山脈の奥地からはるばる」（9頁・以下同）やってきた面々だし、女魔法使いの滞在先は「ルーマニアの祖父の居城《きよじょう》」（10）だったらしい。

「チョコレート人形」では山尾作品にたびたび登場する人形が、「堕天使」では天使が、主役だ。機械人形の「チョコレート、食ベタイ」というセリフは子どもらしいが、人形の名前は硫化水銀、または賢者の石を表わす「辰砂」で、「白いレースの襟のついた黒ビロードのワンピース」に「葡萄酒色の編み上げ靴」を身に着けている。そもそも博士のオー氏が人形師ノエルに辰砂のデザインを任せたのも、ノエルが「フィリッポ・リッピの受胎告知図《じゅたいこくちず》の天使をコピーして作った」（26）という人形を気に入ったから。こちらは「雉子《きじ》の羽、三羽分」（26）を使ったと描写されている。「堕天使」でも、堕天使Kの翼の羽がごっそり脱けおち、「夢中で肉片を喉に押しこ」む（70）――つまり人間となってしまう場面が、圧倒的迫力を持っており、読者はこうした細部の描写を手掛かりに様々にイメージを膨らませるだろう。

「初夏ものがたり」は、死者を生者に一日だけ会わせるという「ビジネス」に携わるタキ氏とその顧客たちの物語だ。死者である顧客が訪問する相手は、残された遺児や恋人から「五月の日本」という抽象的なもの（180）まで様々だ。この「ビジネス」を利用できるのは一度きり、しかもその日の12時まで、という基本ルールがあるために、どの物語も刹那の美しさがあり、個人的にも一番惹かれる作品だ。

　中高生向け小説誌「小説ジュニア」に掲載された「オットーと魔術師」「チョコレート人形」と違い、文庫版書下ろしである「初夏ものがたり」は、もはや子ども向けということはあまり頓着されていないようにさえ思える。「若緑の命の盛んな色が烈《はげ》しすぎて少しうっとうしく見えた」（82）という描写など七歳の子どもの思考とは思えない。また、あとへいくほど漢字がためらいなく使われるようになっているのも面白い。「赧」「蝋燭」「竜舌蘭」「影を曳いて」「海芋」「絨毯」「金泥の屏風」……。これらの言葉が醸す絢爛さ、そこから想起される数多のイメージにこそ、本作の真骨頂があると感じる。

そして、そうした「言葉だけでイメージ的に構築された」世界が、山尾作品の大きな魅力の一つであることは、多くが認めるところだろう（『山尾悠子作品集成』729）。『集成』の栞にあった「磨き上げた言葉の粒にみっしりと覆われた、寸分の狂いもない物語」という佐藤亜紀氏の表現も忘れ難い。

「磨き上げた言葉」には、知識や経験が少ない子どもには難しすぎたり、イメージを形成しにくかったりするものが、どうしても多くなる。また、言葉で世界を「イメージ的に構築」することが優先されれば、自然とストーリーや登場人物のバックグラウンドなどの情報、関係性や、そこに伴う心理描写などは、後景へ押しやられる。そういった意味では、山尾文学は、「非」児童文学的になりやすいかもしれない。

念のため、子ども読者は言葉からイメージを構築できない、と言っているわけではない。子どもの詩はたくさん作られているし、子どもは意味がわからなくても言葉の響きや、時には文字の視覚的な美も楽しむものだ。しかし、山尾の選択する言葉や表現、イメージは、しばしば子ども読者を遠ざけるだろう。（但し、むしろそこに夢中になる子ども読者も、一定数いるのは間違いない。ここが児童〝文学〟のやっかいなところだ。）

では、『オットーと魔術師』は、子ども読者に向けた作品ではないのだろうか。

当時のコバルト文庫の読者は、多くがティーンの女子だろう（嵯峨景子『コバルト文庫で辿る少女小説変遷史』彩流社）。そう考えると、『オットーと魔術師』に登場する女性たちに目がいく。「オットーと魔術師」は、ネコのお見舞いに見当違いの手土産を持ってきた「女の子」たちが騒いでいる場面から始まる。そして、オットーは「このネコは女くさいところにいると気が立つ」（7）と言い放つのである。オットーが出会う小男（魔術師）にいたっては、「女というのは、肩書きだの資格だのにこだわりすぎるからいかんのだよ」（13）とまで言う。

「チョコレート人形」には、天才科学者オー氏と、シャカリキになって結婚しようとする女性が描かれる。「初夏ものがたり」に登場するナオミも、一見父親の権力を笠に着るわがまま娘のように思える。

しかし、ナオミは大嫌いな父親の力をちらつかせてまでも、死んでしまった双子の兄との約束を果たすため、彼に会おうとしたのだ。しかし、兄のほうが会いたがったのはナオミではなく恋人で、しかも兄は生前から父親経由で「ビジネス」——死者と生者の面会の仲介業とでも言おうか——について知っていたことがわかる。ナオミは男たちの輪に入れず、最初から蚊帳の外だったのだ。

だからこそ、タキ氏が、涙にくれるナオミに（本来は奪うことになっている）記憶をプレゼントする場面はすてきだ。「今夜の記憶は、あなたの正当な持ち物です。あなたが自ら獲得してのけたのです」（146）そして、作者はこう続ける。「涙の奔流には隠しきれない若さの持つ力があった。今は暗闇の中で苦しみつづけても、いつか夜が明ければ、必ず回復していくだろう力が」（146）これは、山尾から若い読者へのエールに思えてならない。

そう思って、詳細に読めば、「オットーと魔術師」の小男は「女というのは～」と発言しておきながら、「やっぱり若い女の子に限りますからな」（13）などと言い（それで、「女の子たち」に媚薬入りというふれこみのクッキーをプレゼントするのだが、実際は適当な薬を入れただけと判明する。彼にとって、「女の子たち」とはその程度の存在なのだ）、「チョコレート人形」のオー氏も「私は、生身の女というものが少しばかりおそろしいのだよ。ちょっと私の手にあまるようなところがあるようだ」（26）などと発言している。自分の思い通りになる女性がいいということだろうか。

翻って、「堕天使」の冷淡なまでに優秀な女性セリ（しかし、堕天使Kのほうは「なぜセリはその身体をやわらかく開いて、ぼくを包みこんでくれないのだろう？」（56–57）などと甘えたことを考えている）や、「通夜の客」の上品で深い洞察力を持つミノ夫人を見ると、小男の言う「女」には当てはまらないことがわかる。山尾は、読者である若い女性たちに、「女というのは」などと言わせないような女性になれと言っているように、わたしには思えるのだ。

最初に、児童文学の定義はまだないと書いたが、唯一間違いないのは、「（主な）読者が子どもである本」ということだろう。「小説ジュニア」やコバルト文庫への執筆を依頼された時、読者が子どもであることを山尾も意識したに違いない。そんな時、大人向けの文学には見られない「子ども（若い女性）へのエール」が自然と含まれることになったのではないだろうか。そんなふうに考えると、AERA（※）のインタビューでの「女性たちのほうがよほど奔放な想像力を使って、自由に創作をなさっている。良い世の中になったというか、私などは喜んで『もっとやれ』なんて思っているんです」という発言も、わたしにはひときわ感慨深いものになるのだ。

※『AERA』2020年8/3号

# 歌集『角砂糖の日』鑑賞ガイドと跳ね兎の思い出

佐藤弓生

Sato Yumio

腐蝕のことも慈雨に数へてあけぼのの寺院かをれる春の弱酸
「跳ねる兎」

山尾悠子歌集『角砂糖の日』のなかの一首です。「跳ねる兎」「蘭の火」「記憶街」の三章からなる（以下、引用歌出典は章題で表示）本書は、初版が一九八二年、新装版が二〇一六年に刊行されました。

新装版も発行部数は多くないようなので、お持ちでない方のことも念頭におきつつ、本書についての断片を記したいと思います。

歌集は言うまでもなく短歌を集めた書物のことで、通常あまり散文は掲載されないものですが、読書家の方であっても詩歌は解釈文つきで読みたいとか、詩と俳句はわかるけれど短歌はよくわからない（読みどころが？）といった声を聞くことがあります。

小説執筆を主とする山尾さんがかつて歌集を編んだいきさつはのちほど述べることにして、まずは前掲の一首をゆっくり読んでみましょう。

初句、〈腐蝕〉と始まります。腐蝕といえば銅版画、銅版画といえば山尾さんの後年の連作長篇小説『ラピスラズリ』のモティーフ。そのように連想するとき、ひとつには腐る・蝕むという化学変化が醸しだすデカダンス、ひとつには絵画的なイメージが、初期のころから山尾作品の特色であったことに気づかされます。

第二句の〈慈雨〉は絵画性に、体感も加わります。しっとりと、やさしい肌あい。腐る・蝕むことが慈しむことにもなるという反転が、ここではおだやかに表現されますが、人間にとっての災厄が世界にとっては恩寵のようにも描かれる鮮烈な短篇、たとえば「ムーンゲイト」のこだまが聞こえないでしょうか。

**佐藤弓生**［さとう・ゆみお］SATO Yumio
歌人。1964年、石川県生まれ。2001年、第47回角川短歌賞受賞。著書に歌集『世界が海におおわれるまで』『眼鏡屋は夕ぐれのため』『薄い街』『モーヴ色のあめふる』、詩集『新集 月的現象』『アクリリックサマー』、掌編集『うたう百物語』などがある。多く「美」で語られる山尾作品ですが、「へんてこ」なファルスとして読める面もけっこうあると思います。

しかし、春はあけぼの。ほのぼのとあたりは明るみ、カメラを引くと腐蝕しているのは古い寺院の扉かなにかであり、とりたてて不吉なことが起きているわけではなさそう、と見せて結句に〈弱酸〉――酸性雨のふりかかる終末感をやわらかく残し、この一首は沈黙します。

腐蝕・慈雨・弱酸、ここまで特徴ある三語をたどってきました。名詞で終わる、つまり体言止めの歌です。山尾さんの小説にも、多すぎるということはありませんが目立つ体言止めがときおり見られます。こんなふうに。

……いつぽっかりと割れてもおかしくはないその不思議な花のような顔。

「トピアス」(『ラピスラズリ』収載)

……月は傾き終点の乗降場が近づいて、また見る影は朧《おぼろ》のひがし山。

『飛ぶ孔雀』

韻文めいたしらべを奏でる文末、山尾さんへのインタビュー記事(※)によると、やはり体言止めが多い泉鏡花の講談調の影響があるだろうとのこと。

すると、前掲の短歌を小説の文末に置いても、それほど違和感はないのでは。短歌は文学史的には長歌の末尾、あるいは返し歌(反歌)がルーツとも言われますから、短歌への苦手意識がある方は、山尾さんの短歌を山尾さんの小説観・世界観の尾羽と捉えてみるとよいかと考えます。尾羽、なかなかキュートでしょう。

ただ、名詞を連ねて意味が過剰になるのは、しらべを重んじる短歌にはあまり望ましくないことです。この歌で過剰さをやわらげる、というかはぐらかすのは、〈数へて〉という言いさしです。

数えたのは作者か、寺院を通りすぎた旅びと、もしくは超越的な存在か。

主体が定まらず、数えたあとどうしたかも告げられないまま内容はなめらかに情景描写へ移り、主体のその後は読者が想像するほかありません。

さらに、〈かをれる〉は寺院と春、どちらの語にかかるのか。寺院と春と雨、それら一帯が匂いたつかのあんばい、これも一種のはぐらかし。数える・かおるという二つの動詞が先述の三つの名詞を接続し、かつ朧化させるはたらきをなしています。

ここまでお読みになり、解釈長いよ! と思われた方、その感想はまちがっていません。ふたたびカメラを引いて一首全体をさらっと眺めると、行為の主体など存在せず、教会を描いた一枚の西洋銅版画があるだけという気もしてきます。腐刻線に雨脚のイメージを重ねた、見立ての歌かもしれません。再解釈終わり。

短歌は言ってみれば、一瞥で把握できる最長の文学です。小説は超短篇であっても一瞥で読了する感じはないと思います。定型ゆえに暗誦しやすく、脳内でも折にふれ一瞥する感覚は、俳句・短歌など短詩形文学特有のものでしょう。

三十一文字《みそひともじ》は短いけれど、その前に存在する時間は長い。よって解釈も伸び縮みします。

寺院（教会、ではない語に国籍不明のファンタジー感がある）はどれほどの時間をかけて腐蝕が進んだのか、かつてどんな人びとが建てたのか、訪れたのか、どのように春がきたのか……。

解釈の域を越えるとき、読む人それぞれの物語が始まる。山尾さんの短歌は、いずれもそんなふうに読むことができます。

短歌は三十一文字、正確には三十一音が原則ながら、前掲の歌は初句が「ふしょくのことも」と七音になっており、全体で三十三音です。

初句七音は、新装版歌集の後記で山尾さんが傾倒したと記している歌人のひとり、塚本邦雄が新鮮な韻律を意図して積極的に試みた技法でした。

われがもつとも悪《にく》むものわれ、鹽壺の匙があぢさゐ色に腐れる　塚本邦雄『日本人靈歌』（一九五八年）

雪はまひるの眉かざらむにひとが傘さすならわれも傘をささうよ　同『感幻樂』（一九六九年）

われがもっとも、の自罰感情は山尾作品にはなさそうですが、塩分で変色した金属のスプーンに紫陽花の色を見、〈腐れる〉と捉えるセンスは共有されているでしょう。ゆきはまひるの、という歌い出しには中・近世歌謡の調子が反映しているとのこと。すると山尾作品にも、同様のリズムが受け継がれていることになります。

小花《をばな》小花の零《ふ》る日を重ね天文と地理のことなど見分けがたきよ　「跳ねる兎」

だんだら縞も町に古びて落魄の化粧もあれよ白塗り粉塗り　同

時《と》劫《こ》さへも人を忘れる世なれどもわれは街街に花まいてゆく　齋藤史『魚歌』（一九四〇年）

窓べには仙人掌《さぼてん》の花日覆《ひおほい》のだんだら縞やわが夏帽子　同

※「好書好日　特集・山尾悠子」https://book.asahi.com/article/11640318

おばなおばなの、だんだらじまも、の初句七音もまさに歌謡調ですし、天文・地理、白塗り・粉塗りという対句も弾んで、音読するとおもしろさが増す歌です。韻律でいうと前述の塚本短歌的ですが、視点や語彙の面では、やはり山尾さんが傾倒したという齋藤作品のほうが近いと思い、挙げてみました。

歌集後記で山尾さんが挙げた名のうち、塚本邦雄、葛原妙子、山中智恵子、春日井建、浜田到、寺山修司はいずれも戦後の前衛短歌ムーヴメントの渦中か近辺に位置する歌人ですが、齋藤史は（葛原以外には）上の世代に当たり、『魚歌』はモダニズムの代表歌集の一冊とされています。

二・二六事件にまつわる悲傷の歌もおさめながら、文学者が国策協力体制に入る直前の都市文化への愛惜をたしかにとどめた『魚歌』における、時空の永さ広さへのまなざし、植物、風俗などのモティーフが、『角砂糖の日』にも生きていると見てよいでしょう。

とはいえ、山尾作品には受け身でアンニュイなムードが濃くただよっています。ふりそそぐ〈小花〉を眺めているうちに垂直と水平が区別できなくなったのは、〈街街に花まいてゆく〉永遠の旅人が通りかかったからでしょうか。〈だんだら縞〉が古びて、人と同じく〈町〉も美白ファンデーションで老いを隠しているかのような山尾作品は、齋藤作品の後日譚めいて見えないでしょうか。

このように、複数の歌を並べたところから物語が始まることもあります。小説や漫画などにくらべると短歌の掛け合わせはもっと手軽で気楽、などという発言はまじめに作歌している人に怒られそうですが、すくなくとも短歌の読み方は自由にカスタマイズしてよいと考えています。

想像ですが、山尾さんは、好きな短歌のエッセンスを組み合わせて、小説にも応用なさってきたのではないでしょうか。錬金術のようで、ときめきます。

短歌の技法や歴史にも触れながら書いてきました。もうしばらく、私の愛する『角砂糖の日』の歌をラフに鑑賞してみます。

**昏れゆく市街《まち》に鷹を放てば紅玉の夜の果てまで**
**水脈《みを》たちのぼれ**
「蘭の火」

歌の前半と後半をつなぐ要の句、第三句に据えられた〈紅玉〉は、猛禽の燃える心臓のよう。ワーグナーの楽劇的な重厚さ、結句の命令形は短篇小説「傳説」も思わせます。

葛原妙子歌集『原牛』（一九五九年）の〈わがもてる寶石ひとつ風絶えし夜の暗黒の中に瞋《いか》りをり〉と並べて、動と静の対比をしばらく楽しみました。

**恋愛は遠きをもとめ貪婪《たんらん》の椅子ここに吾《あ》の半睡**
**深かれと**

「蘭の火」

短歌は散文とちがって、フィクションかノンフィクションかという線引きのできない文芸であり、この歌では物語よりも思想が語られています。

日常社会の慣習に縛られた恋愛を斥け、神話や伝説に語られる（おそらく破滅的な）恋愛だけを求めるのだという思想をみずから〈貪婪〉と呼ぶ〈吾〉を、作者自身と見なしてもさしつかえないでしょう。みちゆきは遠きにありて思ふもの……とでも。

なんとなく『更級日記』の「后の位も何にかはせむ」を連想したのは、〈椅子〉の存在によるようです。古い恋物語の本を手に、后の椅子でうとうとする人が目に浮かびます。「婪」の字まで、后っぽく見えてきました。

**金魚の屍《し》　彩色のまま支那服の母狂ひたまふ日の**
**まぼろしに**

「記憶街」

現在、支那という語の扱いには注意が必要ですが、こんなにも人物のたたずまいや来し方を一瞬に、ホログラムのように立ちのぼらせる一語、なかなかないのもたしかで、シノワズリをなつかしむことのできる一首です。前半の漢字の多さも、鮮明な色彩感につながります。

短歌の味わいどころとして、韻律という聴覚要素のほかに、表記の使い分けという視覚要素があります。眼球に直接触れてきそうな〈屍〉の一字で、死の概念と具体的な死骸を同時に示せるChinese characterとはすごいもの。そして後半、〈狂ひたまふ〉〈まぼろしに〉と、旧かなづかいのひらがなで着地するころには色彩感が淡く変化しています。

先ほど室生犀星の詩句のもじりを書いたせいで『蜜のあわれ』を思い出しました。この歌の〈金魚〉もまた少女、〈母〉でありながら大人になりそこなった者のおもかげが投影されているのかもしれません。

**角砂糖角《かど》ほろほろに悲しき日窓硝子唾《つ》もて濡ら**
**せしはいつ**

「記憶街」

一転、軽いトーンの歌。作者の自己像を読みとってもよさそうです。でも、熱い紅茶の底で崩れる角砂糖をぼんやり見つめたり、角砂糖の角をこっそり舐めたりしたことのある人みんなの歌とも言えます。〈悲しき日〉の感傷性も短歌らしいところ。
歌集名『角砂糖の日』は、それぞれの読者にも、そんなあなたの無為の日は〈いつ〉でしたか、と問いかけてきます。

見かはせば肩寄すよりもやさしみぬわれと刺客は三月生れ　「跳ねる兎」

この歌については一九八二年版歌集の後記に言及があります。もう手に入りにくい版ですので、この際、全文を引用します。

三月生れの刺客ならぬ、堺生れの刺客を支那の古都北京へと拉致して、自称ワイルド張りの掌篇童話を書いたことがある。緋桜と鷹の国から黄砂と青龍刀の国へ渡って、茘枝を齧り春鶯囀を吹きながら、その刺客は月に瑠璃瓦の照る道を歩いた。作中に三月生れと断わりはしなかったが、彼もまた私の三月生れの刺客たちの一人である。暗殺者ならば臘月生れになるし、革命家は四月か五月、海賊は七月に生れる。

〈跳ねる兎〉一連の三首目、刺客のうたは本書に納めたうちの最も古い作であり、また私が最初につくった〝短歌〟でもある。日記によれば二十歳の誕生日、三月二十五日受胎告知祭前夜に書いた。当時のことを思い出してみれば、現代短歌をも含むあらゆる読書の影響として、私は自分のコトバというものを見出しつつあるように（錯覚でなければいいのだが！）思っていたらしい。そのコトバを使って、以来幾つかの拙い小説を書いてきた。本書の上梓は、日頃どうやらともすれば散文からはみ出してしまいがちな悪癖を持つらしい、私のそのコトバたちへの愛着のため、とでも言っておけるだろうか。
前述の二十歳前後の、ごく短い期間に書いた作と、あとはこの一年ばかりのものを本書に納めたが、内容に傾向のばらつきがあるのはそのためだと思って頂ければ幸いである。
ささやかに過ぎる内容に対して、出版の機会を与えて下さった深夜叢書社斎藤慎爾氏への感謝をここに特筆しておきたい。なにしろ氏の慫慂と激励がなければ、この本が生れる筈がなかったことは確実なのだから。

よってこの一首は短篇連作「童話・支那風小夜曲集」に先立つスケッチとして読むとよいわけですが、同系統の掌篇「支那の禽」について、『山尾悠子作品集成』解題で文芸評論家の石堂藍さんが季刊誌「幻想文学」のインタビュー記事を引用しながら、〈掌篇の執筆には塚本邦雄などの歌人が掌篇集を書いていたことの影響も考えられよう〉等とコメントしているのも参考になるでしょう。

山尾作品の〝キャラ〟とも見なせそうな〈刺客〉の魅力はその概念なのでしょうか、刺す客なる言葉の字面や発音でしょうか。一九八〇年刊の沢渡朔写真集『西洋人形館』に寄せたエッセイ「人形の棲処」の冒頭にも、〈西洋人形、というイメージから連想するもの。／革表紙のにおう禁欲的な書斎。刺客。幽閉された子供。〉と、刺客はまぎれ込んでいました。

歌集『角砂糖の日』が編まれた理由として、俳人・批評家・深夜叢書社社主の齋藤愼爾さんに詩集づくりを勧められたとき、詩を書くのは小説を書くのと変わらないと考えたこと、短歌はそれ以前から手がけていたことがあったそうです。

外箱は暗い赤と黒の色合いで、表・裏とも六つの囲みにそれぞれブリューゲルの人物画が配され、カメラ・オブスキュラを覗き込む雰囲気。化粧扉にもバベルの塔の画が使われ、言葉というものの功罪を暗示しているかのようです。

新装版は白い箱に深紅の本体と、コントラストの鮮やかな配色になり、第51回造本装幀コンクール文部科学大臣賞を受賞。章ごとに山下陽子、合田佐和子、まりの・るうにい各氏の画が挿まれています。古くは萩原朔太郎詩集『月に吠える』初版の設計が田中恭吉・恩地孝四郎の美術抜きに考えられないように、『角砂糖の日』も初版・新装版それぞれに目で味わう要素の大きい造本となっています。

山尾さんの短歌そのものが絵画的、絵画との親和性が高いと感じる読者は多いでしょう。いっぽう、石堂さんが「幻想文学」誌で山尾さんと並ぶファンタジストとして名を挙げた井辻朱美さんの短歌には、たとえばこんなものがあります。

楽しかったね　春のけはいの風がきて千年も前のたれかの結語

『吟遊詩人』（一九九一年）

何が〈楽しかった〉のかは問題にされず、大昔に誰かが発した台詞の結びだけが聞こえた気がする、そんな内容です。気がするというのは、はっきりした言語ではなく、〈風〉の音がそんなふうに聞こえたとも読めるということです。

　このように、声や音の切れはしを切れはしのままに語り直す感覚は、一首ごとに景を組み立てる山尾さんの歌にはあまり見られないように思います。翻訳家・ファンタジー研究家・歌人などの肩書を持つ井辻さんには小説作品もありますが、現在のおもな作家業は翻訳のほか評論やエッセイ、短歌が中心というのも、山尾さんの活動とは対照的です。

　新装版『角砂糖の日』後記には、定型短詩の修辞に耽溺すると書く小説が短くなってしまうために短歌から離れたという、作家個人の事情が綴られています。山尾さんの小説は、いわば言葉を素材とする建築や作庭、おのずと広がってゆく都市設計に近い感覚で執筆されているのでしょうか。

　作風が絵画性寄りか音楽性寄りか、組み立て型か語り直し型か（翻訳はおおむね語り直しの欲求からなされるとして）という二分法は単純にすぎるものの、山尾さんの歌集がいまのところ一冊にとどまっていることの説明の一助にはなるかもしれません。

鉄門の槍の穂過ぎて春の画の少女ら常春藤《きづた》の門
より入れり　「跳ねる兎」

素朴画風に商標となる日の跳ねうさぎ燐寸《マッチ》箱へ
やさしく擦らむ　同

　山尾さんの春の歌はやはり〈画〉。ここでいくらか私自身の話をすると、この春の画の歌をもとに拙い掌篇を書いたことがあります（二〇一二年刊『うたう百物語』収載）。そのときも『ラピスラズリ』の影響で、また田村隆一の詩「腐刻画」も思い、この〈画〉は三葉の銅版画と信じてうたがいませんでした。

　歌集初版が版元にもなくなった二〇〇〇年代なかばのことで、小説読者も短歌読者も、『角砂糖の日』の存在を知って図書館などで読んでくださるきっかけになればと思い無断引用（すみません）させていただいたのですが、その後、編集者の平岩壮悟さんより思いがけず再刊の希望をうかがい、若い世代が興味を示してくださったことを嬉しく思いました。

　新装版の出版記念会には若い歌人も多く訪れて山尾さんを取り囲んでいました。その輪を離れた場所からは「山尾さんが歌よみの娘さんたちに大もて」の図が展開していると見えた夜でした。そんな図、『歪み真珠』のどこかにもあったような……。

春とゆかりのある兎の歌もまた、マッチラベルの絵をなつかしげに、かつ生き生きとうたったものです。少女は出てきませんが、青春期の作者を髣髴させるようでもあります。

兎といえば、最後に自慢させていただくと、二〇〇〇年の『山尾悠子作品集成』刊行祝賀会で、跳ね兎三羽をあしらった愛らしい巾着を山尾さんから頂戴したことがあり、いまも電子辞書入れにしています。

会がおひらきになるころ、版元の国書刊行会の若手編集者Sさんとふたりで出口近くに立っていたら山尾さんが近づいてきて、おもむろに「京都でふたつ買ったので女性おふたりにさしあげます」とおっしゃったので、編集者でない私のほうはたまたま〝山尾ラッキーくじ〟を引き当てただけの状況だったのかもしれませんが。

その日、会の進行役で活躍したSさんはまだ二階堂奥歯という筆名を使っていなかったと思いますが、私とおそろいかもしれないあの巾着にそのあと彼女は何を入れたのか入れなかったのか、本稿を書きながら辞書で調べものをしようとして、ほんのり尋ねてみたくなりました。

兎といえば鏡花、鏡花といえば山尾悠子。そんな話も、あれこれと。

どこまでも続けられそうな文章、しかし、そろそろ『角砂糖の日』からの引用を反歌として筆を擱きましょう。〈鞭、〉の読点の、ちょっと曲芸めいた息づかいにもご注目。あなたの夢想が、花ひらきますように。

緑陰を五月の馭者と擦れちがひしのみにやさしき
鞭、は持ちたし　「跳ねる兎」

韃靼の犬歯するどき兄ありき娶らずば昨日《きぞ》風の野
に立ちしよ　「蘭の火」

遠眼鏡さかさにのぞくとつくにの象の挿頭《かざし》も見し
夕月夜　「記憶街」

諏訪哲史

# 終末の、その遙かのちの夢
## ——山尾悠子「傳説」および「黒金」について

Suwa Tetsushi

かねてより敬愛する作家山尾悠子の、二十代に書かれた傑作二編、「傳説《でんせつ》」と「黒金《こつきん》」についての個人的な随想を、僕自身のたどたどしい、手記に似た体裁でものしてみる。

山尾作品全体についての拙論は、ちくま文庫版『歪み真珠』の解説においてすでに叙べた。件の解説で、傑作として名のみを挙げた右記の二短編について、今回あらためて、それぞれを自由筆記ふうに語ることにする。

### I——廃都のLANDSCAPE《ランドスケープ》——「傳説」

王冠もしくは花冠に由来する名を持ち、金環食の太陽の輪の形をした未知の微生物、それによる悪疫が、地球上にあまねく蔓延《はびこ》り猖獗をきわめる西暦二〇二〇年の秋、僕は寓居に己《おの》が身を幽閉し、尋常ならざる鬱状態のなかでこの稿を記す。

握手も、接吻も、性交も、すべて人と人とが互いの接近・接触を断たれた戒厳令下において、人々はひたすら孤独の房に蟄居逼塞し、永すぎる無聊をかこち、深い憂愁のうちに飼い慣らされている。

鬱は、知らぬまに死の幻想を、終わりの光景を連れてくる。終末の観念が、人々の想像のうちに満ち始める。

終わりの日は、一瞬のうちに、そして同時に訪れるのがもっとも理想的である。たとえば巨大な隕石などが飛来し、地球ごと木っ端微塵に破砕するという陳腐なイメージでも何でもいい。天変地異の妄想ほど甘美なものはない。

そうすれば、愛する家族や友人たちと同じ日、同じ時に死ねる。

その最後の日があと何日後かも、あらかじめ皆がわかっている。

その日を待ちながら、言葉少なに、僕らは表情もなく、必要最低限だけ身辺を片づけ、古いアルバムや日記、手紙の束をひもとき、短かった生の意味をかんがえ、少しだけ思索的になる。

遠方から家族も集う。平穏時なら、どちらかがどちらかを残したり残されたりする、あの生の無情な時差も生まれず、終末の日を前にして、すでにあらゆる策も放擲し、あきらめきった果ての憐憫と寂寥とともに、お互い、かすかな笑みを静かに見合わせざるを得なくなる。

世界が消えれば、人の世の煩わしい愛憎もまた消える。長い歳月、自分をさいなみ苦しめた敵も、もうそれ以上は甲斐がなくなり、はたと、敵であることをやめ、肩をすくめて、力なく身を横たえる。

時間の終焉は、俗世の権力者たちの汚《けが》れた野望の意味もなくす。

過去の歴史も、未来への遺産も、素晴らしかった文学も芸術も、善行も悪行も、僕らの造ったすべてが、平等に滅ぶ。

歴史の終わり、人々の争いの、競い合いの終わり、それら時間の終末なるものの、このたとえようもない安寧。


ある日、蒼穹が、隕石の蝕の翳《かげ》に覆われる。

破滅のうつくしさ。しずけさ。

恍惚。

最後の、閉じた瞼の地平にせり上がる、広大な、無人の風景。――

憂愁の世界の涯ての涯てまで、累々と滅びた石の都の廃墟で埋まっている。まずはそう思え。

三百六十度の、不安な灰色の大俯瞰図――その何処にも動くものがない。天球は一枚のぶ厚い痰に似た膜、永遠の黄昏どきである物憂い日蝕のようだ。そして偏執的な細密画を見るような、地平の涯てまでを執拗に刻みつくした石の大厦高楼群。

（中略）

世界終末の炎上図を反映して以来初めて、天球はかつての華々しい夕映《ゆうばえ》の赤味をわずかに呼び醒ました。

（中略）

間近に眺めれば、亀裂と罅の網の目模様。時の腐蝕の栄光はなばなしい、石の寺院に神殿、尖塔に橋。倒壊した瓦礫に埋もれて朽ちた円柱、彫像と台座。拝跪されぬ神像。


（「傳説」より）

**諏訪哲史**［すわ・てつし］SUWA Tetsushi

1969年名古屋市生まれ。國學院大學文学部哲学科卒業。2007年、『アサッテの人』で芥川賞。小説『ロンバルディア遠景』『領土』『岩塩の女王』、文学批評集『偏愛蔵書室』、編著『種村季弘傑作撰 I・II』など。目下小説執筆が停滞中。毎日・中日両紙に月一回随筆を連載し糊口を凌ぐ。特段の野心もないが、あと数冊本を出してから死にたい。

終末の壮大なまぼろしを黙示した、短いが珠玉の短編作品「傳説」は、作者自身によれば、ヴァーグナーの楽劇「トリスタンとイゾルデ」の世界観を採り入れ、同時に、漾虚集《ようきょ》「幻影の盾」で夏目漱石が用いた、硬質で厳格な文体を意識しつつ書かれたものであるという。

天啓のような非人称の語りが、朗々と誦されるように、この終末の遙かのちの世界に厳かに満ちる。

廃都、というと、僕は、むかし高校時代に読んだポオの一詩篇「海中都市」のイメージを想起する。かつて、かの若きラヴクラフトにも影響を与えたであろう荘厳な、どこまでも広がる無人の都の光景。英国ロマン派の画家ジョン・マーティンの描く世界の終末図にも似た、あの劇的かつ崇高なランドスケープを髣髴させる。

我が身に巣食う双極性障害の、とりわけ躁の時期に見る夢のなかで、こうした、地平の彼方まで人影のない廃都に覆いつくされた無辺大の風景を、僕は今もたびたび幻視する。それはときに、太古のクレタ島のクノッソス宮殿のような、神話的な規模の、大迷宮の微細な俯瞰図である。

すると、無音と思われた大地が、この作品の終盤のように、いつしか壮大な音楽、鬨《とき》の声のような、重厚な響きに轟き、揺れる。そんな風景を見るとき、たいてい僕は無様にも熱にうなされ、しとど枕をしめらせながら夢から醒める。

## Ⅱ―黒と金のBIZARRE《ビザール》――「黒金」

……その部屋は何階に位置しているというのか、見たところ窓がなく、あるにしても壁面を埋めつくした垂れ幕の裏に隠されている。

（中略）

狭い床のほぼ全体を一台の大寝台が占めているのだが、それを四方から威圧的に見おろす、異常な高さの壁面が――これは、毛深い部屋とでもいうべきだろうか――、すべての毛皮の光沢の雪崩に、何百匹分かの毛深い獣皮に覆いつくされているのだ。

この油を流したような漆黒の光沢は、黒貂《てん》だろうか。

頭と手足を断ち落とされたその小獣の毛皮は、継ぎ目を目立たせない巧妙な縫いあわせかたで、すべてひとつらなりの一枚の大緞帳《どんちょう》となって四方から垂れ下がり、その裾は床をも覆って絨毯になっている。

（「黒金」より）

本作は、作者が律義に付したエピグラフにも明らかなように、フランスのアンチ・ロマンの作家アラン・ロブ゠グリエの短編「秘密の部屋」から着想を得ている。そして、そのロブ゠グリエ自身もたびたび、小説のほか、監督した映画「囚われの美女」など、多くの作品を、ベルギーのシュルレアリスム画家ルネ・マグリットからの着想をもとに製作している。

拙著『偏愛蔵書室』（国書刊行会）にも書いたが、僕もむかし、ロブ゠グリエの小説作品から大きな衝撃を受けた。彼の作風の、いわば「外面描写主義」の徹底は、世にもうつくしい「小説の畸形」としての、あの無感情な、乾いた文体を確立させた。語りはさながら寡黙なつぶやきに似た、冷徹な、長回しのキャメラ・アイのごときものになった。

「黒金」も、やはり「部屋」の小説である。この窓のない暗い密室には、ただひたすらに漆黒があり、大時計の振り子のほかは完全な沈黙が支配し、四囲の壁面、床面を、つやめく黒い獣皮の触感が覆いつくす。視覚より、明らかに触覚の世界が読者を囲繞し監禁する。そこに差す、微少な金いろ。そして、闇のただなかでは不可視の血漿、流血の深紅。

室外世界の「傳説」に比して、「黒金」においては、室内しか世界は存在しない、、、、、、、、、。

ピラネージの銅版画を想起させる絶望的な牢獄世界。もしくは、やはりポオの「陥穽《かんせい》と振子」における狂気の密室世界。

いずれにせよ、どちらも、この世の終わりの、さらに遙かのちの世界を幻視する暗黒小説といって差し支えあるまい。

これら、常軌を逸した架空世界の風景を、二十世紀の後半に、山尾悠子という若い一人の女性が描いた。その事実に、僕らはいくら感嘆しても、しすぎるということはない。

二〇二〇年十月しるす

# 川野芽生

# 呪われたもののための福音
## ——『ラピスラズリ』評

Kawano Megumi

「わたしは歳をとってからだも重くなって堕落してしまった。いま屋根から飛び降りても踵を潰すくらいで済むわけはない、きっと助からないでしょう★1」

（ラウダーテの台詞）

## はじめに

『ラピスラズリ』は五つの短いものがたりから成っており、ものがたり同士がどういう関係にあるのかは、明確にはわからない。「閑日」と「竈の秋」が舞台と登場人物を共有しているほかは、時代も場所もばらばらで、冬のあいだ眠りに就いている冬眠者の一族という設定が共通していることだけがたしかだ。

この五篇に、しかし通底するモチーフはくりかえしあらわれる。

たとえばネガティヴなかたちで言及される母——その死が〈わたし〉の旅のきっかけになる母と、駅舎の天井の煤だらけの聖母（「銅版」）。妊娠したまま冬眠に入ることを悪し様に言われる奥方（「閑日」）。同じく、母親の資格がないと非難される姉娘（「竈の秋」）。〈わたし〉の産みの母親でありながら、母とは決して呼ばれることのない「たまきさん」（「トビアス」）。教会の祝福から零れた若者が手を触れることを許されない聖母の人形（「青金石」）。

たとえば性別不詳（すなわち不在というかたちをとることで性別がことさらに取り沙汰されること）——少女の装いをした少年の「わたし」（「銅版」）。自分が男か女か忘れてしまったゴースト（「閑日」）。性別が決定する前に死んだ胎児（「竈の秋」）。男か女かわからない人形（「トビアス」）。

ここに見られるのは、生と生殖に対する屈託である。反-生のモチーフ、と言ってもよい。

★1　山尾悠子『ラピスラズリ』（国書刊行会、2003年）
本稿では単行本を底本とし、必要に応じて文庫版からも引用した。
頁数は引用の後に括弧に入れて記してある。

冬眠は冬眠者たちの若さを保つとともに、子供や胎児の発育を妨げる。冬眠のための棟に持ち込んではならないと定められているもののひとつはなまもので、それが「腐るもの」(43)とも呼ばれていることは、生の本質が腐敗であることをあらわにしている。そして人形。人間そっくりでありながら、性別も持たず老いることもないものたち。

冬眠者とは、うつくしい人形にぎりぎりまで近付こうとする者たちなのかもしれない。

冬のあいだ目覚めているのは召使たち。生きるとは、召使にさせておく賤しい仕事なのだ。つねに反逆を望む運命にあるらしいこの召使たちを惹きつける特権、主人と従者をわかつ徴とは、ただひとつ、冬眠の有無であり、それはたとえば医師や借金取りが冬眠者の前で覚える、生に汲々とするおのれへの羞恥にもあらわれている。**卑しむべき労働を免れた階級への嫉妬、冬になればくっきりと線引きされてしまう彼我の差、それに加えて医師として接するかれらの身体的特徴への妬ましさ**(132)、それが医師を悩ませる。**われわれは取り立て損ねた金の辻褄合わせに汲々としていた冬のあいだのことを思って、その前で何故か恥じ入ってしまうのですよ**(123)、と借金取りは言う。

わたしを特に立ち止まらせるのは、冒頭に掲げたラウダーテの台詞だ。幼い少女だった数年前と比べて、歳を取って「堕落」してしまったというこの台詞は唐突で、それゆえにこそ生きて老いてゆくことは堕落だという、作品全体に通底する痛みが露出している。

反-生の、あるいは生と生殖をめぐるものがたりとして、『ラピスラズリ』を読み解いてゆくとどうなるか。

## 「銅版」——失われた子供時代

『ラピスラズリ』のひとつめのものがたり「銅版」で、母の葬儀に向かう途上の〈わたし〉は深夜営業の画廊に立ち寄り、三葉の銅版画に出会う。そのとき蘇るのは、幼い頃、母と人形とともに同じような画廊を訪れ、三葉の銅版画を眺めた記憶。「画題《タイトル》をお知りになりたくはありませんか」——そう話しかけて、画廊の店主はこれらの絵を、長く厳しい冬を人形を傍らに眠って過ごす特権的な冬眠者の一族と、かれらへの召使たちの反乱のものがたりとして読み解いてみせる。その憶測が的を射ているのかはわからないまま、それらの画題は続く四つのものがたりの予告となる。

「腐蝕銅版画」(7)「経年による劣化の著しいシート」「錆のような染み」「黄ばんだ古書」(8)、そして落ち葉枯れ葉。このものがたりには、時による侵犯を

**川野芽生**［かわの・めぐみ］KAWANO Megumi

1991年、神奈川県生まれ。東京大学大学院総合文化研究科博士課程在籍中。2018年、「Lilith」30首により第29回歌壇賞受賞。2020年、第一歌集『Lilith』（書肆侃侃房）。小説作品に「白昼夢通信」（『Genesis 白昼夢通信』東京創元社、2019年）などがある。

示す徴が執拗に描き込まれている。**睡眠不足で赤い眼をした**(9)店主と、**茫然とするほどひたすら眠**(11)い〈わたし〉、眠りを失った二人は、失くしたものを探すように深夜の画廊を彷徨う。冬眠を知らぬ**われわれ凡庸な睡眠者**(17)、と卑下する店主は、充血したものほしげな眼を銅版画に注ぎ、冬眠者のものがたりを貪ろうとする。

失くしたものは何なのだろう。**ひやりと冷たい**(19)――人形のような――手をして、このものがたりでただひとり**若々しい**(21)母の記憶に重なるのは、円天井の闇に浮かび上がる、煤だらけの聖母被昇天の画。記憶の中の幼い〈わたし〉は、幼さの特権をひけらかすように、性別を越境した装いをして――あるいはさせられて――いる。つまり、生殖から遠くあるという特権を。

人形を抱いて眠っていた幼い〈わたし〉と若々しい母も、冬眠者の一族だったのだろうか？

古い記憶は夢のように断片的だ。列車の中で眠りから覚めたとき、幼い〈わたし〉の片割れのような人形は姿を消してしまっていた。まるで夢の中に置き去られたように。人形を奪って捨てたのは母だという。現在の〈わたし〉は母に長く会っていないといい、母の若々しい姿だけを記憶にとどめているけれど、〈わたし〉にとって母がいなくなったのも、ほんとうは、人形と同時だったのではなかったか。それは子供でいられる時間の終わりだった。母と人形とはそちら側に留まってしまった。目覚めて、生きて、老いてゆくわたしは、失われた過去に、覚めてしまった夢に、のわからないものがたりに、ふたたび帰るすべもなく、閉ざされた眠りの扉のまわりを彷徨いつづけるしかないのではなかったか。

## 「閑日」――少女と亡霊の愛

ふたつめのものがたり「閑日」は、冬眠のさなかたったひとりで目覚めてしまった少女ラウダーテと、かつてそこで死んだ亡霊《ゴースト》との邂逅を語る。舞台は、「銅版」のエッチングに入り込んだかのような、冬眠者の一族の城館。時は大晦日の前々夜に始まり、大晦日の夜、春まで鍵の開かない塔から脱出するため、ラウダーテはゴーストに導かれて屋根から飛び降りる。そのときゴーストは花火のようなまばゆい光に変身する。

「銅版」と「閑日」を結ぶものは、〈冬の花火〉という画題。「銅版」には六つの銅版画が登場し、「閑日」と「竈の秋」で語られる冬眠者のものがたりの各場面やその前史を予告する。しかし五枚目の版画〈冬の花火〉は、読者の、あるいは〈わたし〉の目からは隠されている。**次の絵、ほんのわずか視線を移すだけで眺めることができる筈の、〈冬の花火〉は……。**(23) ここで途切れた「銅版」のさいごの一文、そのつづきが「閑日」であり、ゴーストが冬の花火のように散るまでを語るのである。

冬眠のために用いられる〈塔の棟〉は、〈巨人の棟〉と呼ばれる、鎖された古い建物の廃墟の上にかぶさるように建てられている。冬眠者たちは封じられた過去の記憶の上に眠っているのだ。ラウダーテだけが目を覚まし、過去の亡霊に出会う。ゴーストもまた生前の記憶を失っているのだが、〈巨人の棟〉で犇めく亡霊たち、すなわちみずからの過去に出会う。

この廃墟がもとはなんであったのか、文庫版では謎のままなのだが、単行本ではかつての僧院であったことがあきらかにされている★2。そしてゴーストは生前、僧院の住人であったらしい。廃墟に蠢く僧服姿の亡霊たちは、ゴーストにとって見覚えのあるものだったから。

**見知っている顔が生前の僧服姿のまま幾つも見分けられ、しきりに非難の指先を突きつけてくる右手だけが生きていた時のように八方からゴーストを囲んでいたが、しかしそれらは執着心が残していったただの幻影に過ぎないようにも思われた。**(51–52)

ではゴーストは生前、なかまの修道僧たちに糾弾されるようななにかをしたのか。

「天使窓」と呼ばれる切り窓を指して、ラウダーテは古い言い伝えを語る。

**「むかしここが僧院だった頃、乱れて堕落した有り様を歎いて天使がこの窓から逃れ去るのを何人もが見たのですって。……でもそれはほんとうはきっと違う。歎きながら顔を覆って窓から逃れ去ったというのは――」**(58)

ここで途切れたラウダーテの言葉を代わりに継ぐなら、にんげん、になるのではないか。窓から逃れ去ったのは、修道僧。むろんにんげんには翼がないが。

冬のあいだは外から鎖されてしまう〈塔の棟〉で、ひとり目覚めて寒さと空腹に苛まれるラウダーテは、ゴーストに助けられて屋根から飛び降り、召使たちに保護される。そのときの召使たちの噂話のひとつ。

「女の手、と言っていたよ。何のはなしだか、うわ言

★2　単行本から文庫本への改稿の際に削られた最大のものは宗教色であるように思われる。

のような」(63)。これだけではたしかにうわ言だ。何の手を見たのだろう、ラウダーテは。

自分の生前を覚えていない亡霊は、自分が男なのか女なのかも知らないと言うわ。(36) 頭から爪先までを帷子に覆い隠し、顔もさだかでないゴーストの、唯一言及される身体の部位は手である。それもゴーストが一度〈巨人の棟〉に引き込まれ、みずからの過去に出会ってから——生前を思い出し、ひいてはおそらくおのが性別を思い出してからのこと。あらわになったその繊細に発光する手を見て小娘は微妙な表情をした。……いつも隠れていた手をはっきりと見たのはこれが初めてだったのだ★[3](57)。それがどんな手であったのか直接語られることはない。ラウダーテのうわ言が、それも召使たちの口を通して伝えられるだけ。女の手、と。

帷子の下にたんねんに隠したものをちらりと露呈するようなこの手、これがなぜ、かくも丁寧に隠されまたかくも意味ありげにわたしたちの前でほのめくのだろう? ゴーストは女だった、とすればその僧院は正確には尼僧院で、生前のゴーストは仲間の尼僧たちに取り囲まれ、おそらくはなんらかの「堕落」を指弾されて、歎きながら顔を覆って窓から逃れ去った(わたしが飛んだとき、と文庫版のゴーストはいう。「今なら雪がある、雪があるから。わたしが飛んだときにはなくて森はいちめんの紅葉だった」(文庫版、59)★[4])——という筋が見えてくるのだが、尼僧が咎められる罪の最たるものは、妊娠、なのではないか。

「銅版」に現れなかった〈冬の花火〉の版画、これはよっつめのものがたり「トビアス」でようやく姿を現す。版画を扱う古本屋のマキノ氏は、しかしこの画題は〈冬の花火〉ではなく〈わが上に翻したる旗は愛なりき〉だという(文庫版、217)★[5]。この画題は「雅歌」第二章第四節の文語訳から取られているのだが、なぜ愛?

屋根から飛び降りようとするラウダーテは、しかし暗闇に怯えて叫ぶ。

「下が見えない、真っ暗で何も見えないのよ、ゴースト」
「見えないところへ飛ぶことはできない、怖くてできないの。無理だわ——」
「ゴースト」
「——」(62)

だからゴーストは、みずからの(亡霊としての)いのちと引き換えにまばゆい光となり、ラウダーテの道を照らす。ゴーストが冬の花火のように散るさまは、召使によって次のようにも語られる。

**「白いものが燃えて上がった。まるでたくさんの翼を広げたようだった」**（63）

この描写は、さいごのものがたり「青金石」まで読んだとき、聖フランチェスコと人形つくりの若者の前に現れた天使のすがたと響きあっていたとわかる。

**「光り輝くものを見られましたね。夜明け前のもっとも濃い闇のなかで祈りを捧げていられた時に」**
**名のない者は言った。「ブナの木は半面に金貨を繁らせた木の如くになり、そのうしろに長い影を曳いた。輝くものは六枚の翼を持ち、眩しさのあまりその顔を正視することはできなかった」**（234―235）

ラウダーテのためにみずからの命を光に変える、それがゴーストの無償の愛であり、それがゴーストを六翼の天使に変えたのだ。これは〈女〉の性を苦にして自殺した尼僧の亡霊と、あとになって〈女〉としての成長を厭うことになる、しかしいまはまだ幼い少女の、愛のものがたり。

## 「竃の秋」――婚姻の軛

みっつめのものがたり「竃の秋」が一番長い。舞台と登場人物は「閑日」と同じ、ときは「閑日」から五、六年下る。冬眠者の一族の館の、ある年の冬の始まりと滅亡を、数多い召使たちと主人たる冬眠者たちそれぞれの視点から群像劇的にものがたる。

「閑日」の尼僧院と後述の「トビアス」の女子寮のあいだに置いたとき、この館も実は女たちのものであることがわかる。主人階級に属しているのは女だけというわけではないのだろうが、登場人物として言及されるのは、幼い息子トビアを除けば、奥方モーガナに二人の娘アダーテとラウダーテ、双子の老婆グレタとマルタだけ。屋敷の主人である男爵は出ていったらしく――どこか他の場所で冬眠と目覚めを繰り返しているらしいが――ものがたりには出て来ない。

主人階級の残りの者たちは、影のように蠢きながら意味の取れない囁きを交わしているだけなのだが、そのひとつがこれ。

**「われわれが眠りを選ぶのではなく、眠りがわれわ**

★3　ゴーストの手についての記述も、文庫版からはすべて削除されている。
★4　山尾悠子『ラピスラズリ』（ちくま文庫、2012年）
★5　これは文庫版にだけ出てくるはなし。

**れを好むのだ。逃れがたい婚姻の軛《くびき》のように」**（113―114）

前後の文脈のないつぶやきだからこそ、「婚姻の軛」の重さが動かしがたいものとして浮かび上がってくる。このものがたりにはたしかに「婚姻」が呪いのように纏わりついているのだ。

姉娘のアダーテは婚家から戻って来たところである。出産のための里帰りというより「出戻り」にちかい状況であるらしいことは、召使が「お嬢様」と口にして失言を咎められ、「若奥様」と言い直すところや、アダーテの投げやりなようすから察せられる。その原因は腹の中の子供のことらしく、「**子供のことも考えずに眠ってしまうなら母親の資格はないと非難されたのよ——だから戻ってきたのに**」（135）と口走る。

「**わたしはもうお終いよ。冬の塔に戻ることだけが楽しみで戻ってきたのよ——もう、二度と眼が覚めなければいい**」（114）

そんな厭世的なことをいうアダーテは、ついには正気を失ったような様子になり、地震で半壊した渡り廊下に足を踏み入れ、小間使いの娘と鉢合わせしてしまったために、重さに耐えきれなくなった床を踏み抜いて墜落するのだが、これはほとんど消極的な自殺にひとしい。流産された胎児はゴーストになって、叔父にあたるトビアのもとを訪れ、こう告げる。「**生まれてきたくなかったから、ちょうどよかったって**」（175）。

母親のモーガナも、末息子のトビアを身籠っていた「閑日」のとき、「**大きいむすめが嫁入ろうという頃にもなって**」「**若さを保つことばかり考えて**」「**眠るあいだに胎の子が育つかどうかという心配でなしに、我が身可愛さの心配で**」「**孕《はら》んだまま眠りに入られる**」（46―47）と、召使たちの噂話で槍玉に挙げられていた。このみじかい噂話のうちに、「女性」と「母親」をめぐる抑圧が凝縮されている。女性にとっては若さや美しさが重要であること、しかし一定の齢になり、ことに「母親」の立場に就くと、若さや美しさに固執するのはみっともないことだと嗤われるようになること、「母親」は子供を最優先するべきで、自分のことを考えてはいけないということ。

そして末息子は虚弱なからだに生まれ、関係があるのかないのか、モーガナの結婚生活は破綻を迎える。双子の義姉たちはこんな噂話をする。

「**あれは去年から様子がおかしくなったんだよ。**

もともと少し妙なところのある娘だったが、亭主が出て行って、それから去年の秋に急におかしくなった」(131)

「よく手を洗っていたねえ、そういえば」(131)という応答はマクベス夫人を連想させるが、そこに示唆される通り、彼女は人を殺したことが直接の引き金になって心を病んだらしい。彼女が「人形狂い」であることは「銅版」における画題で示唆されているが、人形の代金を払えなくなった彼女は人形を運んで来た使者を殺すのである。命を産み養うことが母親に期待される役割であるとすれば、彼女はその対極にある命を奪うという行為に手を染めた。それは人形への執着ゆえであり、人形は子を産むこともなければ歳を取ることもない、ということを考えたとき、産み育てることと分かち難く結びつけられてしまった自身の生への彼女の怨嗟のふかさが見えてくるように思われる。

奥方モーガナの名は文庫版ではアルマに変更されている★6。なぜ名前が変わったのかはわからない。モーガナの名で思い浮かぶのはアーサー王物語の登場人物Morgan le Fayで、ケルトの伝承では巫女あるいは女神だったが、キリスト教の影響下でアーサー王伝説が編纂されていく中で邪な魔女へと変身させられたという、典型的な女性嫌悪《ミソジニー》の被害者である。この転身に特に責任があるのは『散文ランスロット』を著したシトー会派の修道士たちだという。

［シトー会派の修道士たちは］アーサー王物語を換骨奪胎して、宗教的メッセージを伝えるための寓話に仕立てなおそうと努めたのであった。彼らによれば、神霊はあらゆる世俗の関心に優越するということになるのだが、とりわけ、肉体に関連することがらは、強い侮蔑の対象となった。ここで、モルガンとその妹たちにとって不幸なことに、修道士たちの目には「肉体に関連することがら」とは、女性的なものすべてを含んでいた★7。

アルマはといえば、ラテン語のalma materが「恵みの母」といった意味で★8、もとはローマ神話のセレスやキュベレといった女神のことをいったが、カトリック教会では聖母マリアのことを指す(いまでは「母校」の意味が主流)。キリスト教社会から見た「悪い女」＝魔女、あるいは「善い女」＝聖母を指しているという意味で、「モーガナ」と「アルマ」は表裏一体の関係にあるのかもしれない。

モーガナからアダーテへと受け継がれるこの呪いと

★6　借金取りは単行本ではアンティボルド、文庫版ではスフォルタス、屋敷の主人は単行本ではスフォルタス、文庫版では名前は言及されない。
★7　デイヴィッド・デイ著、山本史郎訳『図説　アーサー王の世界』(原書房、1997年)、98頁
★8　二人の娘の名もアルマと同じくラテン語で、ラウダーテは詩篇にも登場する「ほめたたえよ」の意、アダーテは「順応せよ」の意。

は、ラウダーテも無関係ではない。屋敷の主人に貸した金を取り立てに来た借金取りに話しかけられて、ラウダーテは警戒心をあらわにする。


「時間がないので手短に済ませるようで申し訳ないのですが、ずっとあなたとお話ししたかったのですよ」

「父が何か申しましたか」

　ラウダーテは眼の据わった顔になった。

「ご心配になるようなことは何も。そのように警戒なさらなくても大丈夫ですよ――お綺麗な姉妹のかたと仲良くしたいのは誰でも同じです」（152）


口に出さずともラウダーテと借金取りが共有しうる、ご心配になるようなこと、とはこの場合ひとつしかなくて、それは父の借金のかたに結婚を強いられるような事態のはずだ。

　ラウダーテを脅かす執心はもうひとつあって、それは召使の少年トマニの逆恨みめいた恋着である。一年前の秋、トマニはラウダーテと擦れ違いざま、一言の囁きを投げかけられる。疱瘡《とうそう》の痕でひどいあばたになった顔のことを言われたためではない、行きずりに余分なものを投げ捨てるようなやり方で何かを投げ与えられたことが悔しく（86）――とトマニは感じるのだが、つまり嘲弄めいたものであっても、与えられたと少年は思ってしまったのだ、言葉を、まなざしを、関心を。彼が欲していた、もう一度欲しいと願ってしまうものを。このしんねりと執拗な臭いにも似た……執着心（194）は一年のあいだに殺意にまで高まり、「竈の秋」の終盤、彼はラウダーテに疱瘡よけのまじないの名目で毒を盛ろうとし、失敗するとナイフを振りかざして襲いかかる。

　それとは対照的なのが「閑日」でのゴーストの無償の愛だったけれど、彼女はもういない。だからラウダーテは、モーガナに殺された人形運びである、あらたなゴーストと交誼を結ぼうとする。けれどどうしても「閑日」のゴーストの面影を求めてしまい、「ゴースト、おまえはあのひととまるで違う、何もかも。一緒にいれば不満が募るだけでわたしもつらくなってしまう」（148）と訴える。

　人形運びのゴーストに自身の名を教えたことについて、ラウダーテは次のように言う。「あのひと」とは「閑日」のゴーストのことだ。


「あのひとには教えなかったのよ」

　振り向いてラウダーテは言ったが、思ってもみなかったことを自分が口にしているような気がした。「わたしは歳をとってからだも重くなって堕落してしまった。いま屋根から飛び降りても踵を潰すくらいで済むわけはない、きっと助からないでしょう。でも卑怯で臆病だったのは子供の時からなの。男か女かもわからないような相手に名を明かすのは怖かったから。あとで後悔することになるとは思いもしなかったから」(149)

ラウダーテ自身思いもよらぬことを口走っているというこの吐露はたしかに唐突だ。これ以外にラウダーテが歳を取ることに言及した箇所はないし、「閑日」から「竈の秋」までの数年間を彼女がどのように過ごしてきたのかも描かれてはいない。だから彼女が成長を「堕落」と捉えることに納得のいく理由や背景はあたえられず、それゆえにこそこの台詞は、『ラピスラズリ』のすべてのものがたりの底をひそかに流れる脈絡が、地表に湧出したものなのだと感じられる。その脈絡というのはすなわち生への厭悪、とりわけ女性たちの、婚姻や生殖に縛り付けられた生への。

堕落、ということばはほかに、「閑日」のラウダーテの台詞に登場する。「むかしここが僧院だった頃、乱れて堕落した有り様を歎いて天使がこの窓から逃れ去るのを何人もが見たのですって」(58)。「堕落」を咎められて身を投げた尼僧のゴーストと、生きて老いてゆくことを「堕落」と捉えるラウダーテの運命はこのように交差していた。

天使たるゴーストに導かれて屋根から飛ぶなどといったことは、子供だったからできたことだとラウダーテは振り返る。性別のない子供だったから。大人の女性に近づいてしまったいまでは、生者のような性別や肉体を持たないゴーストと親交を結ぼうとしてもそれすらもうまくいかずに苛立つ。

それでもラウダーテは、ゴーストが姿を消すとそれまで邪険にしていたことを悔やむ。ゴーストはラウダーテがトマニに刺されたときに戻って来て彼女を助ける。ラウダーテは、モーガナやアダーテとは違い、婚姻や生殖や束縛から解き放たれた愛を見つけるのである。

## 「トビアス」――父権制の暴力

よっつめのものがたり「トビアス」の舞台は、ゆるやかに衰退していく近未来の日本。地方の廃市の、かつては親族の女ばかり集められて暮らしていた「寮」であった屋敷に、〈わたし〉こといつきだけが「おばあ様」とともに残っていた。おばあ様の部屋を埋める人形が示すように、彼女たちもまた冬眠者の一族であるらしい。

そのおばあ様の通夜から話は始まる。〈おばあ様の娘たち〉と呼ばれる親族の女たちがまず集まってきて、寮はかつての雰囲気を取り戻すけれど、〈中央〉から男たちがやって来たあたりから諍いの空気が漂い始める。通夜が果てた明け方、「たまきさん」と呼ばれる女性に連れられていつきは屋敷から逃げ出すのだが、逃げた先の山荘で急激な冬眠に入ってしまい、目覚めたときにはたまきさんはおらず、追いかけてきた犬のトビは冬のあいだに飢えて死んでいる。いつきは(ラウダーテのように)春にならないうちに目覚めて、ひとりで自分のいのちを養わなければならなくなる。逃亡は失敗に終わったのだろう、いつきはその後〈中央〉で暮らすことになったが、何から逃げなければならなかったのか、たまきさんに何が起こったのか、そうしたことは読者には開示されないままだ。

ひとつだけ問いを立てるならば、いつきを置いて散弾銃を手に山荘の勝手口から出ていったたまきさんは、誰を撃とうとしたのか、と問いたい。

女ばかりの屋敷に暴力の気配を持ち込むのは、〈中央〉からやって来る男たちだ。**そのひと**、とだけ呼ばれる男がやって来た途端、人懐こいトビも**絶対服従の姿勢**(文庫版、219)を取り、いつきはそのことに驚く。トビはしばらく〈中央〉で飼われていたというから、そのときに覚えさせられた姿勢なのだろう。そのひとはトビをこともなげに蹴飛ばして家にどんどん入りこみ、**戒名は金で買える**(217)、とまたずいぶん横暴なことをいう。家父長的な支配と暴力の匂いを強く曳いてやって来る「男」は、いつきの父親だったのかもしれない。

〈従姉妹〉と総称される親族の娘たちのうち、もっとも近い血筋だというゆりえは、いつきの姉だと思われる(それより近い血筋である「母親」はたまきさんだから)。彼女はおそらく結婚している。嫁いでいる、という旧弊な言い回しの方が実態を反映しているのだろう。**日蔭の花のような少女たち**(204)——これは〈従姉妹〉たちの形容であるとともに、「竈の秋」のラウダーテとアダーテの姉妹を指す比喩(139)の反復でもあった。おばあ様の家に着くなり、「**苦労したのよう、わたしは**」(216)といつきに囁くゆりえと、婚家から戻ってきて、「**お前は何もわかっていない——他人のなかで苦労したことがないから**」(129)とラウダーテにこぼすアダーテは相似形で、そのことが、ゆりえの苦労とは婚家でのそれであるらしいことをほのめかす。年上の従姉妹は、ゆりえが簡単には出歩きできないんだって、自慢だか泣きごとだかよくわからないよ

**うな電話を**（209）かけてきたと言うけれど、これだけでは泣き言にはなっても自慢にはなりえない。自由を制限されることが「自慢」と解釈されうるのは、配偶者なり恋人なりに束縛されている場合だろう（つまり「惚気」、というわけ）。このものがたりの表面にあらわれているのは〈おばあ様の娘たち〉という女系の一族だが、その裏には男が支配する〈中央〉の世界が透けて見える。

ならば、見慣れない散弾銃――いつきには馴染みのない暴力――を持ち出してたまきさんが対抗しようとしたのは、〈中央〉から来たあの男でしかありえないはずだ。

通夜の席で起こった諍いとは何だったのだろう。明示されているのは戒名のことで、それから従姉妹が無邪気に口に出す相続の問題があったろうし（**特に誰かのものになるというわけではないんじゃないの**（208）、という従姉妹やいつきの漠然とした想像は、金の力を振り回すあの男の論理には馴染まなかろう）、たまきさんがいつきを連れて逃げるということは、ひとり屋敷に残されたいつきの身の振り方の問題もあっただろうと想像される。かつてたまきさんは、眠るいつきに向かい「**可哀想に**」（217）とひとりごちたことがある。

何が可哀想なのだろう？　逃亡の後いつきは不充分ながら就学することになったというから、教育を受けられずにいたこと、もその「可哀想」のうちに入っていただろうけれど、それ以外にも伏せられているものがあるようだ。

従姉妹たちはさなえにゆりえと、植物に由来する名前を持っている。いっとき屋敷で預かっていたという幼いしいなは「粃」の字をあてるのだろう。粃は中身のない籾、あるいはうまく実らずに萎びてしまった果実のこと。**その夏以来、わたしはあの子にも二度と会っていない**（215）、と語られるのみで、明らかにされていないその後のしいなは、おそらくは成長することなく死んでしまった。

では「いつき」は？　植物というつながりで連想は「樹」の方へ誘導されていくけれど、「斎」の響きがそこには隠されているようだ。斎宮、といえば「閑日」や「青金石」にあらわれる修道女と谺しあうものがある。

可哀想なのは、いつきが斎として生涯を未婚で通すこと？　それとも斎の名を持つ彼女がいずれはゆりえと同様にどこかに嫁がなくてはならないこと？　キリスト教色のつよいこのものがたりでは、いつきの姉のゆりえの名もまた、聖母マリアのアトリビュートたる、純潔の象徴の白百合と、無関係ではないように思われる。だとすればいつきも、その名に反して結婚を強いられる運命にある。

戒名の件もこのはなしに関係があるのかもしれない。戒名がなぜ争いの種になったのか、それも伏せられたままだが、**意を**（誰の？）**押し通した**（221）という戒名は、「けんしんいん、しょうげんいしんこじ」。「居士」は男性の位号で、女性なら「大姉」のはず。おばあ様と呼ばれる人が男性だったという可能性も考えられるが、それなら住職の方が「居士」を主張するはずで、**仏壇の位牌を見るたびに、古顔のお住職は満足げな顔いろをちらとだけ動かす**（221）（文庫版では「**古顔のお住職の顔いろは微妙な具合に変わる**」（文庫版、225））ということは、折れたのは住職の方らしい。女性に「居士」とつけたのが、おばあ様の意思であったのか〈中央〉の男の意思であったのかはわからない。

**古い運河に潮のにおいが混じる地方の廃市**（203）、という「トビアス」の舞台設定は当然のことながら福永武彦「廃市」への言及を含んでいる。澱んだ運河の街、頽廃と滅びの気配、無人な屋敷をつかのま人で満たす通夜や法要と、それがもたらす決定的な綻び、結婚して（それゆえに／にもかかわらず）家を出た姉と、祖母とふたり屋敷に残される妹——など、「トビアス」と「廃市」が共有するものは数多くある。なによりも、死へと近づいてゆく生。「**わたくしたちも死んでいるのよ**★[9]」、と「廃市」の安子はいう。

日本近代文学への言及は他にもある。〈冬の花火〉の版画に、「トビアス」では「雅歌」からの引用である〈わが上に翻したる旗は愛なりき〉の画題が冠せられていることはすでに触れた。これは芥川龍之介「三つのなぜ」に引用された詩句でもある。

> シバの女王は美人ではなかつた。のみならず彼よりも年をとつてゐた。しかし珍しい才女だつた。ソロモンはかの女と問答をするたびに彼の心の飛躍するのを感じた。それはどういふ魔術師と星占ひの秘密を論じ合ふ時でも感じたことのない喜びだつた。彼は二度でも三度でも、——或は一生の間でもあの威厳のあるシバの女王と話してゐたいのに違ひなかつた★[10]。

「三つのなぜ」のふたつめの問い、「なぜソロモンはシバの女王とたった一度しか会わなかったか？」は、シバの女王に対するソロモンの恋の苦しみを描いて、ソロモンの作になるというこの詩句を引用する。この作品には、歌人であり翻訳家である片山廣子（松村みね子）への芥川の恋心が投影されているという。

いつきがたまきさんに教えられて口遊む〈夜われ床にありて我心の愛する者をたづねしが尋ねたれども得ず〉（213）は、同じく「雅歌」第三章第一節の引用であると同時に、福永武彦のエッセイ集『愛の試み』のエピグラフでもある。

> 「夜われ床にありて我心の愛する者をたづねしが尋ねたれども得ず。」
>
> 　僕は「雅歌」のこの言葉を好む。これは人間の持つ根源的な孤独の状態を、簡潔に表現している。この孤独はしかし、単なる消極的な、非活動的な、内に鎖された孤独ではない。「我心の愛する者をたづねしが」――そこに自己の孤独を豊かにするための試み、愛の試みがある。その試みが「尋ねたれども得ず」という結果に終ったとしても、試みたという事実、愛の中に自己を投企したという事実は、必ずしも孤独を靭くするだろう★11。

　聖書や日本近代文学の引用を忍ばせてほのめかされているのは、「トビアス」が（「閑日」同様）愛のものがたりだということだ。それはたぶん、いつきとたまきさんの。

「閑日」のゴーストがみずからを光に変えてラウダーテを導いたように、たまきさんもまた、みずからを犠牲にしていつきを逃がそうとしたからだ。

> 　たまきさんは冬の林で枯れ葉の海に埋もれていたという。それは「銅版」や「竈の秋」では、召使たちの反乱によって冬寝室から引きずり出され、屍体のように森に捨てられた冬眠者のなれのはてのすがたである。だからそれは、林を歩いていたときに突然冬眠に入ってしまったといった事故のようなものではなく、だれかに――あの男に？――引きずり出されて捨てられたというような、暴力的な事件だったのではないかと思わされる。それくらい、逃亡は命がけだった。
>
> 　このものがたりにも天使は登場する。トビと呼ばれる犬の名は、正しくはトビアス。大天使を道連れにして、それと知らないままはるばる旅をした幸せな少年の名前。（211）

　老トビトのひとり息子は天使に庇護されて旅の目的を達成するのだが、蹴られた挙句に飢えて死んだ犬のトビアスがほんとうに庇護を受けて満足して死んだのかどうかはわたしにはわからない。……見えない旅の道連れが正しい道筋を指し示してくれたらしいことだけは確かなのだが。（219）

★9　福永武彦『廃市・飛ぶ男』（新潮文庫、1971年）
★10　芥川龍之介「三つのなぜ」『芥川龍之介全集第十四巻』（岩波書店、1996年）
★11　福永武彦『愛の試み　改版』（新潮文庫、2005年）

「竈の秋」と「トビアス」を結ぶ鍵になるのはこの犬である。「竈の秋」に登場する病弱な少年トビアは二度と覚めない眠りを前にして、この次に生まれ変わるときにはぼくはにんげんじゃなくて別のものになるんだ(175)、という。いつか冬の厚い毛皮に包まれて、じぶんのしっかりとした体臭と体温のなかで眠る。くるっと巻いた尻尾もあって、それは好きなように動かすことができるんだ(175-176)、と。ひとつ心残りがあるとすればそれはほんとうの冬を知りたかったということ(174)、というトビアは、犬のトビアスとして生まれ変わり、いつきの冬眠に付き合って死んだとき、庇護を受けて満足して死んだ、のかもしれない。それがこのやるせないものがたりの数少ない救いである。

落葉し続ける山の林をゴム人形を咥えて走る犬のイメージはあたまの上に仄かに発光するひかりの輪を浮かべていて、それは林の空き地で枯れ葉の海に埋もれて春を待っているたまきさんのイメージに何故かくっきりと重なった。(222)

犬のトビアスには見えない天使の道連れがいて、屋根から飛び降りる少女ラウダーテにはその道を照らす天使たるゴーストがいた。そしていつきにとってはたまきさんが天使だったのだ。

冬のさなかに目覚めてしまったいつきは、山荘の冷凍庫に眠っていた凍った苺をジャムにして食い繋ぐ。そのときいつきは、枯れ葉の海に埋もれたたまきさんのまぼろしを見る。「トビアス」のさいごにちかい箇所で、このように語られている。

陽当たりのいいその場所で、長い髪を枯れ葉だらけにして起き上がり、両手に何かを持って呑気らしく口に運んでいるたまきさんの様子はほとんど現実のように眼に浮かんだ——アルマイトの鍋半分ばかりに満ちた熱々のジャムを前にして、それをわたしはほんとうに見たのだった。たまきさんが食べているのは土中に腐った肉と骨のようでもあり、いのちの塊である黒土と腐葉土であるようにも思われた。(222)

わたしがその日ジャムを食べたことはいのちを繋ぐことに直結した行為だったのであり、そのようにしてものを食べたことは以来一度としてない。

生の本質は腐敗だとはじめに言った。生きて、老いて、腐ってゆくことへの嫌悪が、少なくともここまでの四篇には満ちている。けれど腐った屍を、腐った枯れ葉を、もはやひとではないなにかになってしまったたまきさんは、いのちの塊として口にし、懸命に生きようとする。腐爛死体や腐葉土のイメージと重ね合わせながらいつきは苺のジャムを食べていのちを繋ぐ。決して美しくも清くもない、泥臭い営みである生との和解がここになって現れ、「青金石」へとつづく。

## 「青金石」——和解と救済

ときは一二二六年の春の宵、ところはアッシジ近郊のポルツィウンクラ。さいごのものがたりだけは時代も場所も明示されていて、実在の人物が登場する。

死期の近づいた聖フランチェスコは、ひとりの冬眠者の訪問を受ける。冬眠者だけれど、「竃の秋」における人形運びの使者を思わせる役割も担っている。というのはみずから作った人形をフランチェスコのもとにもたらすからだ。呪われた者として教会から排除されていた冬眠者の若者に、フランチェスコは祝福を授ける。

> いまこの小さきものの頭《こうべ》に手を置いて祝福を与えることはたやすいことである。何故ならかれはすでに父なるものから赦されているのであり、一羽の野の鳥に祝福を与えることを主が嘉《よみ》したまわぬ筈はない。(233)

かくして聖フランチェスコは冬眠者たちの守護聖人となったのだろう、「トビアス」の少女たちは揃ってこの聖人のメダイを下げているし★12、「閑日」においてラウダーテが下げているのもおそらくは同じメダイだ。自殺者であったとおぼしき「閑日」のゴーストが天使として昇天することができたのも、この祝福あってのことに相違ない。

冬眠者たちのものがたりの起源までさかのぼって、『ラピスラズリ』はようやくやすらかな終わりを迎える。かれらに祝福を与えて、いな、かれらははじめから祝福され、赦されていたのだとあきらかにして。

『ラピスラズリ』全編をとおして、生と死のイメージに絡めて〈母親〉および妊娠・出産のモチーフがくりかえしあらわれていることを指摘したけれど、それは女は自然であり生命であるといったステレオタイプな女性観を強化するためにもちだされているわけではない。ここに見られるのはむしろ、過剰な〈生〉の意味付けを負わされて疲弊していく女性たちである。〈母親〉が自然ではなく制度であることは「トビアス」

★12　「トビアス」で「聖フランシスコ」の表記になっているのは、日本のカトリック教会が採用している表記に従ったものか。

に見て取ることができる。家族関係が変化した近未来の社会で、たまきさんは〈わたし〉の生物学的な母親ではあるが、〈母〉という役割はそこにはない。また「青金石」の青年の、**おれは……ひとを恋うることもできません**(232)という嘆きは、きわめて自然なものと見なされがちな「恋」や生殖が、社会的に「にんげん」と認められた者にだけゆるされる営みであることを伝える。

性別不明のものたちの系列が、このものがたりの世界を性別から解放することはない。**男か女かもわからない**、といったことばは、「ひとは男か女のどちらかでなければならない」という規範をくりかえし前景化する。

『ラピスラズリ』を死と再生のものがたりとして、冬を通って春へと至るものがたりとして読むとき見落としてしまいそうなのは、生の肯定に至るまでに、どれだけ深い否定を潜り抜けてきたかということだ。モーガナやアダーテやラウダーテ、ゴースト、たまきさんやゆりえやいつき、彼女たちに加えられた抑圧がどれだけ重かったかということ、生に対する彼女たちの厭悪がどれだけふかかったかということだ。

だから、冬眠者たちを解き放つ役目を担うのは、他のどの聖人でもなく、フランチェスコでなければならなかった。「小鳥の聖者」フランチェスコ自身、人間中心主義的なキリスト教世界にあって、異端的な存在であったからだ。

キリスト教世界の異端者的な存在にフランチェスコが祝福を与えた例は小鳥に限らない。「女性」もそうである(『新装版 角砂糖の日』に付された掌篇はその名も「小鳥たち」、小鳥の姿と少女の姿を行き来する侍女たちを描く)。楽園追放に対してアダムより重い責めを負わされるイヴ、アダムを悪へと「誘惑」したとされるイヴとその娘たちに向けられる女性嫌悪の念をフランチェスコは共有せず、このものがたりで触れられている通り、彼に帰依した貴族の娘キアラが修道院に入る際には手ずから髪を切り、彼女とのあいだに長くこまやかな友情を築いたという★13。

聖キアラは望まない結婚から逃げて修道院に入ったというが、その(ものがたりでは言及されない)史実は彼女をラウダーテやアダーテ、いつきやゆりえの系譜に置く。冬眠者の若者によって作られ、図らずも冬の眠りを見守る人形の元祖となったクリスマス・クリッペは、フランチェスコを介してキアラに送られる。キアラのいる修道院が、〈巨人の棟〉のかつての姿である僧院といかなる関係にあるかはわからないながら、冬眠者の系譜が彼女を通して受け継がれたらしいことを推測させる。

「青金石」に至ってようやくものがたりに春が訪れる。冬眠者、小鳥、女性、呪われたもの、恋もできないもの。それらにこそフランチェスコは祝福を与える。善悪、清濁、黒白、男女、人と人ならざるものの区分を無効にして。西では復活と呼ばれるものが、東方の啓蟄に対応する、というこのものがたりの世界では、つまりキリスト教と異教のあいだに本質的な違いはなく、西と東の区分にも意味はない。そうなってはじめて、罪びとの魂が天使となり、死者が目覚めを告げるものとなる。

ここでまた日本近代文学からの引用を探ると、「青金石」を、ひいては『ラピスラズリ』全体を締めくくる「これは秋の枯れ葉に始まる春の目覚めのものがたり」のフレーズと、愛の象徴たる〈冬の花火〉の画題は、太宰治の一対の戯曲「冬の花火」と「春の枯葉」から来ているのだろう。二篇とも敗戦直後の日本の虚無感を描き出した暗い戯曲で、冬の花火と春の枯葉とはいずれも時期外れな、意味のないものを指し、あさましく醜く生き延びてしまったおのれを嘲笑うことばである。以下の引用は「春の枯葉」から。

青草？　しかし、雪の下から現れたのは青草だけぢやないんだ。ごらん、もう、一面の落葉だ。去年の秋に散つて落ちた枯葉が、そのまんま、また雪の下から現はれて来た。意味ないね、この落葉は。（ひくく笑ふ）永い冬の間、晝も夜も、雪の下積になつて我慢して、いつたい何を待つてゐたのだらう。ぞつとするね。雪が消えて、こんなきたならしい姿を現はしたところで、生きかへるわけはないんだし、これはこのまま腐つて行くだけなんだ★14。

この描写は森に捨てられた冬眠者たちが起き上がる様子を思い起こさせよう。また、負けた、負けたと言ふけれども、あたしは、そうぢやないと思ふわ。ほろんだのよ。滅亡しちやつたのよ★15、という独白から始まる「冬の花火」で、生家に疎開してきた数枝は唐突に、お父さん、あなたは、あたしが東京でどんな苦勞をして來たか、知つてゐますか★16、とアダーテやゆりえのような問いを投げかけるし、出刃庖丁を突きつけて数枝に迫る清蔵は、ラウダーテをナイフで刺そうとするトマニを思わせる。

救済であり希望である「冬の花火」も「秋の枯れ葉に始まる春の目覚め」も、だからもとを辿ればふかい

★13　キアーラ・フルゴーニ著、三森のぞみ訳『アッシジの聖フランチェスコ――ひとりの人間の生涯』（白水社、2004年）
★14　太宰治「春の枯葉」『太宰治全集９』（筑摩書房、1998年）、404-405頁
★15　太宰治「冬の花火」『太宰治全集９』（筑摩書房、1998年）、361頁
★16　同、369頁

絶望と虚無のことばで、『ラピスラズリ』における書き換えもけっしてその出自を否定してはいない。絶望と虚無を内包したことばでこそ、希望は告げられる必要があったから。このものがたりにフランチェスコがもたらす春は、冬眠者たちがくぐって来た冬を抱きしめるために来る。

## おわりに

ジェンダーとフェミニズム、という鍵言葉でここまでの読みを総括することができるだろう。生を穢れたものとして厭う思想が、〈産む性〉とまなざされた女性たちに穢れを押し付け、排斥された女性たちの怨嗟が生をまた厭わしいものとする。母たちは婚姻の軛から逃れられず、少女たちはそんな大人にはなりたくないと願う。表には現れない男たちは暴力と支配の匂いを漂わせる。しかしその中でラウダーテやいつきは、呪いから逃れてみずからの天使たるゴーストやたまきさんとシスターフッド的な関係を結び、その天上的な愛が、泥臭い生の営みとの和解をもたらすのである。

表に現れているのは主にキリスト教における女性嫌悪《ミソジニー》であるが、決してキリスト教世界に限った話ではないことが、**ビザンチンよりはるか東方では啓蟄と呼び、西では復活と呼ぶ**（235）——といった西と東を包括する世界観から伺えよう。あらゆるミソジニーから女性たちを解き放ち、異端として排斥されるものたちを祝福する——そのときにようやく、生きることは肯定されるのである。

妊娠と出産、婚姻、母となること、女性への抑圧、そして、そうした軛を超えた愛。それらを描いた『ラピスラズリ』は、実は、フェミニズムとシスターフッドのものがたりであったと言えるだろう。

〈引用文献〉

■山尾悠子『ラピスラズリ』（国書刊行会、二〇〇三年）
——『ラピスラズリ』（ちくま文庫、二〇一二年）
■芥川龍之介「三つのなぜ」『芥川龍之介全集第十四巻』（岩波書店、一九九六年）
■太宰治「冬の花火」「春の枯葉」『太宰治全集9』（筑摩書房、一九九八年）
■福永武彦『廃市・飛ぶ男』（新潮文庫、一九七一年）
——『愛の試み　改版』（新潮文庫、二〇〇五年）
■キアーラ・フルゴーニ著、三森のぞみ訳『アッシジの聖フランチェスコ——ひとりの人間の生涯』（白水社、二〇〇四年）
■デイヴィッド・デイ著、山本史郎訳『図説　アーサー王の世界』（原書房、一九九七年）

写真提供｜山尾悠子

山尾悠子インタビュー
［聞き手］金原瑞人

# 岡山発、京都経由、幻想行

Yamao Yuko × Kanehara Mizuhito

## 小中学生の頃の愛読書

**山尾**　今日はどうもありがとうございます。

**金原**　インタビュアーの金原です。今日は何の話をしましょうか。

**山尾**　事前にメールでやりとりはしたんですよね。短歌の専門的な話なんて聞き手は求めているのだろうかとか、それなら子供時代の話をしようかとか。

**金原**　このギャラリー〔LIBRAIRIE6〕には前に取材の帰りにたまたま寄ったことがあって、オーナーの佐々木さんとも話したんだけど、年に一冊ほど本を出しているっていうから「次は？」と聞いたら「山尾悠子さんの歌集を出す」と言われて、「え、僕同級生ですよ」って盛り上がったことがあったんです。小学校の三、四年と五、六年のクラスが一緒で。

**山尾**　一緒だったよね。うん。

**金原**　岡山の内山下小学校。

**山尾**　子どもの頃の金原くんは素直でいい少年だったんですよ、なんの悪い癖もなくて。その後どこかでグレたらしいんだな、ふふふ。

**金原**　小学校は三十人くらいの教室で、給食時間になると四人が向かい合わせになって食べるシステムで、僕の正面に山尾さんが座ってたのをよく覚えてる。ね？

**山尾**　ふ〜ん（とぼける）。

**金原**　いやいや、そうだよ（笑）。中学校も三年間一緒で、高校は別々だったんだよね。そのときの山尾悠子はよく知らない。部活とかやってたの？

**山尾**　文芸部。

**金原**　なんで文芸部？

**山尾**　当時は他に選択肢はないような気がしてたけれど。

**金原**　その頃から文学少女だった？

**山尾**　倉橋由美子と金井美恵子にかぶれまくってたし。いや、金井美恵子は大学に入ってからか。昔からよく言っているんだけれど、高校の部活の一個上にＳＦファンの女の先輩がいて、ＳＦ雑誌とかたくさん貸してくれたんですよね。それがきっかけでＳＦコンテストの募集も知ったんです。自分から読むことはなかったと思うので、彼女に出会ってずいぶん人生が変わったと思います。

**金原**　小学校、中学校では何を読んでたの？

**山尾**　『ナルニア国物語』を読んだり、キャサリン・マンスフィールドも小学生の頃に読んでたかな。子ども向けの文学全集のなかに丸々一冊マンスフィールドの巻があって。主人公が子供の小説ばかりで編まれていて、ほら、

「風が吹く」なんかも女の子が主人公でしょう。

**金原**　そのあとは？

**山尾**　普通だったと思うけれど、中学生の頃はやたら詩を暗誦してたのは覚えてる。「あはれ花びらながれ／をみなごに花びらながれ／をみなごしめやかに語らひあゆみ／うららかの跫音《あしおと》空にながれ／をりふしに瞳をあげて／翳《かげ》りなきみ寺の春をすぎゆくなり／み寺の甍《いらか》みどりにうるほひ／廂《ひさし》々に／風鐸《ふうたく》のすがたしづかなれば／ひとりなる／わが身の影をあゆまする甃《いし》のうへ」とかね〔三好達治「甃のうへ」〕。

**金原**　その頃覚えたものって忘れないよね。詩は何で読んだの？

**山尾**　学校の図書館にあった、子ども向けの小説全集に入っていたんだと思う。中学の頃は太宰治にやたらハマって読んでいたけれど、子どもが太宰を読むとユーモア作家にしか見えないんですよね。最近ネットでも似たような発言をされているのを見かけて、そうだそうだ同じだって嬉しくなった。だからその頃はすごくオーソドックスに文学全集を読んでいたような気がするなあ。

**金原**　倉橋由美子はその頃何がいちばん面白かった？

**山尾**　高校で出会った『スミヤキストQの冒険』とか『反悲劇』。あのあたりが最高だとやっぱり思ってしまいますね。『聖少女』のほかに『妖女のように』もめちゃくちゃかっこいい。

　いちばん好きなのは「悪い夏」ですね。『ヴェニスに死す』を下敷きにして書かれた小説だと言われていて、主人公の女の子の作家が若い女の子の作家に入れあげる話で、女同士でナルシシズムが二つに分裂しては合体して、もうなんとも言えないすごい世界になっているんですよ。

## 飯より本の大学時代

**金原**　という高校時代を過ごして、大学に入る。岡山のほうでは、大学の入学祝いにお父さんに何かほしいプレゼントはあるかと訊かれて、山尾悠子が「泉鏡花全集がほしい」と言ったっていう伝説があるんだけど、これは本当？

**山尾**　それはちょっと違う（笑）。父親の蔵書のなかに鏡花全集の初期のほうの巻があって、高校生の頃に読んでいました。その前に読んでいた太宰治の「ろまん燈籠」に、すごく生意気な文学少女がひねくれた読書歴を持っているんだけれど、でも本当はこっそり泉鏡花を愛読していたっていう文章があって、どんな作家なんだろうと気になりだしたのがきっかけで。「風流線」なんかはめっぽう面白いんだけれど、予備知識なしで「化鳥」や「龍潭譚」のあたりを読むと本当に面妖としか言いようがなくて、説明してくれないとよくわからないわけよね。でも気になって何度も繰り返し読んで、大学に入った時点で卒論は泉鏡花に決めていました。ちょうどその頃に出た「現代詩手帖」泉鏡花特集と脇明子『幻想の論理』の二冊が鏡花の読み方を示教してくれる本でしたね。

**金原**　それが大学入ったばかりの頃？

**山尾**　そう。国書刊行会で出た鏡花と小村雪岱のコラボ本『山海評判記』の監修をされた田中励儀先生が大学のゼミの一個上の先輩だってことが最近わかったんだけれど、やっぱり田中先生も当時はこの二冊の存在が大きかったとおっしゃってました。

**金原**　卒論はどんなテーマで書いたの？

**山尾**　「女仙前記」とか「由縁の女」とか、脇さんの影響まるだしで書いてしまったんだけど、低い土地に俗世間の町があって、川の上流に遡っていくと仙界のような不思議な世界があって、そこに母親のイメージを持つ不思議な女がいる、っていう構造について五十枚書きました。

**金原**　万年筆だった？

**山尾**　ええ。教授に「卒論は万年筆で書くものだよ」と言われて、そのために買いましたね。

**金原**　そっか。大学時代は鏡花を読む一方、塚本邦雄にハマっていたんだよね。出会いは覚えてる？

**山尾**　もう忘れもしない。河原町にあった京都書院の二階、あそこは恐ろしい世界だった。一階にはやや一般的な本があって、階段を上がっていくとまったく別世界の新刊の書棚が視界に入ってくるんですよ。当時塚本邦雄は毎月新刊が怒涛のように出ていたんですよ。毎月出るというのはね、やみつきになるというのか、アドレナリンが出るというのか、階段をのぼっていくと心臓がバクバクしてくるんですよね。それで新刊が出るたびに買って。当時よくご飯を抜いて買っていたので、バタバタ倒れてました（笑）。

**金原**　塚本との出会いはどの本？

**山尾**　一冊目が『連彈』。背表紙を見てなんだろうこれはと手にとって読んだら、やみつきになりました。それからすぐに遡って『紺青のわかれ』を。買うものはいくらでもありましたね。

**金原**　今日はそれぞれ塚本の好きな本を持ってこようと言っていたんだけど、二人とも『詞華美術館』だったね。このなかだと、どのあたりが好き？

**山尾**　136ページ。「左の肩ごしに新月を見た」〔衣更着信〕はずいぶん暗唱したなあ。「とおい國の歌もおもいだしてうたおう／勤労は夕べにまでいたる　旅は冬に終る」、この終わり方がすごく好きですね。この本は皆川博子さんもエッセイで取り上げていらしたと思うけれど、学生の頃に読んで、教養ってこういうものなんだなって感じたなあ。

**金原**　この本はいろんな詩や歌を引いてきて塚本がそれぞれに解説を寄せているんだけど、その文章がおもしろい。でも僕は大学の頃は塚本邦雄は難しくて嫌いだった。寺山修司を読んでた。

**山尾**　寺山修司は私も一生懸命読んでたかな。「新・病草紙」とかかっこいいなと思った。

**金原**　現代詩も読んでたの？

**山尾**　高橋睦郎に完全にハマってましたね。六十年代に出ていた『第九の欠落を含む十の詩篇』『汚れたる者はさらに汚れたることをなせ』『眠りと犯しと落下と』あたりも読んだし、リアルタイムだと『暦の王』とか『動詞Ⅰ』『動詞Ⅱ』を買って、なんてかっこいい詩人なんだろうってクラクラになりながら読んでました。

## 幻想文学が「ＳＦ」や「ファンタジー」だった頃

**金原**　その頃に最初の小説「仮面舞踏会」を書いたんだ。

**山尾**　高校の先輩が貸してくれてた「ＳＦマガジン」も高三のときは読んでなかったのね。で大学で京都に行って、真っ先に町の書店に行くでしょう。そこで「ＳＦマガジン」を手に取ったらちょうどSFコンテストの募集をしてたんですよ。これが毎年あるものじゃなくて、めったにない催しだということはすでに知ってたんですけど、その締め切りが4月末だったんですよね。

**金原**　募集はいつ見たの？

**山尾**　京都に出た直後だから、3月末か4月頭だったかな。入学直後でまだ友達もできないし、足元も定まらずにフワフワしていて、でなんでか応募しようと思ってしまったんですよね、ふふふ。

**金原**　高校の文芸部では書いてなかった？

**山尾**　詩のようなものは。でも当時は純文学や詩の雑誌を教えてくれる人もいなくて、唯一知っているのが「SFマガジン」だったんですよね。コンテストも「SFマガジン」独自のアイデアだと思ってたくらい。一般から小説を募るなんてすごいなあって（笑）。それなら私も募集できるのかなってつい思ってしまったので、ものすごくヘタクソなものを送ったんだけど、最終候補まで残って。

**金原**　何枚くらいの作品？

**山尾**　五十枚だった。

**金原**　山尾悠子とSFっていうと意外に思われる方もいるかもしれないけど、塚本も結構SFを読んでいるんですよね。早川の世界SF全集の月報にも、「一頃のぼくにとってSFとは、『火星年代記』と『鋼鉄都市』がそのすべてであり、他を悉く消去してもこの二作さえあれば良いと頑固に信じていた。勿論、ブラッドベリとアシモフの最高作であることは、大概のつむじ曲りでも認めるだろうし、ではフィニイはどうした、ハインラインを忘れたか、バラードをなぜ挙げぬと詰寄る面々には、苦笑をかえすよりみちがない」って書いているんですよ。最後のほうには「『神曲』も『ガルガンチュア物語』も『千一夜物語』も、さては古事記も霊異記もお伽草紙もこれに類する数々の物語も、あるいは秋成の諸作、否その小説すべて、秀抜無類のSFである。近、現代に入るなら、アポリネールから石川淳まで、〈芸術家づら〉せぬ芸術家の諸作、SFならぬものを挙げる方が至難ではあるまいか。こだわるまでもなく、SFとは恐らく過渡的便宜的な一時期のことさらめいた呼称であろうし、またあることをぼくは願っている」と塚本のSF観が書かれていて面白いんだけど、ジャンルでいうと山尾悠子の作品はファンタジーと呼ばれていたことがあったよね。「幻想文学」での須永朝彦さんとの対談で山尾さんは、「ファンタジーなのかなあと思いつつ、片仮名言葉が嫌いなものだから、なんとなくすわりが悪いと感じていましたね。それで、幻想小説というジャンル名称がいちばん落ち着くかなと思って、恐る恐る使い出した」と言っているけど、当時自分の作品がどう呼ばれるかは気になってた？

**山尾**　SF雑誌から出たので、作風を勘違いされていましたね。インタビューを受けるたびに「『夢の棲む街』や『遠近法』は『スター・ウォーズ』や『未知との遭遇』とは違うし、『日本沈没』とも全然似てないんですよ」って説明しなければならなくて、当時はそれがもう辛かった。

**金原**　そうかそうか。どこの範疇にも入らなくて割を食ってたんだ。

**山尾**　ええ、SFの界隈では「これはSFではない」ということについて強いこだわりのある方が結構いらっしゃるので。当時、日本で女性のSFの書き手ってまったくいなかったんですよ。私がSFコンテストの最終候補に残ったのと、純文学の畑で小説を書いてらしゃった鈴木いづみさんがSF好きだということで、二人に声がかかって「SFマガジン」で女流作家特集が組まれたんだけれども、二人ともいわゆるSFの作風じゃないということで、これでは困るといちゃもんをつける向きもありましたね。

**金原**　そうだよね。ＳＦ専門誌「奇想天外」に初めて山尾さんの作品が載ったのが一九八〇年の一月号。表紙に〈女流新鋭快作１００枚山尾悠子〉って書いてある。その上には山田正紀さんの名前もある。「奇想天外」の休刊号（一九八一年十月号）にも「私はその男にハンザ街で出会った」が載っている。この頃はＳＦ雑誌にそういう作品が気まぐれに載っていた時代。ちょっと今とは違う。ＳＦの懐が広かったし、おもしろいものはなんでもＳＦでまとめてしまえという風潮もあった。

## 地元の書店と学校

**山尾**　まだ私が持ってきたネタ話してない。

**金原**　ではお願いします。

**山尾**　以前、塚本邦雄の小説セレクション集の企画を思いつかれた国書刊行会の担当さんからそのセレクションをやらないかって頼まれたことがあったんです。ただ、私なんかまったく関係のない人間ですし、お弟子さんたちがなさるのが筋だろうと思ってお断りしたんです。それからもうひとつ理由があって、今の若い女の子が塚本を読むとＢＬ小説に見えるらしくて……

**金原**　見えるっていうか、もろＢＬだと思うんだけど。

**山尾**　あら、そうかしら。うーん……同性愛ではあるけれど、ＢＬ小説なのかなあ。そう読まれるのはおもしろいなあと思ったんですけれど、でも山尾はＢＬが好きなのかと思われるのもちょっと避けたいような気がしたので（笑）。

**金原**　塚本は小説も好きなんだ。

**山尾**　ええ、小説から入ったので。「冥府燦爛」などの短篇の他に瞬篇小説と称する掌篇が大量にあって。どれか特に勝れているというのでもない、どれも皆均等におもしろいので。

**金原**　最近、塚本の作品を読み直したことはある？

**山尾**　うーん、最近は買い逃していた本を集めるのに凝ったりしていて。古書で買うと塚本も結構安いんですよね。

**金原**　一時高かったんだけど、今は神田の古本屋にもたくさん出回ってるね。

**山尾**　あっ、すごく分厚い『塚本邦雄 湊合歌集』は当時定価で買ったんですよ、お値段三万円くらいだったかな。塚本の本はその頃岡山の書店にはあんまり入ってこなかったんだけれど、『湊合歌集』だけはちゃんと紀伊國屋にあったんです。しかもガラスケースに鎮座していて、これ見せてくださいって頼んだら、店員さんが手袋をはめて出してくれて（笑）。たまたまその時、お財布が膨らんでいたので「ではこれをください」と言ってしまったんだけど、後になって深夜叢書社の齋藤愼爾さんにその話をしたら、「あれを買うのは日本中で誰と誰とって名指しできるレベルの本だよ」と言われて、そんな大変な本を私などが買ってしまってよかったんだろうかと思ったんですけど。

**金原**　でもあの頃ね、表町に細謹舎って大きい本屋があったでしょう。あそこには塚本の本があったと思う。もう潰れたけど、お店の造り覚えてる？

**山尾**　一階と二階があって、階段の印象は残ってる。大学を卒業して山陽放送に就職した頃に「別冊新評」から声がかかって「遠近法」を書いていたんだけれど、書いている最中に「私はボルヘスの「バベルの図書館」を読まなければいけない、それもすぐに」って啓示が降ってきたんですよ。

**金原**　名前をちゃんと知ってたんだ。

**山尾**　澁澤龍彥か誰かのボルヘスを紹介した文章を読んで名前は知っていたけど読んだことがなかったんですよ。それで細謹舎に行って、『伝奇集』に入っている「バベルの図書館」をとりあえず立ち読みしたんです。そしたら「遠近法」とそっくりな世界がそこに書いてあったんで、足元に向けて血がザーッと下がっていって、血の気が引くってそういうこと。

**金原**　そんなことがあったんだ。結局書き直したの？

**山尾**　締め切りも迫っていて今更別の話も書けないからしょうがなく、〈私〉と〈彼〉という枠組みを出してきて、〈彼〉の書いた小説の素稿を読んでいる〈私〉に「これって「バベルの図書館」に似てるわね」と言及させるしかなかった。私が思いつくようなことはすでに誰かが思いついているもんだなと思いましたね。誰かが先に書いているかもしれないっていう恐怖心はそのときに生まれました。

**金原**　ヘレン・ケラーは小説を書いていたんだけど、何度も盗作で訴えられている。剽窃するつもりはなかったんだろうけども、異様に記憶力が良くて他人の作品を自分のものだと勘違いして書いてしまう癖があったらしくて。でもボルヘスは天啓だね。山陽放送は何年いたの？

**山尾**　二年ちょっと。

**金原**　楽しかった？

**山尾**　うん。今でも同期会は続いているし。

**金原**　そっか。山陽放送の向かいにわれわれが通った内山下小学校があったんだけども、今はもう廃校になってる。われわれが通った丸之内中学校も廃校になって、今はそこに岡山県立図書館が建っている。日本でも有数のいい図書館なので、みなさんも近くに行くことがあったら寄ってみてください。

**山尾**　有名らしいね。

**金原**　行ったことないの？

**山尾**　ええ、中学校の跡地というのにすっごく抵抗があって。校舎が取り壊される前の日に、卒業生が校内を自由に見学できる催しがあって私も行ったんだけれど、金原くんが「遠くから見かけたけど声はかけなかったよ」って後から言われて、何それって（笑）。

**金原**　そう。なんとなく声かけづらくて。

## 『角砂糖の日』ができるまで

**金原**　短歌の話もしようか。一九八三年の「幻想文学」第三号に編集長の東雅夫さんによる山尾悠子インタビューがあって、その中で歌集について触れているところがあるんです。東さんが「歌集については？」と聞くと、山尾さんは「あっ、あれはいたずらでございます。現代短歌は、読者としてはかなり読んでいたので、学生の頃ちょっといたずらでやってみたことがあるんですけどね、すぐに自分でも、こりゃ駄目だ、ものにならないと思って（笑）やめてしまったんですけど。まあ、深夜叢書社の齋藤愼爾さんに唆されたんですね。「あなた詩か短歌かやってるでしょう」ってニコニコッとされて「きれいな本作ってあげるから出しましょうよ」（笑）。だから別に歌集でなくて詩集でもかまわなかったんですけどね、詩は書きたくないし……小説書くのでも結構散文詩みたいな書き方してるでしょう。ああいうのを書いている以上、さらに詩を書く必要というのは、あまり感じないので、じゃあ歌集を出しましょうって」と答えているけど、本当にこういう経緯で出たの？

**山尾**　このときは26歳くらいだったかな、若い頃の発言をそのように音読されるとね、ふふふ。今回の復刊に際しても、元版のあとがきを再録してその後に新しいあとがきを載せる提案もしてもらったんですけども、二つ並ぶとほとんど罰ゲームなので（笑）、古いものはちょっと勘弁してってやめてもらったんですよ。

**金原**　そっかそっか（笑）。それで本当にこういう経緯で出たの？

**山尾**　今度の帯にカッコよくレイアウトされているんですけど、「作風から察するに、あなたは詩を書くひとなのでしょう。詩集を出しませんか」「いえ、それよりいっそ歌集を」って、本当にそのようにお願いしました、ええ。

**金原**　その時点で書きためた短歌はあったの？

**山尾**　まあ少しはね。一冊の本としてまとめないといけないので一生懸命作りました。

**金原**　出たときはどんな反応だった？

**山尾**　短歌の方たちからの反応はなかったですね。あとになって、当時読んでくださった方がいたのを知ったりしたんですけど。歌集を出したのは素敵な本を出してあげるからと言われたのが大きくて、自分の満足のためだけに作ってもらった本なので、短歌の方たちに読まれるって考えは一切念頭になかったのね。当時はＳＦの世界の方としか付き合いもなかったし。でも、自分では出来の良い歌集だとは思ってないので。

**金原**　じゃあ、もう一冊出す？

**山尾**　これは新しいあとがきに書いたんだけれども、なんで短歌をすっぱりやめてしまったかというと、書く小説がどんどん短くなるんですよね。結婚直前くらいに歌集を出して、そのすぐあとで三一書房から『夢の棲む街遠近法』を出してもらうときに書き下ろしで掌編の「繭」を書いたんだけれど、すごく悪影響が出ているなという感じがしたんですよね。短歌ってぎゅーって凝縮するでしょう、その作業を頭のなかでやるクセがつくと小説が短くなるんですよ、私の場合。

**金原**　でも小説家をやめて歌人になるという道もあったわけじゃん？

**山尾**　いやそれはない。だって短歌の畑の方との交流はなかったし。

## 会場からの質問

**［質問Ⅰ］『新装版 角砂糖の日』の挿画を描いた三人との関係は？**

**山尾**　まりの・るうにいさんとは古い付き合いです。元々るうにいさんの絵が好きだったところに、「流行通信」のグラビア企画でツーショットを撮ってみたい人はいないかと訊かれたから、「じゃあ、まりの・るうにいさん」とお願いしたんです。写真スタジオで、沢渡朔さんにパシャパシャとシャッターを切られながら、二人で顔を寄せ合って「初めまして」と挨拶したのが最初。それからもう数十年の付き合いですね。東京に行くときは、まりのさんのアトリエの端っこにある簡易ベッドでよく寝かせてもらって（笑）。るうにいさんの夫の松岡正剛さんが当時、松濤のお宅で大勢の若手編集者たちと共同生活みたいなのをされていて、泊めてもらいやすかったんですね。山下陽子さんは最近私のほうから好きになって、個展を見に行ったりして、知り合いになったんです。合田佐和子さんの絵についてはシス書店が紹介してくださって。

**[質問2] 塚本邦雄の短歌のどこに惹かれたのか?**

**山尾**　塚本に真っ赤っかにかぶれて書いたということは見る人が見ればすぐにわかるし、そのあたりはとても忸怩たる思いがあるんです。うーん……小説を書く人間がひねくった短歌なだけあって、イメージの華やかなところは取り柄かなと思うんだけれど。でも例えば、浜田到の有名な「硝子街に睫毛睫毛のまばたけりこのままにして霜は降りこよ」にしてもやっぱり批判はあるわけですよね。言葉の華やかさ、イメージの繊細さはあるけれど、ただそれだけの歌であるみたいな。私の下手くそな短歌も似たようなところがあるかもしれない。

**[質問3]「オットーと魔術師」はどういった経緯で「小説ジュニア」に掲載されたのか?**

**山尾**　何しろ昔のことなので、妙な作風の小説を発表させてくれる場って本当になかったんですよね。それと当時、自分の小説を読んでくれるのが年長の男性ばかりで、おじさんが私の小説なんか読んで面白いんだろうかという心配が強くあったのだけれど、「小説ジュニア」だと読者が若い女の子に限定されるわけだから、ちょっと安心かなという気もしたんです。

**金原**　「小説ジュニア」は少女小説を載せていた集英社の雑誌ですよね。それが廃刊になって、そこに書いていた作家がコバルト文庫に書くようになった。のびのびとした感じで書けたんだ?

**山尾**　いくつか書いた後で、もうちょっと書き足して文庫を出しましょうということになったんです。書籍化の担当さんは直接お目にかかったこともなくて電話でやりとりしてたんだけれど、「あと200枚書き足してくれたら本にできるから」と言われたので、はいはいと二つ返事で引き受けて、十日間くらいで書きましたよ。それが「初夏ものがたり」。で書いて送ったら、電話の向こうの顔もわからない年配の担当さんが「面白いけど、暗いですね。だってあちらの世界の話でしょう?」とお気に召さなかったらしくて、本にはなったけれども、それきりのご縁になりました。

**金原**　そのころは書くの早かったんだ。いったい何があって、こんなに遅くなったの?

**山尾**　どうしたんでしょうねえ、ふふふ。

**[質問4] どういう画家が好きか?**

**山尾**　若い頃から終始変わらず好きなのがデルヴォーですね。ベルギー象徴派は好きかな。

**金原**　デルヴォーとの出会いは?

**山尾**　目の大きな裸の女の人の絵。澁澤龍彦経由で。ああいう絵っていずれは飽きるのかなと思ったのだけれど、年取ってみても全然趣味趣向が変わらないのか、それだけデルヴォーに魅力があるのか、いまだにずーっと好きですね。家にエッチングが二枚あります。

**金原**　どこにあるの? 自分の部屋?

**山尾**　玄関。ギャラリーになってるから。

**[質問5] 若い歌人で好きな人はいるか?**

**山尾**　若い歌人が活発になっている風潮は知っていますけれど、あまり詳しくないんですよ。でも私が子育て中で小説を書いてなかった頃に、穂村弘さんが『シンジケート』を送ってくださったことがあって、それ読んだときに「ああ、新しいなあ」、短歌界が変わっていく先駆けなんじゃないかなと思ったのは覚えています。「サバンナの象」のあれがね、ふふふ。

今の若い短歌の人たちとは全く交流がない

んだけれども、昨日の（出版記念）パーティに若い歌人の女の子たちがたくさん来てくれて、もう嬉しくて嬉しくて。息子が二人いるもんですから、女の子に囲まれるのは珍しいことで、華やかだわあって（笑）。若い男の子に「ファンです」って言われても、ああそうなのって感じだけれど、ふふふ。

**［質問6］スティーヴン・ミルハウザーが好きと聞いたけれど、出会いは？**

**山尾**　小説の世界から離れていた頃に、面識もなかったんだけれども巽孝之さんが年賀状を送ってきてくださって、「今月号の文芸誌に載っているミルハウザーの「バーナム博物館」という小説は「夢の棲む街」に似てますよ」と教えてくださったんです。

**金原**　巽さんがいきなり？

**山尾**　ええ。それは読まないとと思って、珍しく本屋で文芸誌を買って。でも読んでみた印象としては、「夢の棲む街」よりは『ラーオ博士のサーカス』に似ていると思いましたね。

**［質問7］映画はどういうものが好きか？**

**山尾**　子育ての何が辛かったかというと、映画が見られなかったこと。映画をまったく見られない時期がしばらくあって、その後、レンタルビデオ店が普及しだしてからは必死に映画を借りて見ていました。ネットで動画を見るのも好きなんだけれど、『落下の王国』のターセム・シン監督が「オズの魔法使い」をテレビドラマ化した『エメラルドシティ』とか、なんだかすごく魅力のある女の子同士の怪しい世界が描写されている『お嬢さん』の予告編を見て面白そうだなと思ったり。最近見に行こうかなあと思っているのは、『ダゲレオタイプの女』とか『この奇妙な世界の片隅に』……。

**金原**　『この世界の片隅に』？

**山尾**　あっ、「奇妙な」は余計だ（笑）。

日時｜2016年12月4日（火）
会場｜LIBRAIRIE6
『角砂糖の日』新装版出版記念展」にて開催されたトークイベントを採録

写真提供｜山尾悠子

# 切符売り

田中美穂

Tanaka Miho

とろりと眠たげに凪いだ瀬戸内の海。透明度はそれほど高くなく、葛餅やわらび餅を固める前の鍋の中はこんなふうだろうかと思うことがある。よく晴れた日でも、たいてい靄が出て、視界はあまりすっきりとしない。

ここから車で小一時間ほどのところに倉敷の旧市街がある。現在では近隣の地域と合併し、沿岸部のコンビナートを含むかなりの範囲が倉敷市だが、元はわりあい内陸にある町なのだ。大原美術館や白壁の町並みと柳並木などで知られており、年中観光客の姿が途絶えない。

『ラピスラズリ』に収められている「トビアス」は、荒廃し海水に侵食されつつある近未来の地方の町が舞台となっているが、ある時、このモデルは倉敷なのだと山尾さんご本人から伺った。

レンガ造りの紡績工場跡、潮入り川、その運河に沿った柳並木、旧街道である商家の多い町並み、杉玉のさがった古い造り酒屋、町家と町家の間の細い石段、ひところ知人が住んでいた高台の大きな家と眼下に広がる甍の波、北側の参道の起点とアーケード、恐れ入るような達筆の老婦人が座る結納・熨斗《のし》の店……。たしかに、わたしが生まれ育ち、いまは古本屋を開いているこの町と重なって、実際には書かれていないことまでもが際限なく浮かんできてしまう。彼女たちのように「墓地を兼ねた公園と寺社の広い庭」でよく遊んでいたことも、ほんとうに久しぶりに思い出した。

「このあたりは昔、海の中だったんよ」

子供の頃からそう聞かされて育った。中世の頃まで倉敷の旧市街とその一帯は、大小の島々に囲まれた「吉備の穴海」と呼ばれる内海で、それが干拓によって徐々に人が住む場所となっていったのだ。わたしの店の並びにある「東山の岩場」と呼ばれるプリミティブな石段は、いまほうぼうにみえる山々がまだ島であった時代の名残だということが史料からも確認できる。

沖、帯江、粒浦、酒津、浜の茶屋、いずれも旧市街に実在する地名だ。山際に古い集落の残る田園地帯をみわたすと、たしかにこのあたりもかつては静かな海だったのだろうということが、なめらかな曲線が波打ち際を思わせる土地の形からも感じられる。いまでもここは、夏にはまぶしいほど鮮やかな緑の稲、秋には黄金色の稲穂の海となる。

山の周囲をのぞけば坂などはほとんどない平坦な市街地。潮のにおいがひたひたとせまり、ああ、また元へと戻って行くのだという妙な安堵感とともに、そのイメージの中に没入するのが最近のお気に入りの慰安となっている。

このたびの世界規模の流行となった疫病のせいで、界隈の秋祭りも縮小され、お神輿は注連飾りをつけた軽トラの荷台に乗せられて、氏子の家がある町々をぐるりと回るだけとなったが、やはり要所、要所の幟は律義に立てられ、まだ宵の口だというのに暗く静まり返った神社のねきの家々の軒先に、それでも祭りの提灯はずらりとさげられているという、どこかこの世のものではないような光景がみられた。そんな中を自転車で帰宅しながら頭に浮かんだのは、侵食してくる海とラバードールをくわえて懸命に走るトビの姿だった。

はじめてお目にかかったのは、復刊された歌集『角砂糖の日』にサインを入れに来てくださった時で、この本の企画編集をなさったH氏のおはからいだった。事前に「地元であるこの店でもぜひ取り扱いを」というありがたいお話をいただいて心待ちにしていたのだが、いよいよ発売という段になって、「山尾さんは犬の散歩で時々お店の前を通られるそうです。立ち寄られたこともあるとか」「お近くにお住いなので、サインもお願いできると思いますよ」という驚愕の内容のメールが届いた。

直接お目にかかることはもちろん、まさかすでにこの店にいらしたことがあるなどとは考えもしていなかったため、しばらく呆然とし、そしてだんだんとお腹が痛くなってきた。そしてそうこうしているうちに山尾さんご本人から、思いがけなくチャーミングな文面のメールが届き、あれよ、あれよという間におみえになる日が決まった。

「トビアス」もそうだが、作品にはよく犬が登場す

**田中美穂**［たなか・みほ］TANAKA Miho

1972年岡山県倉敷市生まれ。古本屋「蟲文庫」店主。コケや山椒魚等の地味めの動植物を好む。著書に『苔とあるく』『亀のひみつ』『星とくらす』『ときめくコケ図鑑』『わたしの小さな古本屋』、編著に『胞子文学名作選』。倉敷の白壁の町並みのはずれにある店です。機会がありましたらぜひお立ち寄りください。

る。この店のあたりを「犬の散歩で」とも伺っていたので、山尾さんはやはり犬派なのだろうか。わたしは犬もふくめ生き物全般好きなほうだけれど、犬か猫かと問われたら、即答で猫なのだ。本格的な犬派と本格的な猫派の間には、かなりの隔たりがある。少し不安になった。

約束の時間ぴったりにあらわれた山尾さんは、作品のイメージに違わぬ凛々しく美しい方で、「わっ」と内心ひるんでしまったが、そこは商店の人間の図々しさで、何食わぬ顔でお迎えした。

店の奥には神社のある裏山の石垣を借景とした三坪ほどの庭があり、羊歯などを育てている。サインを入れていただくために、この庭に面した作業台を用意していたのだが、山尾さんはこの場所がひと目で気に入られたようだった。

美しい装幀の『角砂糖の日』の紙質にあわせてご持参くださったペンでサインを入れていただきながら、その時どんな会話をしたのだか、緊張のあまりほとんど覚えていないのだけれど、歌集の山が半分ほどになったころ、目の前の石垣をつたって近所の白猫がやってきた。数軒先のお宅の外猫で、般若顔の美貌にちょっと凄いような迫力がある。

山尾さんは「あら！」と声をあげて、嬉しそうなお顔をなさり、そして「うちにもいたんですよ」と前の年に亡くされた飼猫のお話を伺うことができた。長毛系ミックスの狩りの得意な勇ましい美人猫で名はロビン、十九歳まで生きたそうだ。時折脱走しては、意気揚々と蛇などをくわえて帰ってきたという。我が家にも、まるぽちゃながら鳩を捕ってくることまであった似た気質の雌猫がいたため、「あ、共通の話題が」とずいぶんほっとしたことを思い出す。

以来、年に数回、ご著書にサインを入れていただきながら、ジャックという相棒のような犬のこと、特にこの数年何度か大きな病気をし（注：犬のジャック氏が）、その度に奇跡の復活を果たしているため、お会いするとまず、「ジャックさん最近どうですか？」と伺うことも多い。ジャックラッセルテリアの雄犬で大変ひとなつこく愛らしい姿をしている。他にも、人形のコレクションのこと、いま書かれている作品や、これから出される予定の本のこと、わたしも縁のある京都のこと、それからたまには家庭内で中心的に家事を行う立場の地元女性同士らしい話題などについて、楽しくおしゃべりさせていただいている。

最近では、山尾さんのそばに控え、サインを入れ終わった本に薄紙を挟む動作もずいぶん板についてきた。

地方の小さな店にしてはかなりの数仕入れた歌集は、それでもあっという間に売れてしまった。発売直後に駆けつけてくださった方の中には、Googleマップで店の場所を探しながら初めて、という方もあれば、「実は大ファンで」という長年のお客さんの顔もあった。

その後、わたしもちくま文庫に著書がある関係で、文庫化されている『ラピスラズリ』と『夢の遠近法』を仕入れるようになり、山尾さんからも「〈倉敷の蟲文庫に行けば山尾のサイン本がある〉というふうに出来たらいいですね」という、願ってもないようなご提案をいただき、現在では二〇一九年に文庫化された『歪み真珠』とあわせて三冊のサイン本が常に平積み、さらには、その時々に仕入れることのできた単行本が並ぶこともあるという夢のような状態が続いている。

先日、いつもずいぶんたくさんなので、いまさらながら恐縮すると「サインを書くだけで買ってくださる方があるのなら、いくらでも書きますよ」と笑っておられた。

ところで、山尾さんは犬の散歩などでわりあい頻繁に歩かれる倉敷のことを、それでも「アウェイ」とおっしゃる。対する「ホーム」は岡山の城下だ。天守閣、池泉回遊式庭園の後楽園、緋毛氈と野点傘、竹細工の波柵、いくつもの橋、市電、東山の電停、その近くの焼き場と女子学園。電気軌道沿いにある劇団の古いビル……。このあたりのことは泉鏡花文学賞等を受賞した『飛ぶ孔雀』で存分に描かれている。増刷時に付録でつけられたリーフレット『終わっても終わりきらない物語のために』収録の「飛ぶ孔雀、その後」では茶会の場面について「後楽園のすぐへりで育ったので、そこは遊び場であり、身長が低く地面に近い子どもの視点でもってあの島とあの庭園を見ていたのだ」と書かれてあった。

岡山市も倉敷市も岡山県南部に位置する町で、鉄道を使えば二十分もかからない。しかし城下町である備前岡山と、かつて天領であった商家の多い備中倉敷とは、たしかに気質がずいぶん違う。仲が悪いというわけではないけれど、たしかにこのふたつの町は、お互いをそれほど親しくは感じていないのも事実だ。地質や鉱物に詳しい知人などは「水系が違うからね（だから人間の性質も異なる）」などと言ったりもする。

そんなこともあって、倉敷は折りにふれて散策が可能な、身近な「異国」として、架空の町のモデルにしたり、時には執筆中の作品を普段とは離れた場所から見直してみるのに都合のいい場所にもなるのではないかと思ったりする。もちろんこれは勝手な想像なのだけれど。そういえば、初期の作品である「月蝕」の主人公、叡里の実家は倉敷という設定だった。

サイン本が並ぶようになってから、遠方からはるばる訪ねて来られるファンの方が目立つようになった。わたしからみれば少女といえるような若い女性も多い。また、観光地なので偶然立ち寄られた方が手に取って「え？ 山尾悠子さんのサイン？」「ここへ来られたことがあるんですか？」と目を丸くして尋ねられることも度々だし、「読んだことはないけど、ずっと気になっていた」という方もとても多い。他には地元紙に紹介記事やインタビューが掲載されることもあるため、「このまえ山陽新聞で」とか「たしかH町の方なんですよね」という地元ならではの方向から興味を持たれる場合もある。

そんなわけで、熱心なファンばかりでなく「山尾悠子の作品をはじめて読む」という方と接する機会がかなりある。そして「では、この三冊の文庫の中から、どれか一冊買いたいので、どれがいいでしょうか」という質問も頻繁に受けるようになった。

これは悩ましい。短篇集である『歪み真珠』は比較的挑戦しやすいと思うし、わたしも非常に好きな話がいくつもある。しかし「はじめての山尾悠子」となれば、執筆再開後の代表作である『ラピスラズリ』だろうか。いや、伝説的な初期作品を集めた『増補 夢の遠近法』も外せないし。というふうなことをお客さんに向かってごにょごにょと言いながら、やはり「現在の山尾悠子体験」として最適と思われる『ラピスラズリ』をおすすめすることが多い。せっかくのこの店の立地なので「トビアス」についてちらっとお伝えすることもある。

そしてそれよりもさらに難しいのは「どんな小説なんですか？」という質問だ。筋らしいものを説明したところで質問への答えにはならないし、なにしろ筋にこだわると余計に迷う。しかし、そもそもファンにとっては、あの巧妙精緻に組み上げられた三次元的世界、それを自在に捉え活写する卓抜の描写力と眩暈をおぼえるような言葉と概念の集合、わたしはよく初期の代表作である「夢の棲む街」の中の〈薔薇色の脚〉の群舞とおしよせる観客の歓喜の姿を連想するのだけれど、そんな行間から噴き出すような奇想と幻想の世界に圧倒され、右往左往することこそが他にかえがたい楽しみなのだ。このすばらしき混乱！

けれど、いきなりそんなことを初対面のお客さんに話すのもどうかと思われるので、結局「どれも不思議なお話です。せっかくご興味を持たれたのですから、一度読んでみてはいかがですか」と言うしかない。まったく頼りないことではあるけれど、ともあれ、このうちの幾人かは、これから山尾悠子の聳え立つ異形の一大伽藍に引き込まれ、引き摺り回される楽しみを覚えるのかと思うと、本屋というのは、なんていい仕事なのだろうかと思う。

「どちらからお入りになりますか?」

最近では自分が迷宮の入り口に座る切符売りのような気がしている。

写真｜田中美穂

# 山尾作品と美術
# 滅亡と解放の物語

金沢百枝

Kanazawa Momo

山尾作品において、言葉は、天からはらはらと舞い落ちる羽根や小花のように降り積もり、壮大な風景を描く。一風変わった構造の宇宙や街が鮮やかに眼前に出現し、典雅な風情で始まるものの、それは、いつしか滅亡の情景に変わる。その滅びの美が心地よく、学生時代から好きだった。硬質だが気取らない、不思議な魅力を放つ山尾作品の着想源はなんなのか。美術史的見地から探るよう編集部から命題をいただき、この数週間、旧作を読み直し、新作を耽読する至福のときを過ごした。

しかしながら、着想源の探索は困難を極めた。滅びといえばモンス・デジデリオ、廃墟といえばピラネージだが、月並みすぎる。たとえば「遠近法」（一九七七年）のように、「イメージの眼が彼の内部に胚胎したのは、ある美術書に所収されている一枚の天井画」、つまり「ジウリオ・ロマーノの手になるマントヴァのテー宮殿の天井画」で、「内部が吹き抜けになった円筒形の塔がさらに続いているかのような錯覚をもたらす」と作中で語られているフレスコ画や、「美神の通過」（二〇一〇年）のように、十九世紀英国の画家エドワード・バーン＝ジョーンズの《ウェヌスの凱旋 The Passing of Venus》（一八七五年頃、個人蔵）の「イメージによる」と、文末に記されている場合以外、その着想源としての美術について確証がもてない。それ以外は単なる憶測にすぎない。第一、「言葉で世界を構築する」山尾作品は、言葉の結晶として分析すべきもののような気がしなくもない。美術作品との比較は、一読者の勝手な想像の範疇を越える気がしない。とはいえ、山尾作品をよりたのしむため、蛮勇を奮って、以下にいくつか指摘してみたい。

まずは、可能性の高いものから。「小鳥たち、その春の廃園の」（二〇一八年）の舞台となる〈水の城館〉

ジウリオ・ロマーノとその工房｜マントヴァのテー宮殿巨人の間の天井画｜1532-35年

フランソワ・ノメ（旧モンス・デジデリオ）
《偶像を破壊するユダのアサ王》
制作年不明｜フィッツウィリアム博物館


金沢百枝［かなざわ・ももえ］KANAZAWA Momo

1968年、東京都生まれ。東京大学大学院総合文化研究科博士課程修了。理学博士・学術博士。現在、多摩美術大学教授。西洋中世美術。2011年、島田謹二記念学藝賞、16年『ロマネスク美術革命』でサントリー学芸賞を受賞。著書に『ロマネスクの宇宙―ジローナの《天地創造の刺繍布》を読む』他。新潮社『工芸青花』に連載中。

は、ローマ近郊、ティヴォリにあるエステ家の別荘（ヴィッラ・デステ）を着想源としているのではなかろうか。十六世紀、エステ家出身の枢機卿によって建てられた館には、広大な噴水庭園が広がり、五百以上の噴水がある。作中の描写のように、「階段回廊の各所に仕込まれた驚愕噴水のためずぶ濡れ」にはなるほどではないものの、高低差を利用し水が十メートル以上吹き上がる「ネプチューンの噴水」や水圧を利用して音楽を奏でる「オルガン噴水」など、趣向を凝らした噴水がある。その後、こうした噴水庭園はヴェルサイユ宮殿をはじめ、ヨーロッパ各地へ広がっていく。とはいうものの、エステ家別荘にあるエフェソスのアルテミスの噴水は、まさに作中で描かれる「慈しみの聖母の如くに両腕をひろげて佇む豊穣女神」であり、数十の乳房から水流が迸る。

エフェソスのアルテミスは、アナトリア由来の大地母神キュベレーとギリシア神話のアルテミスが習合した女神。後に、エフェソスは聖母マリア信仰の拠点となるのだが、それ以前、エフェソスのアルテミス神殿は世界の七大不思議に数えられるほどの繁栄を誇った。その神殿には、メガビュクソスMegabyxusすなわち「自由にさせる者」と呼ばれる神官が仕えていたという。

女神像は、胸の高い位置に天界を象徴する黄道十二宮を、下方には豊穣を象徴する幾多もの乳房状の突起をもつ。ローマン・コピーのさらなるコピーであるルネサンスの像では、乳房と誤解されていたが、元来は雄牛の睾丸。木乃伊のようにくるまれた下半身は獅子、豹、山羊、グリュフォン、雄牛や蜜蜂で飾られる。山尾は、作中で、後に研究者となる謎の女子学生に「蜂

バーン=ジョーンズ《ウェヌスの凱旋》*The Passing of Venus*｜1875年頃｜個人蔵

ヴィッラ・デステの豊穣の女神（エフェソスのアルテミス）の噴水
16世紀半ば

『夜想#ベルメール
——日本の球体関節人形への影響』
2010年｜ステュディオ・パラボリカ刊
ハンス・ベルメールの人形を多数掲載

も小鳥も意味するところは『自由』なのよ」と言わせているのが興味深い。

驚くと慌てふためく小鳥たちは、編み上げ靴の残像を残して伊達男たちの手からすりぬけてゆく。脚の官能性という意味では、「夢の棲む街」の「薔薇色の脚」とも通じ、ハンス・ベルメールの少女人形たちが想起されるものの、山尾作品のフリークスは極めて動的である。自由を奪われたかよわき存在の解放もまた、山尾作品の根幹に潜むテーマで、じつのところ、繰り返し描かれる滅亡の物語は解放のためのカタストロフィなのかもしれない。

一方、美術作品ではないが、小鳥たちの起源が女王の命令によるものだというくだりや、「夜の川遊び」にて、侍女たちが小姓に扮してというくだりは、女王の命令で永遠に生き続けるヴァージニア・ウルフの『オルランドー』(一九二八年)を想起させる。女王の命令で永遠に生きねばならなくなったオルランドーもまた、ジェンダーを固定されることのない存在だ。

「アンヌンツィアツィオーネ」(一九九九年)では、聖母マリアとおぼしき少女の生涯が綴られる。矢代幸雄『受胎告知』(一九七三年)を参考にしたと山尾が語っているとおり、物語前半は新約聖書外典「ヤコブ原福音書」(二世紀)を忠実に辿る。幼少期から天使に囲まれて育ったこと、第一の受胎告知が水くみに行ったときであったことなどの記述である。的外れを承知で言葉を重ねると、作中の「花盛りの林檎の木陰で井戸を覗き込むと、木漏れ日の揺れる水面には彼女の顔と並んで天使の顔がうつった」という記述は、エドワード・バーン=ジョーンズの《禍をなす首》(一八八六年~八七年頃、サザンプトン市立美術館蔵)を想起させる。ペルセウスがアンドロメダにゴルゴンの首を見せる場面で、直接見ると石になってしまうゴルゴンの首を掲げながら、ふたりで井戸を覗き込むのである。背景には林檎の木。花盛りではないものの、水面の映るふたりの姿が重なる。

聖母マリアのような少女は年老い、死の告知を受ける。美術においても描かれることの少ない「聖母の死のお告げ」という主題。矢代の本の記述通り、死の告知の天使を大天使ミカエルとして山尾は描く。「凛々しい処女戦士のような顔をした甲冑すがたの天使」が「死の告知の徴である棕櫚のひと枝を手にして」いる。じつのところ、審判の天使として知られる大天使ミカエルが死の告知者とされているが、絵画のなかでは甲冑すがたで描かれる例はまったくない。ヤコブス・ダ・ウォラギネ著『黄金伝説』(一二五九~六六年)によると、死の三日前、暁の星の輝きを放つ楽園の棕

エドワード・バーン=ジョーンズ《禍をなす首》
1886〜87年頃｜サザンプトン市立美術館蔵

サンドロ・ボッティチェリ《神秘の磔刑》｜1500年頃｜ハーヴァード大学蔵
図版出典:Harvard Art Museums/Fogg Museum, Friends of the Fogg Art Museum Fund
Photo: ©President and Fellows of Harvard College

サンドロ・ボッティチェリ《地獄絵図》ダンテ『神曲』
1485～95年頃｜ヴァチカン図書館蔵 MS.Reg.lat.1896

アレクサンドル・ブロツキー＆イリア・ウトキン
《閉所恐怖症の街 Villa Claustrophobia》
1985『新建築』初出
図版出典:Alexander Brodsky and Ilya Utkin,
*Brodsky & Utikin*, N.Y., 2015, Fig.26.

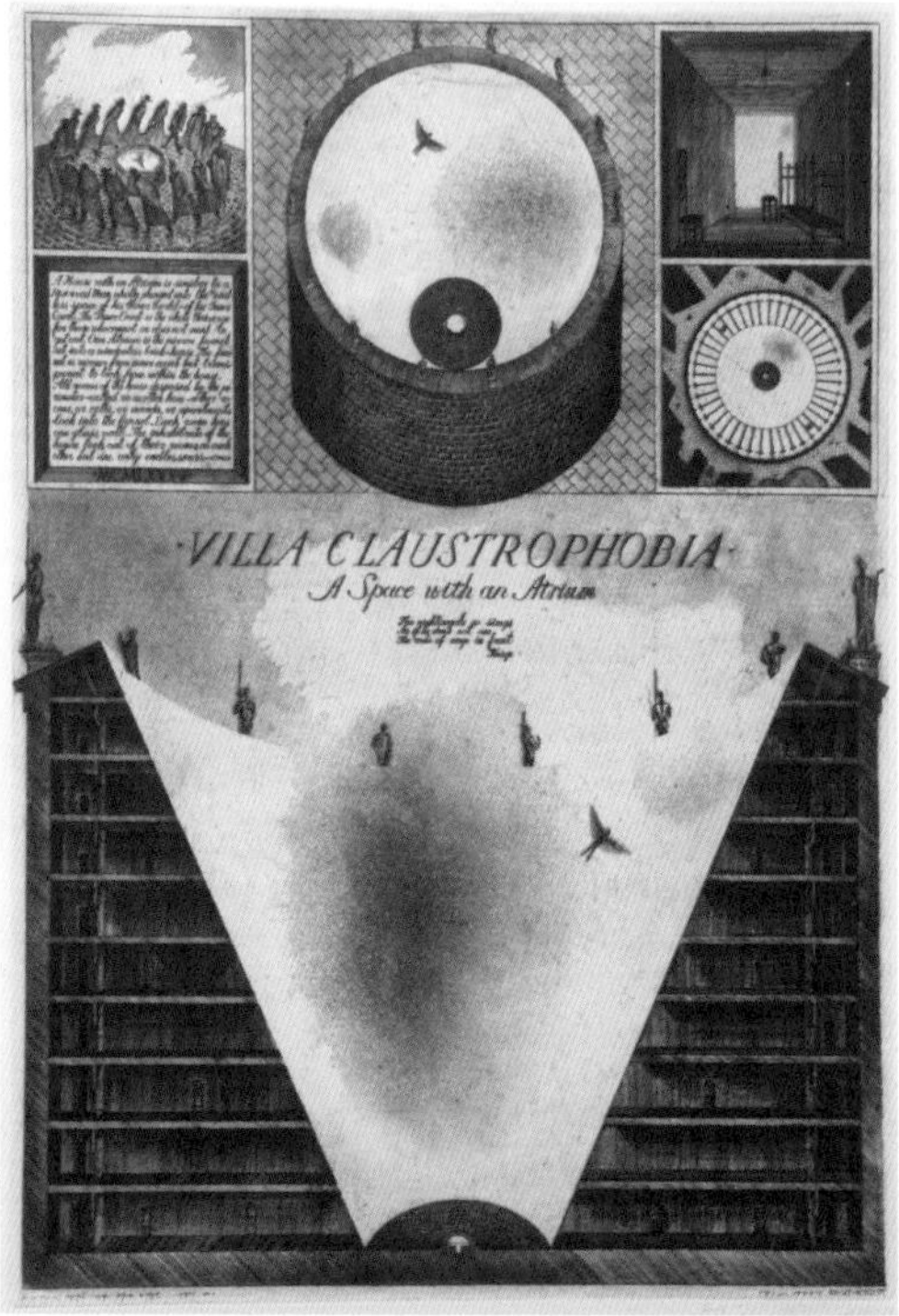


アレクサンドル・ブロツキー＆イリア・ウトキン
《無題あるいは円形劇場》｜1985『新建築』初出
図版出典:Alexander Brodsky and Ilya Utkin,
*Brodsky & Utikin*, N.Y., 2015, Fig.25.

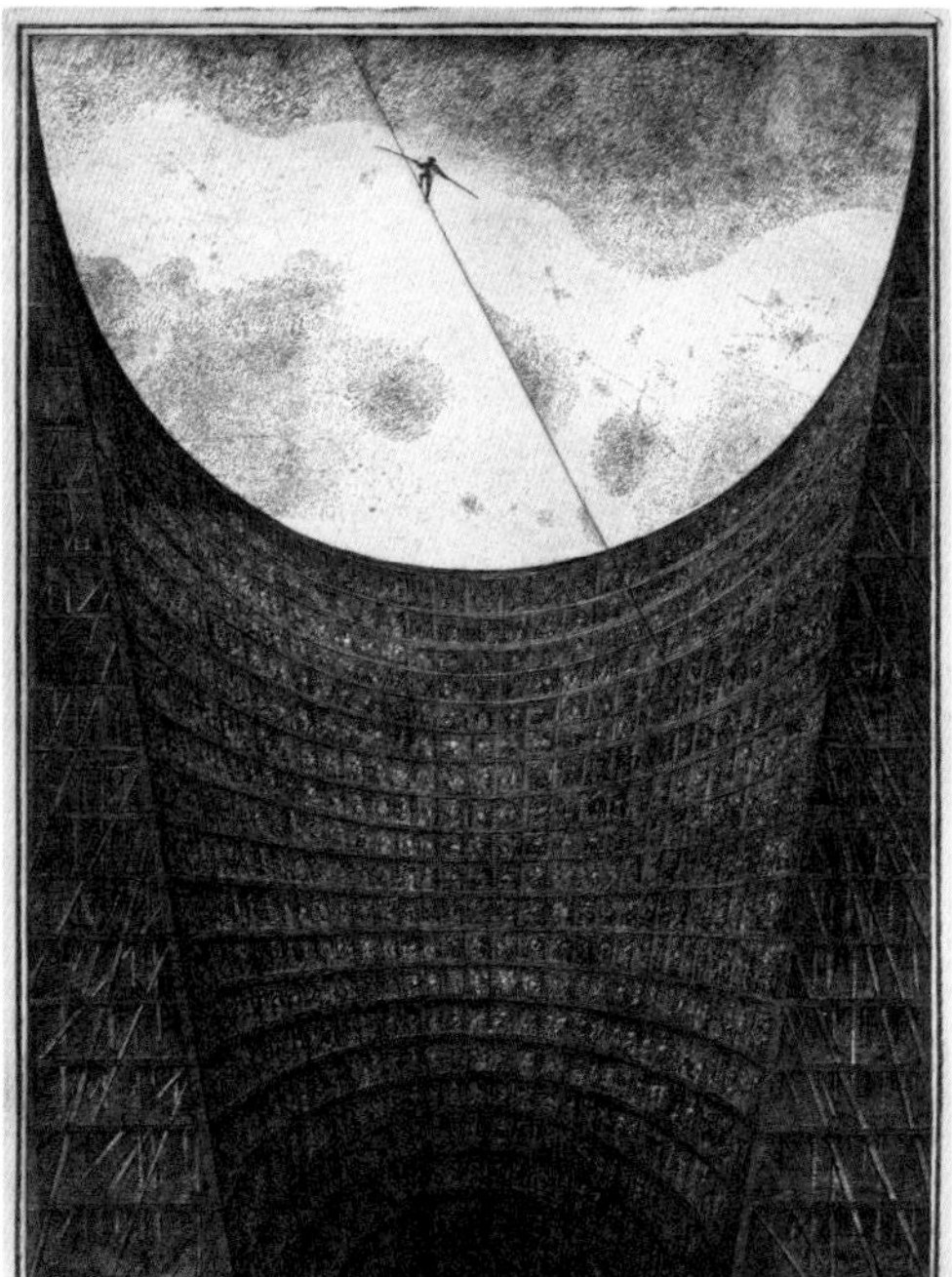

欄の枝を手にした天使がマリアを訪れる。キリスト教美術で描かれるマリアの死とは異なり、作中ではこの棕櫚でマリアは叩かれる。そして、彼女は大火事によって滅びた世界の中心にいる。このイメージから、晩年、怪僧サヴォナローラに心酔したボッティチェリが描いた《神秘の磔刑》（一五〇〇年頃、ハーヴァード大学蔵）を思い出した。焼け野原にたつ磔刑のキリストは炎と黒煙に包まれている。腐敗したフィレンツェの町を浄化する炎。天使は剣で、市の象徴の赤い子獅子を切り裂いている。十字架の袂にすがるマグダラのマリアは、山尾の描くマリアのように、世界の終わりの中心にいるように見える。

　さて、最後に「夢の棲む街」（一九七六年）そして「漏斗と螺旋」（二〇二〇年）において描かれる街について、的外れな指摘をして終わりたい。砂の海のさなか、円形劇場を中心に構成された街は漏斗型で地下にある。町の噂を集める夢喰い虫は、日暮れ時になると螺旋の坂をのぼり、漏斗の縁で街の底を見下ろしながら噂を交換する。アンリ・ド・トゥールズ＝ロートレックが描いたムーラン・ルージュのカンカン娘の赤い脚。その踊り子の脚だけが肥大化したような「薔薇色の脚」の脱走劇、遠い海から逃げてきたという売春宿の人魚や嗜眠症の侏儒、時の止まった殺人現場など魅惑的なディテールに魅せられるとはいえ、作品の核となるのは、やはり街の形状だろう。じつは、これとよく似た版画がある。ロシア人の幻想建築家アレクサンドル・ブロツキーとその同級生イリア・ウトキンが、一九八五年に日本の建築雑誌『新建築』に発表した版画作品《閉所恐怖症の街 Villa Claustrophobia》である。円形劇場を中心とした漏斗状の街を描いている。山尾作品が先行するので、着想源ではありえないが、その幾何学的な詩情、密やかな批判性がどこか山尾作品と共通している。

　それにしても、大量の言葉が吹き溜まる漏斗の街を、四四年の歳月を経て、「作者自身」が再び訪れる文章を読めるとは思わなかった。作品世界と現実世界が交錯するメタな構造を成す「漏斗と螺旋」では、マニエリスム的な複雑さとユーモアに磨きがかかっている。とくに、「年配のかたってけっこうロマンチック好きなんですね」「天使とか人魚とか、お幾つになってもねえ」と「娘」に「平然と」言わせてしまうところがたまらなく好きだった。筆者も五〇を過ぎても、美術史における天使論や人魚論を書いているだけに身にしみた。山尾作品における天使と人魚も魅力的なテーマだが、今の私には荷が重く、いつの日か挑戦してみたい。

# 理想形態市《ウェルビルトシティ》のエートス
## ——翻訳文学としての山尾悠子

吉田恭子
Yoshida Kyoko

## I.

こんな前提で話を始めたい——山尾文学は翻訳文学である。

ひとつには、不在であるはずの起点言語の影がページ上に見え隠れするからである。ひとつには、どこにもない異界の風景が言語で転写《トランスレート》されているからである。

翻訳とは原点《オリジナル》の派生物ではなく、そこから派生していくテクストの網目の起点《オリジン》であり、その意味で山尾文学はすぐれて翻訳的な、R・ウォルコウィッツのいう生まれつき翻訳《ボーン・トランスレイテッド》の文学といえるだろう。

間テクスト性という多言語が渾淆する宇宙の媒質は、有形・無形の翻訳であり、高度にインターテクスチュアルな作品は、翻訳という一種のシャドーランゲージの投影を避けられない。近代以降の日本文学であれば、たとえばその文面を一瞥するだけで明白だ。漢字仮名交じり文、故事成語、カタカナの外来語、当て字にルビ……その文学性に自省的であればあるほど、テクストは多言語化する。

山尾は自作解説で一九八二年発表の短篇「傳説」冒頭のリフレイン「〜と思え」が夏目漱石の短篇「幻影の盾」（一九〇五）に負うていると述べている。その“Suppose...”を想起させるフレーズ自体がすでに翻訳的で、日本語の語りの向こう側に、英語詩のリズムが遠い鐘の音のように響く。「幻影の盾」は「薤露行《かいろこう》」（一九〇五）と並んでアーサー王伝説に取材し、マロリー『アーサー王の死』（十五世紀）、テニスン『国王牧歌』（一八五六—八五）、「シャロット姫」（一八三三）などの影響を色濃く受ける。そもそも五世紀以来のアーサー王伝説の伝承と文学化が、多言語がせめぎ合うブリテン島の歴史と切り離せないことは、たとえばカズオ・イシグロ『忘れられた巨人』（二〇一五）

でも描かれていた。

山尾悠子の小説は、翻訳を介して外部のテクストを投影すると同時に、作品内部にも、枠物語・伝聞・引用などの形で、幾重ものシャドーランゲージを抱えている。

たとえば初期の中編「遠近法」は、「ここに、未完に終わった小説の草稿がある」と始まる。想像上のテクストに言及する小説であり、そのテクストは草稿《マニュスクリプト》であると同時に、小説内小説の作者である「彼」が語った言葉の記録でもある。無限の「環状の回廊」からなる円筒形「腸詰宇宙」は、「口腔《こうこう》と肛門とが癒着した一本の肉質の円筒型宇宙」「出口のない迷宮」であり、円筒の両端を逆向きに接続することで内側が外側になるクラインの壺的世界である。小説の構造も「腸詰宇宙」を模す形で、「喋り続けている間、私の視線は自分の内側にめくれこんで」いき、ついには、草稿の作者である「彼」と聞き手の「私」は区別がつかなくなってしまう。この構造は、目標言語を装っていたテクストこそが実は起点言語であったという疑似翻訳をも思い起こさせる。

**誰かが私に言ったのだ**
**世界は言葉でできていると**
**太陽と月と欄干と回廊**
**昨夜奈落に身を投げたあの男は**
**言葉の世界に墜ちて死んだと**

「遠近法・補遺」のこだまのような断片は、現実よりも鮮やかな記憶である夢の光景を言語で再構築することで、書き手の内にある想像世界をいったん外側へ取り出し、読者の想像世界に移植《トランスプラント》する、夢から夢への伝聞回路を開く鍵でもあるかのようだ。現実よりも遥かに鮮烈である脳内の異世界こそが、まがいものがない真実であり、異界を言語に翻訳することで、わたしたちはしばしば世界を共有できるのだ。

## II.

（ここからは小説『白い果実』の結末に触れることを予め注記しておく）

ジェフリー・フォード作の長篇ファンタジー『白い果実』（原書一九九七年、日本語訳二〇〇四年）に描かれる世界もまた言葉でできている。創造主兼支配者の脳内がクラインの壺のように外界に具象化した理想形態市《ウェルビルトシティ》、その辺境にあるアナマソビア、無数の洞穴からなる採掘場など多層世界が夢想と語りの回路で

**吉田恭子**［よしだ・きょうこ］YOSHIDA Kyoko

1969年福岡県生まれ。立命館大学教授。英語で小説を書く傍ら、英語小説を日本語に、日本の現代詩や戯曲を英語に翻訳している。短編集*Disorientalism* (Vagabond Press)、翻訳に『ザ・サークル』（早川書房）、『生まれつき翻訳』（共訳，2021年出版予定）など。九州から京都の大学へやって来た私も山尾さんの独学読書少女擁護に共感を覚えました。

連絡する。この高度に脳的《セレブラル》な異世界小説を日本語にするにあたり、翻訳者の金原瑞人と谷垣暁美は、単なる翻訳文体《トランスレイショニーズ》では世界を立ち上げる柱となる言葉の強度が不足していると考えたのだった。そこで近代日本文学の翻案ものの伝統を受け継ぐ精神で、小説家の創作的翻訳を山尾悠子に要請する。

確かに理想形態市をはじめ、この小説の世界はまるで山尾悠子の小説と地続きのような印象を受ける。こうして実現した硬質で精妙な文体の翻訳『白い果実』を、金原は「なんとも贅沢」で「もしかしたら原作を越えてしまったかもしれないと危惧しているくらい」と表現する。だがなぜ「危惧」なのか？　山尾訳には過剰な部分があることを金原の言葉は示唆しているわけだが、どのような部分で原著を「越えてしまった」のか？　原作を凌ぐ典雅な文体だろうか？　小説の冒頭を見てみよう。（以下、引用のあとの数字はページ数）

とある秋日の夕刻正四時、私は理想形態市《ウエルビルトシティ》を出立した。風吹き荒《すさ》ぶ曇天の日のことだった。迎えの四輪馬車が私邸の前で止まった時、ひときわ烈しい風に怯《おび》えた馬が棹立ちになり、私の手からは危うく書類が飛ばされていくところだった。……御者が私のために扉を開けた。顔は豚に似て口中は虫喰い歯だらけだ。私はこの男の鬱陶《うっとう》しく濃い眉と落ち窪んだ眼を見て、妄想と自瀆の癖《へき》を持つ者とすぐさま悟った。「属領《テリトリー》へ」御者は風に逆らう大声で叫び、唾が私の外套の折襟まで飛んできた。頷《うなず》いて私は馬車に乗り込んだ。

・・・

長の歳月に渡って私は両脚測径器《カリパス》を開き、面《つら》の皮一枚に〈魂〉を探索してきた。にんげんの顔をひと目見れば、私の心には次から次へと驚嘆の思いが雲の如くに湧きおこる。私にとって鼻は叙事詩、唇は芝居、耳は巻を重ねて人類の転落を書き綴った史書に等しく、また双の眼に至ってはそのあるじの人生そのものだ。私の眼が盛んに思考を行なうあいだも馬車は進み、いつしか長い夜の中に轍《わだち》を刻みつつあった。（7‒8）

山尾の端麗に流暢な訳文は流石で、いわゆる現代の翻訳文体《トランスレイショニーズ》とは一線を画するが、実はこれこそが真に翻訳的であるともいえ、この語りの声はこの小説にきわめてふさわしい。主人公であり語り手でもある一級観相官クレイは、この世界でバロック的な発達を遂げた科学、観相学の大家を自認し、特権的官吏《マンダリン》特有の怜悧に知的で洗練された言葉遣いを印象づける。

だとすれば金原が危惧する逸脱はどのようなものなのか？　そのヒントは山尾自身のあとがきにある。少し長くなるが引用したい。

これは独裁者の支配する未来世界の自滅的崩壊を描いたカフカ風の寓話であるとする評もあるようですが、個人的に印象に残ったのはストーリーのひとつの軸となっている〈女性をめぐる物語〉です。「私、ずっと思っていましたの――いつか市《シティ》に行って、立派な図書館で勉強したり大学の講義に出たりしてみたいって」、この台詞ゆえに共感を呼ばずにおかない辺境の独学娘アーラをめぐる物語――つまりこれは主人公の彼女に対する理不尽な仕打ちとその後の失墜、贖罪についての物語であるという読みかたもできるのではないでしょうか。〈緑のヴェール〉が象徴するものを簡単に読み解くことは難しく、また結末部にはやや物足りないものを感じもするのですが、女性蔑視に満ち満ちた主人公がさんざんな目にあうことになる過程は充分に楽しませてもらったことをここに記しておきたく思います。（348-349）

語り手のクレイが自らの知識と特権を笠に着た醜悪な自我の持ち主であることを、読者は彼自身の言葉の端々から早々に察することになる。とりわけその女性蔑視は目に余るほどで、頭脳明晰、若くて美貌のアーラはその向学心ゆえに彼に畏敬の念を示すが、クレイはそれを自分勝手に曲解するばかりか、小説序盤、山尾が引用する先のアーラの言葉にこう応じるのである。

「君はほんとうに変わっているな。市《シティ》の女性は誰も大学へ行きたいなどと思わないし、それに女性は図書館も利用できないよ。……男性間にも優劣はあるが、一般的に言って女性は男性より劣っている。市《シティ》の女性たちはそのことをよく弁《わきま》えているよ。それに女が大学へ行けず、図書館も利用できないのは規則による決まり事でもある」私は滅多に出さない優しい声で話した。……「文献にもあるように女性の脳は男性の脳より小さい。それは単なる科学的事実だよ」（104）

その後、アーラが処女ではなくシングルマザーの身であることを知り、裏切られたと感じたクレイは逆上、アーラを「白い果実」窃盗犯にでっち上げ、観相学的改良を言い訳に、彼女の顔をメスで切り刻み、見た者がショック死するような顔貌に変えてしまう。

自らの過ちに気がついたクレイは支配者《マスター》ビロウに反

旗を翻し、理想形態市《ウェルビルトシティ》は破壊されるが、アーラへの贖罪は小説結末時点で可能性として示唆されるのみである。クレイはアーラに対して贖いたいと言い募るばかりで、またアーラの態度も頑なである。そしてクレイの一人称の語りがゆえに、いったん口を閉ざしてしまったアーラの心のうちは伝わってこないのがもどかしい。山尾が「結末部にはやや物足りないものを感じもする」と吐露するゆえんである。

以上を手がかりに終盤を見直すと、山尾訳の裁量部分が見えてくる。

> 「アーラの息子」ジャレクは私にありとあらゆる質問をし、私もジャレクにありとあらゆる質問をした。そんな折に決まって私の心に去来するのは、かつてかれの母が熱心に語ったじぶんの夢のことだった――市《シティ》に行って大学の講義に出たり、図書館に出入りしたりすることが彼女の夢だったのだ。……「アーラの恋人は」私を立てて大した学者だとジャレクに話していたようだが、私自身はじぶんがジャレクにしてやれることは限られていると感じていた。すなわちお前は素晴らしい子だという気持ちを無言のうちに示し、勇気づけてやることだ。(335)
>
> 不思議なことにこの子を生んでからアーラの顔が徐々に変わり始めた……次の年には私のつけた傷は跡形もなくなり、他の者を護るためにヴェールをつける必要もなくなった。ヴェールを外したアーラの顔を初めて見かけた時の、私の気の遠くなるような思いをどのように伝えればいいのだろう――わずかに老けて、落ち着きを増した大人の女の顔になっていた――しかしそうなっても、依然としてアーラは私に口をきかなかった。(338)

傍線部分が原書にない部分に当たる。アーラ自らに説明させることなく序盤の台詞をくりかえし、クレイの視点からアーラの心の内を汲み取り、女性の内面性に対峙しようとする彼の姿勢を示す加筆であることがわかる。他にも人狼少女グレタ・サイクスとの再会場面に同様の加筆が見られ、〈女性をめぐる物語〉の輪郭を際だたせている。

忠実な翻訳の定義はさまざまで、議論は尽きることがない。ただ、小説を言語で構築された自律的虚構世界と見なすならば、その自律性に従うことがテクストに忠実な翻訳行為だといえるのではないだろうか。

原書の *The Physiognomy* は三部作の第一巻に当たる――すなわち、本作は一巻の小説として完結していると同時に、三部作としては未完である。第一巻の自律性を尊重するならば、最終的にクレイがたどり着くであろう境地を読者はおおよそ察することができる。けれども、この時点で未完であるがゆえにクレイの贖罪は道半ばの印象を与える。最終巻『緑のヴェール』でクレイはようやく女性の内面性を受け入れ、アーラとは別の女性を愛するようになるのだ。

一方、翻訳『白い果実』は山尾悠子唯一の翻訳小説として完結している。完結しているがゆえに、物語の軌道がたどり着くであろう地点をより明瞭に言語化している。

京都の大学に進学し、食事を削って本を買い求め、大学の図書館や書庫の「書物の海」を泳ぎ回る自由こそが小説家山尾悠子の出発点だった。そこから生まれた小説世界は、空虚に間テクスト的で審美的なだけではないのだ。山尾文学の矜持《エートス》、倫理的な気品がもたらす美学が翻訳『白い果実』に見て取れる。

倉数 茂

# 遊戯する龍《ドラゴン》と孔雀《ピーコック》
## ——山尾悠子『飛ぶ孔雀』小論

Kurakazu Shigeru

私事になるが、本年度（二〇一九年）の日本SF大賞の結果を知らされた時、我ながら意外なほど落胆しなかった。もちろん自分が賞をとれなかったことは残念なのだが、それでも受賞作が円城塔『文字渦』と山尾悠子『飛ぶ孔雀』と聞いた瞬間、それは当然だととっさに思ったのだった。とりわけ、『飛ぶ孔雀』は数頁読んだ瞬間から、これはとんでもない作品だと思っていた。

そこで今日は、日本SF大賞贈賞式記念と銘打って、いわば勝手連的に、この作品の素晴らしさを考察させていただきたい。わたしはこの作品が類例のない新たな読書体験を切り開いたと主張したい。登場人物に共感しつつ物語の筋を追いかけていくのが平均的な読書の有り様なら、この作品では読者はゲームのルールもわからぬまま謎めいた遊戯にいつの間にか参戦しているのである。

まずこの作品をわずかでも読んだ人間なら、ちょっとこれまでの記憶にない異様な読み味に驚くはずだ。文体は独特ではあっても奇形的というわけではなく、むしろ端正な美文の範疇に収まる範囲のものだし、描かれている事柄も理解不可能なわけではない。にもかかわらず、読み進めても物語はちっとも明確な姿を取らず、ただいたずらに鮮やかなイメージの断片ばかりが勝手な運動を繰り返している。何か巨大な万華鏡を延々と見せつけられているような、不可思議な感覚に襲われる。

ところどころにさしはさまれる情景描写の素晴らしさや絶妙な台詞回し、おっとりとしたユーモア、奇妙な登場人物など、この作品の魅力は多々あるものの、とにかく見通しがきかない！　この一言には誰もが同意してくれるのではないかと思う。通常物語というのは、終わりに近づくにつれてジグソーパズルのように全体図が見えてくるものだが、本作に関してはそれが当てはまらない。

では単なる混沌であり、支離滅裂なのか。もちろんそんなはずもない。むしろここには多すぎるほどの伏線と暗示、仄めかしがある。つまり情報過多なのだ。ジグソーパズルで言えば、ボードの大きさをはるかに上回るピースが与えられている。余ってしまったピースは別のボードに嵌められる必要がある。つまり、喩えるなら、この作品は複数のことなるボードが重ね合わされた、いわば量子論的ゆらぎのさなかにあるジグソーパズルなのではないか。このイメージが魅力的なのは、『飛ぶ孔雀』のテーマの一つに、複数の世界の重ね合わせがあるのは明らかだからだ。シブレ山とシビレ山。孔雀と蛇。

一瞬の間をおいて、山が光ったと思った。
山ぜんたいが二重にぶれて、しかし誤りを修正する力のほうが大きいとでもいうように、一瞬後には元に戻った。ばちんと音がたって、伸ばしたゴムが元に戻ったようだった。（文庫版38頁）

第一部と第二部が異なる世界に属しており、第二部冒頭の「移行」の章が橋渡しの役割をしていることは確かなように思える。だが単純に二つのパラレルワールドが存在する、というだけではとてもこの作品の複雑さを捉えられそうにない。

例えば類似しつつ対立するツイン的存在（山頂と源泉、ホテルのラウンジと階段井戸、轟々と燃え盛る火球と地下の水面、動く芝と成長する石、地下売店のおばさんとタバコ屋の店主、など）、あるいは対立はしないまでも異なっているものたち（犬たち、社長たち）はどのように機能しているのだろうか。あるいは主要な女性たちにはいずれも―エ（トエ、タエ）、―ワ（スワ、ヒワ、サワ）、―ツ（ミツ、セツ、リツ）といった名前が与えられているわけだが、それぞれの系列はどのような意味を担っているのだろう？　第一部と第二部に登場するKが同一人物なのかも判然としない。むしろ同一であるとともに異なってもいて、複数の可能性が重層しているのだと考えたほうがいいかもしれない。ペレットを吐くといったカフカにも似た身振り言語の意味はどのように読み解いたらいいのだろうか。

複数の系列が網の目のように交わり、複数のシークエンスが交錯する。もちろん通常の小説でも二つないし三つのプロットが並行することは珍しくないが、この作品では数え切れないほど多数の断片的なシークエ

倉数茂［くらかず・しげる］KURAKAZU Shigeru
1969年生まれ。大学院修了後、中国大陸の大学で5年間日本文学を教える。帰国後の2011年、『黒揚羽の夏』でデビュー。18年、『名もなき王国』で日本SF大賞候補、三島賞候補。最新刊『あがない』。最近はツイッターで短い小説を書くのにはまっています。#マイクロノベル　倉数茂　で検索してください。

ンスが、同時に進行している（読者が目にすることができるのはその一部である）。そのため、テクストは次々に水面に浮上してはただちに没していく無数の挿話のモザイクとなる。もしも相互に関わりつつ異なるシチュエーションのドラマを放映している数十のテレビチャンネルをひたすらザッピングしながら見ていたら似たような印象になるだろうか。

この構造は、作中では舞台の比喩で言及されている。強盗返しのように背景が変転し、人物の役割が変わる。主要人物の一人Qは幻魔団という素人劇団の座員であり、同じ宿舎に居住するHなる女はのちにフキエという店員に姿を変える。女子高生スワ（ン）は、第一部の末尾で性の境界を越えるのだが、第二部ではサワという中年女医に変化している。作品全体が一つの巨大な祝祭劇、仮面劇なのだと考えれば納得がいく。読者は舞台の前面で演じられているシークエンスしか見ることが叶わないのだが、その背後でも複数の別の劇が進行しているのだ。と同時に、それらは相互に関わってもいる。

この舞台＝遊戯が、作中に埋め込まれた再帰的な指示記号（種明かし）なのだとするなら、もう一つ似たものに厳密な規則に基づいたゲーム＝遊戯という記号がある。

まずは第一部のクライマックス、真夏の川中島Q庭園で行われる火運びの儀式は、どう見ても謎めいた「競技」である。さらにその瞬間、庭園内の大温室では、女たちがカードゲーム（占い）に興じている。このカードというのは、「塔」や「星」といった絵札からいってタロットの一種らしいのだが、同時に女子高生、橋、石灯籠といった札があるのだという。つまりこの世界が、ある種のタロット占いの結果を模して推移しているとも読める描写だが、重要なのはこの作品が規則と偶然の絡み合いを原理としているという点だろう。規則なしにカードゲームはあり得ないが、次にどの札が出るかは偶然だ。ロジェ・カイヨワは遊戯全般の基本エレメントとしてルールの存在をあげ、そこからアゴン（競争）、アレア（偶然）、ミミクリ（擬態）、イリンクス（めまい）の四つの快感が生まれてくるとした。『飛ぶ孔雀』ほど、この四つを豊富に備えた文学作品は稀であろう。なにしろ、人物はお互いに似通い、シークエンスは模倣し合っている。

この物語の背景に何らかの規則があり、その上で読者にはごく一部しか明かされていないということを一番はっきりと告げているのは、「飛ぶ孔雀、火を運ぶ女Ⅰ」の次の部分である。

禁忌は次のように伝えられた。

目的地に至るまで芝を踏んではならない。後悔することになる。

止め石、別名関守石に注意。これは常識中の常識。

園内唯一の乗り物である作業用トラクターは使用禁止。荷台つきのスクーター程度の操作で運転できるが、とにかく使用は禁止。（文庫版54〜55頁）

この調子で規則が伝えられ、「ふたりの娘がそれを聞いた」とされる。しかし読者にこれらの意味が明らかにされることはない。
　この作品が何らかの——おそらく複数の——ルールの体系を基礎に置いてるのだとしても、その規則の全貌が明らかにされることはない。そのため読者は、あたかもルイス・キャロルのアリスのように、不可解なゲームに一方的に巻き込まれることになる。持続するイリンクス。

——


　同じことを、今度は文体論の観点から考えてみたい。先に、この作品の文章を見事だが異様というわけではないと述べたが、それでもかなり独特の印象を与えるものではあるだろう。金井美恵子は本作を「鏡花の小説を血肉化、骨肉化して」書かれていると評した。わたしもまた一読、泉鏡花や樋口一葉といった明治二十年代後半に登場した作家たちを思い出した。これは二葉亭四迷の『浮雲』をメルクマールとする言文一致運動が頓挫し、数年にわたる足踏みを余儀無くされていた時期である。その時代に鏡花、一葉、幸田露伴といった作家たちは江戸期の戯作文とも漱石、藤村らの言文一致体ともちがう過渡期ならではの独特の文章で斬新な作品世界を切り開いたのだった。

　文学史家の亀井秀雄は、樋口一葉が生み出した語りの特徴を、句点の極端に少ないひとつづきの語りの中で複数の波長の合う声を次々と選び出してゆく「癒着的半話者」の発明であったとしている（『感性の変革』）。つまり一葉は、作者のものとは異なる複数の声が代わる代わるセンテンスの内部に現れる文体を開発したのである。『たけくらべ』や『にごりえ』の冒頭を一瞥するだけでその目覚ましさは明らかになる。廓の女たちの呼び声やその周囲に広がる市井の男女の噂話が、誰とも特定されない形で、自然に招きこまれている。鏡花の重層する語りの文体にも、似たような複数の亡霊的な声が召喚されている。

　このような単一の話者に収斂させられない声の複数

性は、『飛ぶ孔雀』からも感じられるものである。けれども、純粋にスタイルだけをみるならば、文章はむしろ明晰で、センテンスもそれほど長くない。ワンセンテンスの中にいくつも曲折があったり、誰のセリフなのかわからなくなりがちな鏡花、一葉と文体上の類似はあまりないのだ。

それよりも注目すべきは、上演性の強調ではないかと思う。批評家の絓秀実は、言文一致体が目指したのは作中の情景および心情をありありとリアルなものとして立ち上げること、すなわち現前性であったのだと指摘している（『日本近代文学の〈誕生〉』）。明治の文学者を文体改革へ駆り立てたのは、西洋文学が実現しているとみなされた「人情及び世態・風俗の模写」（坪内逍遥）すなわち〈リアリズム〉であった。

言文一致以降の近代文学の文体は話者を透明化する。それによって逆に登場人物の内的な心理・思考などをありありと現前させる。そこで退けられたのは、言葉である以上必ず語り手が存在するという事実だった。

一方、鏡花、一葉らは言文一致の流れに抗するように話者を再び意識化している。もっともそれは江戸戯作のように素朴かつ饒舌な語り手ではありえず、「癒着的半話者」のような亡霊的存在であった。こうした明治二十年代後半期の試みを、「上演性」の強調と呼ぶことにしよう。近代文学の目指した「現前性」（読者の脳裏にまざまざと情景や心理が浮かぶこと）に対する「上演性」（テクストの情景が何者かによって語られてあることを意識させること）である。

さて、『飛ぶ孔雀』に舞台＝遊戯のモチーフが紋中紋のように嵌め込まれていることはすでに述べた。同じことが文体のレベルでも指摘できる。特に第二部で目立つようになるフラッシュ・フォワード（今後の展開をあらかじめ予告する）の多用や、文末の体言止めといった技法は、芝居の口上を思わせないだろうか。そもそも次々変転する背景、きれぎれの挿話なども、語られている内容以上に語りの形式そのものを前景化するだろう。

ここではさらにこの現前性と上演性の対立に、言語学からの知見を重ね合わせてみたい。フランスの比較言語学者エミール・バンヴェニストのイストワールとディスクールの区別である。バンヴェニストは、フランス語で歴史を意味するイストワールを、三人称によって特徴づけられる客観的な過去を語る話法であるとした。例えば「1945年4月30日、ヒトラーはベルリン官邸の地下で恋人エヴァとともに自殺し、死体はただちに側近たちによって焼却された」という文章では、不可視の話者により、ヒトラーの死と物理的抹消という事実（とされるもの）が客観的に語られている。そこで語られたことがらは、明確な像を持ち、頼りなく揺らいだり複数化したりすることはない。

言文一致以降の近代文学の文体は、像としての鮮明さ、くっきりとしたイメージを追い求めるという点で、イストワールに近いと言えるだろう。一方、ディスクールは一人称の〈わたし〉によって具体的な聞き手に向けて語られる。それは〈わたし〉と〈あなた〉という二つの人称のあいだに張り渡された場において遂行される言語行為である。先ほどの例文を書き換えれば「4月30日兵士としてベルリンに入ったわたしは、総統官邸の地下室で黒焦げの死体が発見されたのを見た。あなたも知っているように、それは自殺したヒトラーとエヴァだと言われていた」といったものになるだろう。ディスクールでは、話者の記憶違いや錯誤、故意の言い落としなどの可能性を排除できない。黒焦げの死体はヒトラーではないのかもしれず、彼が騙されているのかもしれない。イストワールが「記録」の文体だとしたら、ディスクールは「記憶」に属する。それでいえば、つねに記憶の中で揺らぎつづける幻めいた情景を、誰かの談話として描き続けた鏡花こそ、正しくディスクールの作家である。

『飛ぶ孔雀』に話を戻そう。イストワールが客観的な出来事の叙述であるのに対し、ディスクールは本質的に話者から聞き手への働きかけ、呼びかけとしてある。それはジョン・オースティンの言う命令、宣言、約束といったスピーチ・アクトに近しいのだ。わたしは先に『飛ぶ孔雀』は不可視のルールに基づいたゲームとして組織されていると述べた。我々がルールを知らない競技を観戦するとしよう。我々は選手の振る舞いからルールを推測しようと努力するだろう。また審判が絶えまなく行う指導や宣言や命令を、目に見えないルール自体の一時的な具現化とみなすだろう。その意味で、フィールド上では審判の言葉は絶対である。では、その審判が不意に観客席のあなたにフィールドに降りて参加しろと命じたらどうだろう。その時、自分もゲームの一部であったことが明らかになる（そういうルールだったのかと気づく）。ここで思い出されるのが、一九八二年に発表された短編「傳説」の冒頭の一節である。

**憂愁の世界の涯ての涯てまで、累々と滅びた石の都の廃墟で埋まっている。まずはそう思え。**

「そう思え」。語り手は虚構の制作に参加するよう直接命じている。ここに山尾作品の本質が露呈しているように感じられる。『飛ぶ孔雀』で登場人物たちは、よくわからない奇妙な規則に従って行動しているように見え、特に主要な人物はその理不尽な力のゲームの中で翻弄され、もみくちゃにされる。彼らは状況にとうとつに放り込まれ、なんとかルールを解読しようとする。だがそれは読者も同じなのではないだろうか。読者もまた、話者のディスクールに命じられて、気がつけば不可解なゲームに参加して引き摺り回されている。「シブレ山の石切り場で事故があって、火は燃え難くなった」。この冒頭の一文を読み、シブレ山とは何か、事故とはどのようなものか、そもそも「火が燃え難くなる」とはどのような事態なのだろうか、という問いを発してしまったときには、我々は錯綜するゲームの只中に立たされているのである。なぜならそれによって我々は外的な読者ではなく、プレイヤー、つまり暗号解読者に変容するのだから。あとは戸惑い、呆気にとられ、やがて驚嘆するだけだ。『飛ぶ孔雀』を読むとは、そのような体験をすることではないだろうか。

〈編集部注〉
本稿は『名もなき王国』で第三九回日本SF大賞最終候補となった倉数茂さんが、贈賞式の祝賀パーティで個人的に配布された『飛ぶ孔雀』小論です。現在は書評サイト・シミルボンの「日本SF作家クラブ通信」にて無料公開されています。本号への収録をご快諾下さった倉数さん、日本SF作家クラブに感謝いたします。

# 『小鳥たち』『翼と宝冠』に少女たちの贄《ぜい》と抗《あらがい》を読み描《えが》く試み

高原英理

Takahara Eiri

一九七〇年代半ばにはまだ『聖少女』という題名を見てもポルノグラフィックな写真集ではないかと疑う人がいなかった。その頃、同小説の作者倉橋由美子は、またさらに『暗い旅』という、作者自身がそれを「少女小説」であると規定する小説の自作解説で以下のように記した。

> 大体小説を愛読するのは昔から子供と女に決っていて、両者を足して二で割って簡単に言えば、少女が小説を読むのである。
>
> ＊
>
> そこで立派な少女小説を書くことは小説家にとって名誉なことであり、これこそ小説の大道なのである。しかし用語は正確でなければならない。ここで言う少女小説とは for girls の意味である。by girls ではお話にならない。

山尾悠子による小説と中川多理による人形制作およびその撮影写真とでできあがった『小鳥たち』は二〇一九年、『暗い旅』初版一九六一年から五八年を経て刊行された。

見れば惹かれない者のない中川の人形たちについて語ることは夢に花を投げるようである。

ここではとりあえず山尾悠子の散文について撫でる程度に語る。

少女小説である。倉橋の告げた言葉をそのままに受け取るつもりはないが、『小鳥たち』が「少女のための小説」であることを改めて認める。しかし受け取るべき少女たちはどこにいる。作中の侍女たちのように小鳥に身を変えているのか。

侍従の慎みを持ってここでお伝えしておくと、それ

**高原英理**［たかはら・えいり］TAKAHARA Eiri

1959年生。1985年に第1回幻想文学新人賞受賞。1996年に第39回群像新人文学賞評論部門優秀作受賞。主な著作に『少女領域』『エイリア綺譚集』（国書刊行会）『ゴシックハート』『不機嫌な姫とブルックナー団』（講談社）。『歌人紫宮透の短くはるかな生涯』（立東舎）。近著に『観念結晶大系』（書肆侃侃房）。

を読む際、古城の奥に浮きゆらぎ、幻のように立ち上がる　少女のような意識　をいだく人であれば誰であれ、この小説の読者である。

　これは、少女を　身《み》づから　とすることにおいて少女小説、　身づから　となった少女のための小説である。

　少女の　身づから　であるなら、外に向いては常に居心地悪く、苦い。とりわけ、ひとしなみに少女少女ともてはやされることは忌々しく、厭わしい。

　近代以後に認識されたあるいは発明された、人為的な意識としての少女の、その最も際立つ特徴は、贅《ぜい》であること、その結果として抗《あらがい》であることだ。

　贅はあまりもの、無用な飾り、であるとともに、贅沢の贅であり、「贅を凝らす」の贅である。さらに驕り、気儘の意味を持つ。

　抗は抵抗の抗であるとおり、自己以外の者から命じられる不本意な命令に、勝手な取り決めに、そして自己を都合よく取り込もうとしてくる無神経な思い込みに、どこまでも逆らい、怒り憎み呪うことである。年齢性別さえ離れ　身づから　として少女であることは、許し難く傍若無人な者たちの前でそれらを、それらの卑しい発想すべてを、蔑み、ただ一人　否　と告げ続けることである。

　その過程でときおり、硝子のように脆い可憐な花を残す。中川の人形のように。それもまた贅である。

　本来世界からも必要とされていない贅を希《のぞ》み求める心の、その求める極みを仮に魅《さそい》と呼ぶ。

　少女とは贅であり贅を希み抗い、魅にとらわれる者をここでは言う。

　またそして最も際立つ魅とは秘密《みそかごと》の謂である。少女たちは、何より秘密を尊ぶ。それぞれに異なる秘密を持つことが少女の本質である。あるいは、他と分かち合えない秘密を得ることが少女を　身づから　とする。

## 「小鳥たち」

人の作った制度身分貧富という無駄から生え進む魅というあらがいを尊ぶ営みをアートと呼ぶ。魅となるにはあらがいがなくてはならず、といってあらがう心だけあっても魅を引寄せるには遠い。

「母親は縫ひ仕事を止めて傍らへやり、急に椅子から立ち上がつた。むすめは母を見上げてその異様な巨きさに愕き、何事かと眼を疑った」

　このくだりへ来て、読む者もまた愕き、眼を瞠ることだろう。それは『オトラントの城』末尾の亡霊登場以来の愕きである。

どうしたことだろう。すると母は言う。

「――答へを追ひ求めるのは無駄なこと」

ここで理由も考えずにたとえを告げるならそれが贅であり、贅《おごり》こそ魅の極みである。その手際は　おとぎばなし　から借りたように見える。

このとき　おとぎばなし　は何より貴重な遺産である。

おとぎばなし　に理由は必要ないからである。

近代のノヴェルを貧しいと、浅ましいと、僅かにでも思った者は、近代のぬらぬらと汚い共感や仲間意識の要求、求められ易い名をつけて囲い込もうとする支配の欲動に激烈な憎悪を覚えるはずだ。

**退《さが》りをれ。**

マラルメがエロディヤードの口を借りて告げたとおり、

**清浄無垢《しやうじやうむく》のわが髪の黄金《こがね》の色の滝波《たきなみ》は**
**孤独なるわが肉体を涵《ひた》す時、恐怖《おそれ》に**
**凍《こほ》らしむれども、光線《ひかり》の絡巻《からま》くわが髪は**
**悠久不滅《いうきうふめつ》の相《さう》。**　（鈴木信太郎訳）

廃れゆく贅の魅をあらがいとして記したその言葉とこの小説は等しい。

何の教訓も予定調和も納得も与えない、修辞と物語の自律性に委ねられた小説はその自律性によってだけ存続する。

汚れた手でクローゼットを暴こうとする言葉を少女たちは肯《うべな》わない。

そのままに受け取れる方に捧げます。

それはこう告げていることでしょう。

**「小鳥たち、その春の廃園の」**

贅の数々を省かず記してゆくことは不遜である。

何の意味があるの？　と問う人よ、引き返しなさい。

あなたには無縁の地に来てしまったね。

それぞれに気の遠くなるほど無駄で無意味ながらその無意味を口に載せつつ辿れば魅に達する　道のりである。

「要するにどうしたことなのだ」と問う在り方を全身全霊で呪うこと。

僅かの違いで崩れ去る一瞬の贅を克明に伝えることが、あらがいとなると知ること。

大方の少女たちは小鳥を愛する。だが小鳥を愛することが少女の証しではない。

身づから　と思うことはその第一歩の条件となるだろうけれども、そこで終わらない。それもいつかどこかで、お前は去れ、と言われるまでの須臾《しゅゆ》の参加資格かも知れず、小鳥であった記憶を持つ者たちのためのただ今の　異変という贅を記述する須臾、記述し終えてしまわない贅《おごり》が少女の資格となる時までを、思い返しては、いつくしむためにある。

それが、この物語の破片ひとつひとつを読み終えるたび、各章の後に掲げられた人形たちの写真を眺めては思い返し　いつくしむ　いつくしむ　記憶を磨き上げる　書となっている。

ただすれ違っただけの無用の須臾を　いつくしむそのとき少女たちの内側に、語られていない何事かが湧き上がる。

秘密を得る。

秘密はそれぞれの読者の　身づから　語るを惜しむ何かとして密かに手渡された奇蹟の起源である。それぞれに読み描《えが》く特権として。読み解くのではなく。

## 「小鳥の葬送」

再び　おとぎばなし　の富を以て、凡庸な欲望を反らすことの記載を是とする贅、「美麗な浮き彫り細工を施した黒檀の柩を誂えて」死をまとう贅。

変身という長い希《のぞみ》の果てを語り見せる　みづうみのような溢れかたで、あらがいとして異変を語る特権への思慮はひとつひとつ厳密に置かれてゆかねばならない。

おとぎばなし　のゆくすえが聖者伝に近づくことがうかがえる。だがその聖《きよさ》は何の由来か。ここにも根拠は示されず示される必要もない。それが　おとぎばなし　の富である。

語りやすい由来付きの贈り物を捨てて、親しみも訳知りもないあらがいに魅を知ることで物語は読まれてゆく。少女の贅が明らかに立ち上がる。

それらは中川の製作になる少女たちと大公妃によって画龍点睛を得る。

一方、少女のための、少女の意識を立てる言葉の企みとは、そこに必ず出会う「そうだろう？　なあ、そうだろう」という卑しい誘いかけにも「みな仲間ではないか、分かりあおうではないか」という穢れた仲間

入りにも　否　と言い続けることである。
この典雅な小説がどうしてそんな刺々しいものに見えるのか、問うならそこは答えておこう。

**退りをれ。**

## 『翼と宝冠』

独立して刊行された小さな一冊は『小鳥たち』に続く空間にあるが時間は遡ってある。

明かされると見せて謎の肌に触れゆく贅。

生を投げ出すように語る贅。

隠す贅。

「いつも足指を丸めていて、何だかね、それは鳥肢の長い爪のようだった」

そう告げた後、老女は死ぬ。

「薄暗がりで娘はちらちら動く微光まで放っており、長着の裾に裸足の足元が覗いていたが、丸まった指先は細長く、互いに絡まりあうように見えた」

懐かしむ贅。異変をうかがう贅。

「やがて花降る老大公妃逝去ののちに小鳥の侍女たちも姿を消し、後年のひとびとは何もかも忘れていくのだったが、〈水の城館〉だけは古びて朽ちていきながらも長くかたちを保ち、水の循環もすっかり枯れ果てるにはなかなか至らなかった。かつて小鳥の侍女たちが庭園へと飛び立っていった階上の大回廊に朽ち葉は堆積し、奥へ奥へと続いていく通路は大階段へと至るが、そこにも凪と大量の落ち葉は舞い込んで、やがて駆け下りていくひとのかたちとなった」

去った後の微細な報告が微細であるほどあらがいであることを知る。

大公妃の過日を明かす形にしたあらがいには、やはり　なぜ　が不要である。

少女を　身づから　とすることはできたか。
少女を　身づから　とする、とは生身の少女である日々を追体験することではない。
今ここにない時間に　奇蹟　であることの贅を語らせることである。近代といい文学という、先人たちの拵えた薄汚い檻を一顧だにせず、おとぎばなし　にかろうじて見出されるような言葉の魅《さそい》に身を委ねることである。

こうしてあなたは秘密《みそかごと》を得た。

# 清水良典

## 虚ろの末裔として
### ——山尾悠子『山の人魚と虚ろの王』頌

Shimizu Yoshinori

1

この物語を読み終えたあなたは、微痙攣のような充足した官能の余韻に浸りながら、おそらくはふと、自分はたった今いったい何を読んだことになるのか、と茫然と自問したくなるにちがいない。初日に「万能型録《カタログ》」をもつ販売人の「私」は年の離れた娘（「トマジ」とのちに名乗る）と結婚し、列車で「私」の故郷である高原都市に向かう。二日目に女代理人からの電報で伯母の訃報に接した彼らは、その町の観光名所でもある夜の宮殿で舞踏集団「山の人魚団」による追悼公演「山の人魚と虚ろの王」を鑑賞するが、夜のバーで行なわれた降霊会で発光とともに妻の体が突如浮揚するのを目撃する。三日目には葬儀に参列すべく列車で黒い山の屋敷へ移動する。四日目に葬儀に参列するが、意外にも妻が伯母の相続人に指名される。そして王に攫われようとするのだが、彼女は毀れた機械仕掛けの「虚ろの王」に火をつけて「何もなかったことにする」ことを選ぶ。

あなたはこの結婚と葬儀、そして火葬あるいは焼却をめぐるこの五日間の慌しい旅程（旅人の大ぶりな鞄に結わえられた四つのチャームのような「短文集」も併せて）に翻弄され、矢継ぎ早に脳裏の視野に展開するスペキュタクルな景観の驚異にただうちのめされてだらしなく酩酊しただけではなかったか。

いくつかの観点から内容を俯瞰しなおしてみよう。

等高線に即して俯瞰するなら、平地から初秋の高原列車で観光都市にある夜の宮殿へ移動し、さらにまた列車で山上まで登り、大火に包まれた山を背に麓の駅から一気に港町まで下って終わるほとんど垂直の旅である。この作家の読者なら『歪み真珠』にも登場した夜の宮殿とともに、近作『飛ぶ孔雀』の、山上から地下まで大蛇が滑り落ちていった井戸の深さを思い出すことだろう。

また人物関係に即するなら「私」と妻は、「山の人魚」をどちらも伯母と呼ぶ関係、つまりいとこ同士であり、とうに死んでいるはずの「私」の母は若い旅装の亡霊として登場する。さしずめ伯母を舞踏の女神と呼ぶとすれば、「私」の母は旅の女神ということになる。妹と険悪な仲だった伯母の葬儀に際しては大きな利権のからむ相続問題も起きている。妻のトマジは女代理人によって継承者に指名されるものの、彼女は「虚ろの王」に火を放ったのち下界で「私」との慎ましい借家暮らしを選択するに至る。

以上の二点を総合すれば、この物語には神霊的存在と人間界との等高線が存在する。高さはそのまま神霊の等級に比例するといってよい。山上に棲む神霊の頂点に君臨するのが王であり、王の屋敷に同居する伯母も「私」の母も同格と見ることができる。したがって「私」もまた神霊の血族に連なる出身であるはずだが、母が伯母と争ったためにこの母子は不遇な位置を与えられる。空き家となった「私」の生家は山上の屋敷から下った高原の観光都市にあり、子どものころ母に連れられて「夜の宮殿」に赴いた際には、大広間の長いテーブルの上座には盛装した女王然とした伯母が座り、テーブルの中ほどにはまだ幼かったころのぎざぎざの短髪のトマジが真っ青な顔をして同席していた。そして「私」(と母)はもっとも下手の席を与えられていたのである。

とはいえ二人のいとこにももちろん神霊性は受け継がれている。目を驚かせる発光と野放図な浮遊によってトマジの神霊性は疑うまでもないが、「私」もただの商人ではない。彼の「万能型録」は歩くAmazonのように望みに応じて現出した品物を手渡せるのである。さらにトマジがふいに告げた「ほんとうのこと」を信じるなら、彼は途上の列車事故によって意識不明に陥っているのであり、若い旅装の亡霊として出現する母親同様に、霊的存在として妻と新婚生活を送りつづけていることになる。何よりもそれによって、この物語で回想された不可思議なできごとのすべては、「意識不明」である「私」の脳内に顕現したかりそめの幻影であるかもしれないという留保にぶらさがっていることになるのだ。

## 2

さて、あらためて問うとすれば、「私」の結婚とは何だったのか。——

二人の結婚は仲介者の紹介から始まり、文通を経て登記所で初めて対面し、結婚登記によって成立したも

清水良典［しみず・よしのり］SHIMIZU Yoshinori

1954年、奈良県生まれ。文芸評論家、愛知淑徳大学教授。86年「記述の国家 谷崎潤一郎原論」で群像新人文学賞(評論部門)受賞。著書に『村上春樹はくせになる』、『文学の未来』、『デビュー小説論』など。25年前「夜想」の「特集：鉱物」を手にして以来、鉱物好きとなった。それを一例に、「夜想」の美意識が私の何割かを作ってきた。

のである。神に宣誓することも、親族友人が立ち会うこともない、すなわち神前でも人前でもない、まるで偽装結婚のように書類上の手続きによる婚姻だった。おまけに駅舎のホテルでの新婚第一夜は同室に泊まることさえできなかった。妻の後見人である女代理人はこの結婚をどうやら快く思っていないばかりか、伯母の死を知ると「存分に戦わせて頂きますよ」と宣告しさえする。そして葬儀の場ではものものしく数人の男たちとともに妻を率いて入場し、この娘こそが山の人魚の思想を継承する相続人であることを主張する。そして老人ともナイフ遣いの少年とも顔が見えるフードつきマントの人物が、トマジを拉致して冥府のごとき地下宮殿へ姿を消すのである。つまり二人の結婚は俗界のかりそめの書面にすぎず、真に娶るべき資格を有するのは「虚ろの王」であるかのように事態は進行する。してみれば新婚旅行の出発の駅舎で、また夜の宮殿の中庭で、繰り返し出現した決闘の場面とは、トマジをめぐる争奪戦の含意にほかならず、女代理人から私は勝ち目がないとあらかじめ告げられていたのである。舞踏の才と神霊的能力を持つトマジは、伯母の方針によって寄宿舎で育てられ、長じたのちは〈つま先立ちの魔女〉の後継者として山の人魚団を率いる運命を与えられていたばかりでなく、王の妻の地位をも継ぐとも見做されていたことになる。

しかしトマジはそれを翻然と拒否し、王と屋敷に火をつけた。鞄の中にパンの残りを貯めこむ癖や、彼女が身に着けつづける安物の模造毛皮の襟巻は底辺のつましい暮らしの象徴である。山上の女王の地位よりも港町の借家で年長の夫と営む平凡な所帯を彼女は意志的に選択したのである。

ところで、その結末に至るまえに一種の先導者というべき存在が姿を見せている。慎みのない俗臭芬々たる言動で「私」を辟易させた「P」夫妻である。次第になじんでいって旅の道連れとなる彼らだが、行き先が別れる前の列車内で、妻同士が一幅のロセッティの絵をめぐって意味深な会話を交わす場面がある。寄宿舎の図書室でその絵を見たことがあるという私の妻に、Pの妻は次のように話すのだ。

《「彼らは如何にしてじぶんじしんと出会ったか。それがタイトル。夜の森で、恋びと同士の男女がうりふたつの男女に出会うの。互いに驚きあって、片方の娘は両手を相手に差し出しながら、気絶しかけているのよね。これは露骨な分身テーマだけど、そもそも二重の反復というモチーフを好んだ画家だったのよ」》

修士課程の途中まで学んだというPの妻が得意げに披露した蘊蓄は、まさにこの物語のいたるところに出現する「分身」と「二重の反復」への露わなメタ解説というべきだが、もちろん彼ら自身のことをも語っているにちがいない。Pの夫は「私」を何度も「せんぱい」と呼び、別れ際にその妻はトマジを「妹」とさえ呼ぶ。妻の学識以外には何ら素性を明かさない「P」夫婦自身が、のちに「口に出さない記憶を共有する共犯者としての夫婦」となる「私」たちの「二重の反復」の顕現であるかのようだ。

「私」たちは彼らと別れて山上へ向かったものの、天界の神霊的な地位に執着しない。「私」はすでに高原都市の生家を長らく空家にしつづけてきて、伯母の死にもほとんど無関心無感動を貫いている。一方、女王ともなりうる身であるはずのトマジは「火をつけるのよ。燃やすの。なかったことにするの、何もかも」という宣言とともに、王と屋敷を焼却して平凡な下界の暮らしへ向かう。神と人との二重の存在である彼らが、神霊的存在の頂点から低俗な人間界へ下降する――。罰でも呪いでもなく、「私」の結婚とは、その意志的な墜落あるいは逃亡の履行なのである。

## 3

しかしながら、彼らによって火をつけられ「なかったこと」にされたものとは、いったい何だったのか。

神話は民族全体の不可逆な移ろいから生まれる。クロード・レヴィ=ストロースは一九三五年にブラジルに渡って以来、先住民族の調査研究から『親族の基本構造』や『野生の思考』など多くの著作を生みだし構造人類学の祖となったが、とりわけ一九六四年から八年の歳月を費やした大著『神話論理』は、南北アメリカ大陸の先住民の八〇〇篇余りの神話研究から生ったライフワークである。それは生《なま》の食物を火によって調理するという自然から文化への移行を物語る神話を出発点にして、無数の翻訳と変形のバリエーションが両大陸のそこここに繁茂し、ついに二つの半球をめぐる壮大な円環が形成される様を示していた。火と道具を手に入れたことによる不可逆な生活の変化、巨大な移ろいへの戸惑いと畏れが、数千年にわたって語り継がれた神話の源泉だったのである。

そして今ここであなたが目にしたものは、神霊の存在を内包した神話世界から機械文明に席巻された文明社会への、苦くイロニカルな移ろいである。それはたとえばワーグナーの楽劇『ニーベルンゲンの指輪』の終盤のワルハラ城の炎上のような神々の世界の滅びの美とかさなって見えはするが、内実はまったく異なっている。なぜならこの山は真の王権や神的権威がすでに存在しない廃虚だからだ。

黒い山は油を血液のように循環させた機械仕掛けのからくり屋敷にほかならず、そこに住まう王は頭巾つきマントに覆われた「虚ろ」な機械仕掛けの人形でしかない。夜の宮殿もまた神話の主たる神がとうに居場所を喪い、夢魔のような虚ろな霊となって周りに出没するだけの伽藍を、機械仕掛けの動きと「プロジェクションマッピング」や電子音響が覆うテーマパークに変貌させたものであり、トマジに相続させようと女代理人がもくろむ「大きな利権」も「山の人魚団」の公演権とともに宮殿に宿泊する観光客によってもたらされるにちがいない。このまやかしの形骸の継承をこそ、次世代の夫婦は拒んだのである。

しかしながら神霊は消滅し果てたのではない。風のように現れ消える旅装の母の亡霊や、中身のない衣装のみの「虚ろの王」や、「非在の猿」によって揺らされている真っ白い巨大なシャンデリアのように、それは依然として〈存在／非在〉の二重性を生きている。まさにそれは機械化文明のこの世から忘れられ見えなくされようとしている驚異と神秘と崇高のイロニカルな切れ端であり、うつつ世での残影なのである。

そして平凡な地上の暮らし人となったトマジの産んだ子どもが「目の動きに微かな機械音」を感じさせるだけでなく、「私じしんのなかにもそれは時に感じられなくもない」と末尾で告げられるとき、ひねもす時計によって管理され機械の末端と接続して生きるあなたとわたしたちもまた「虚ろ」の末裔であることをたちまち教えられるのだ。

山尾悠子の文学世界の本質がここに浮かびあがってくる。嘘を承知のファンタジー世界に王族や宮殿を構築して満足するのではなく、また機械仕掛けのテーマパークにまやかしの継承をさせるのではなく、神話と神霊が機械文明へ呑み込まれ、吸収されていった不可逆な移行を遠い記憶のように語りながら、それはなおも〈非在〉の驚異と神秘と崇高を作り出そうとことばをふりしぼっているのである。

機械と経済に神霊が呑み込まれた移ろいの苦さをかみしめながら、なおつま先を常識の地平に突き刺してバランスを保ち、「地上から切り離された世界に棲む別種の珍奇な生き物」と思わせる踊り手のように、なお空中浮揚を目指そうとすることばの舞踏をこうしてあなたは目撃したのである。その世界をあなたも自らの想像力の内部に継承しなければならない。「虚ろ」の末裔となったあなたやわたしの内部で、〈非在〉の足先に舞踏靴を履かせなければならない。そして浮きあがろう。目をぎゅっとつむり、口の両端をきっぱり下に押し下げながら。

私は同志社大学文学部の国文専攻で、泉鏡花を選んで卒論を書きました。
大学四年生のときには国文のゼミが、同志社クラーク記念館という
とても趣のある古い洋館の中で開かれていました。

# 泉鏡花文学賞受賞記念スピーチ

山尾悠子

Yamao Yuko

本日は、第四十六回を数える泉鏡花文学賞という大変栄えある賞を、私のような者に頂きまして、本当に恐縮しつつ、感激しております。このように大勢の方の前でお話しさせていただくのは、実はこれが初めてです。長年の担当の編集さんから「三十分は長いですよ、大丈夫ですか」と言われましたり、皆さん大変心配してくださっているのですが、何とか頑張りたいと思います。

先ほどご紹介いただきましたように、私は同志社大学文学部の国文専攻で、泉鏡花を選んで卒論を書きました。一九七三年度生ですから卒論を書いたのが七六年辺りで、もう随分昔の話になります。大学四年生のときには国文のゼミが、同志社クラーク記念館というとても趣のある古い洋館の中で開かれていました。実はその洋館の中で、今日この場に至るご縁の一端が生じていたと、つい最近になってうれしい判明がありまして、そのお話などもしたいと思います。

私のことを全くご存じなくて、初めてこの『飛ぶ孔雀』をお読みになった方は、なんだこれはと、戸惑われるのではないでしょうか。大変読みにくいし、分かりにくいし、誰が主人公なのだか、どういうストーリーになっているのかもつかみにくい。実に妙な小説を書いてしまったのですが、なぜこういう小説を書くに至ったのか、私の出発の頃からのお話をしていけば、もしや分かっていただけるかもと思います。

私が最初に小説を書きはじめたのは、ちょうど同志社に入った四月のことでした。SF専門誌のSFコンテストに応募したのです。高校時代の文芸部の先輩に大変なSFファンの方がいまして、SF専門誌を読めと随分貸してくれたので、新人賞の募集をやっていることは知っておりました。同志社に入り、岡山の田舎から京都に初めて出まして、京都という町を知ろうと思ったら、まず本屋に入るわけです。久しぶりにSF専門誌を手に取ったら、「おや、コンテストの募集をやってる」と。大学に入った直後の、まだ友達もあまりできないし、忙しいような暇なようなちょっと不思議な感覚でいた時分で、四月末が締め切りだったら書いて応募できるのではないかと、ふと思ってしまったのです。それで応募したのが、小説を生まれて初めて書いたきっかけでした。

そのときは最終選考まで残って、そこで終わったのですけれども、二年ほど経って、思いがけずそれが活字になりました。当時、昭和四十八年とか五十年ごろは今と全然違って、若い女性の作家が大勢活躍していらっしゃるような、そんな世界では全くなかった。特にSFの世界は、女の書き手がただの一人もいないという、不思議な世界だったのです。当時、鈴木いづみさんがSFに興味を示しておられて、眉村卓さんとご縁があったということで、私と鈴木いづみさんが「女流作家特集」という特集号で急に活字にしてもらえることになって、そこからSF専門誌との縁が始まりました。

応募したときは、SFコンテストなのだからSFでなければいけないと思って、宇宙人が出てくるような小説を書いたわけです。それが急に活字になって、編集さんから「今後も何か書いて見せてくださいね」と言われて、大学三年だった私は大変舞い上がりまして、じゃあ小説を書いてまたお見せしようと。でも、そのときあらためて考えてみたら、この私が小説を書くのだったら、それは特にSFでなくてもいいのではないか。

その頃は、岡山の田舎の書店にある本と京都の書店にある本は全然様子が違っていたのです。生まれて初めて出会ういろいろな作家たち、澁澤龍彦に出会ったり、金井美恵子さんは高校の頃から読んでいたのですが、とにかく大学で京都に行って初めて、新しい世界にたくさん目が開かされました。「小説を書いて見せてくださいね」とプロの編集さんから言われたときの私は、入学直後の自分とは随分違っていたのです。

私が新しく小説を書く、それはどんなものがいいかなと。これは他の場所でも書いたことがあるのですが、当時、金井美恵子さんにも大変入れ込んでおりました。『春の画の館』という散文詩集がとても素敵で、「館には主がある」という不思議な一文が強く印象に残り、私もこんな小説を書いてみたいなと思って、それで『夢の棲む街』という全く架空の世界の話を書きました。これが自分では実質的な処女作だと思っているのです。

それがSF専門誌に載ったものですから、安部公房さんがたまたま読んで、気に入ってくださったらしくて、純文学誌の方から「安部さんから紹介があったので、何か書いて見せてください」と連絡がありました。純文学誌は読んだことがなかったので、びっくりして書店に駆けつけて広げてみたところが、当時はもう私小説全盛というか、私などがお呼びではないような世界だったのです。大変困りまして、一応、書くのは書いてお送りしたのですけれども、残念ながらこれは感心しませんというお返事があって、ご縁はそれっきりになり、それからはSFの世界でずっと書いていました。

その後、結婚して、子どもができたりしてからそれどころではなくなって、書くのをやめているうちに何となく、休業した、書かなくなってしまった作家だという扱いになっておりました。二十年ぐらいブランクができてしまったのですけれども、たまたま声を掛けてくださるようなことがあって、二〇〇〇年に『山尾悠子作品集成』という、若い頃に書いたものをまとめて一冊にしていただく本が出まして、それからまた再スタートを切りました。ずっと国書刊行会でお世話になって、SFの世界からはちょっと離れて、幻想小説系ということで活動させてもらっていました。

ですから、純文学は相変わらず意識の外にあったのですが、また、たまたま声を掛けていただいて「文學界」に書いたのが『飛ぶ孔雀』です。純文学になっていますかどうか、自分ではあまり意識がありません。「あなたの書いている小説はどういうジャンルのものなのか」と、ジャンルについて質問されると大変困るのです。SFの場所で書いてはいましたがサイエンスフィクションではないし、純文学も意識はしていませんし、ファンタジーかなと思って昔は書いていたのですが、『ゲド戦記』や『ハリーポッター』、『指輪物語』のような小説を書いているわけでもない。じゃあ何だと言われると、幻想小説でしょうかというようなお答えで、今は何となくやっているのですが、そんなふうな人間が、『飛ぶ孔雀』という妙な小説を書きました。

## 鏡花で卒論を書いた

さて、泉鏡花との話にさせていただきたいと思います。

泉鏡花賞といえば、最初に受賞なさったのが半村良さん、昭和四十八年です。眉村卓さんも受賞されていますし、筒井康隆さんもということで、SFのほうから見てもなじみのある賞なのですが、とにかく憧れの作家が片っ端から受賞なさっている賞という印象が昔は強かったです。中井英夫さん、森茉莉さん、高橋たか子さん、金井美恵子さんに澁澤さん、日野啓三さん、赤江瀑さん、倉橋由美子さんと、名前を挙げるだけでくらくらするような作家ばかりで、いつかは私もここに名を連ねることができたらと憧れたものでした。今、六十歳を過ぎてこのような賞を頂けることになって、長くかかったなという気持ちもしますが、でも本当に、ここまで続けてきてよかったと思います。本当に感激しております。

今日は、泉鏡花と同志社のクラーク記念館との関わりについてもお話しさせてもらおうと思って、スライドの映写をお願いしています。

クラーク記念館は遠くから見るとこんな感じです[★1]。ドイツネオゴシック様式だそうです。正門から入って突き当たりにある小さな建物で、同志社の今出川キャンパスのシンボルのようになっています。上から見るとこんな感じです[★2]。ご覧になって分かるかと思うのですが、この建物の特徴は小さいことです。二階建てでこじんまりしているのです。当時は一階が事務所で、二階が教室で使われていたのですが、教室の数も三つか四つ、そのくらいの広さしかなくて、そこに特徴的な塔が付いています。二階の教室は、当時は国文の四回生のゼミの授業でだけ使われることになっていました。だから、同志社全体の中でもこの中に入って授業が受けられたのは国文の上級生だけで、特権意識に満ちて、晴れがましさに満ちながらこの入り口から入っていったものです。

泉鏡花はそれまでは新派な、古めかしい作家というイメージが強かったのですけれども、昭和四十年代は「別冊現代詩手帖」で特集があったのを皮切りに、再評価が始まった頃でした。今日、ここにしっかり持ってきたのですが、巻頭が「水中花變幻」種村季弘、次

★1

★2　

が「寒さから霙を経て出水まで」天沢退二郎と、錚々たる方たちが寄稿されています。泉鏡花は古めかしいだけではなく、特殊な魅力を持つ作家だと言われはじめた頃だったのです。脇明子さんの『幻想の論理』という研究書が出たのもエポックメーキングで、私は当時すごくそれに影響されました。

卒論では、「女仙前記」、「きぬぎぬ川」、「由縁の女」あたりを取り上げました。泉鏡花は母親を子どもの頃に亡くして、母性に大変憧れを残した作家です。川をさかのぼって上流に行くと、隠れ里のような不思議な空間があって、そこに母性を秘めた怪しい魅力を持つ女性がいて、主人公がそれに出会う。そういう特徴を持つ小説が割と多いのです。私もそのパターンを幾つか探し出して、それについて卒論をまとめたのですけれども、はっきり言って脇明子さんのパクりで、特に目新しいことがうまく書けたわけではありません。

今日の講演をたいへん心配された国書刊行会の担当さんが、いい資料を見つけたから、これについて話をしなさい、と送ってくれたのが、桑原茂夫さんの個人誌「月あかり」です。一時、岩波の『泉鏡花全集』が絶版になっていて、それなら選集を出そうではないかという話が持ち上がったのだそうです。編者は澁澤龍彥と種村季弘のお二人、何度も編集会議を重ねていたところが、岩波で全集を復刊することが急に決まったので、選集の話は流れてしまったそうなのですけれども、そのときに澁澤さんがお選びになった泉鏡花作品のリストが桑原さんの手元に残っていたので、ご紹介しますという内容なのです。

澁澤セレクトの泉鏡花作品というと、大体想像がつくとおり、すごく偏りがありまして、新派な感じ、古めかしい感じのものはもちろん入っていません。当然のことながら、幻想小説系にすごく偏っているのです。中期のあたりだと「春昼」、「春昼後刻」、「草迷宮」、「沼夫人」、「眉かくしの霊」、「貝の穴に河童の居る事」など、いわゆる有名どころがぞろぞろと並んでいるのですけれども、特徴的なのは、初期の作品をものすごくたくさん選んでいらっしゃることです。特に『泉鏡花全集』の第三巻、第四巻あたりは、半分以上選んでいらっしゃるのです。

また、ちょっとした小品で、これを選ぶかなと意外に思うようなものもありました。「お留守さま」というタイトルが挙がっているのですが、どんな内容か私もすぐに思い出せなくて、全集をひっくり返してみました。夫を若くして亡くした未亡人が、夫について人から尋ねられると、ちょっと困ったような顔をして「今、留守にしておりますのよ」と、かわいらしい様子で言うのを、従弟の学生が見て親しげな感じがするという、本当に何ということもない小品なのです。

そんなものを選んでいらっしゃるのがすごく不思議だなと思ったのですけれども、私も最初に泉鏡花に出会ったのが高校生の頃、父がたまたま鏡花を読んでいて、全集の最初の五巻ぐらいまでがうちにあったのを読んだので、私も鏡花の初期作品に大変思い入れがあるのです。泉鏡花は作品数がとても多いので、いわゆる有名どころ以外にも印象に残る小品がたくさんあります。もしかしたら、澁澤さんもそういうものに思い入れやお好みがあったのかなと、このセレクションを見て思いました。

## 特に好きな「山中哲学」

この中には選ばれていないのですが、私が長年、特に好きなのが、第三巻の「山中哲学」――このタイトルを、たった今まで「さんちゅうてつがく」と読むと思い込んでいたのですが、もしかしたら「やまなかてつがく」かもしれません。鏡花の小説は、本文は総ルビなのですが、タイトルだけはルビが付いていないので、結構どう読むのか分からなかったりするのです。「草迷宮」を「そうめいきゅう」と読んでしまう場合もあるし、「X蟷螂鰒鉄道」を「Xとうろうふぐてつどう」と長年思い込んでいたのですが、先ほど控え室でお話ししていたら「それはXかまきりふぐてつどう」だよと言われて、びっくりしました。

私が泉鏡花が好きなのは、ラストの決まり方です。今の小説と感覚が違うというのか、「山中哲学」のラストが、すごく好きなのです。短い小説なので、ストーリーをお話ししたいと思います。

越前の国・福井の雪深い山の中の難所を越えていく道に、新しく掘られたトンネルがあるのです。これは雪がどんどん降りはじめて冬に向かう、もうすぐ雪に降り込められてここは通れなくなってしまうという時期の話なのですけれども、そこをまず、一人の目の不自由なあんまが通っていきます。トンネルの入り口の近くに休み茶屋があって、そこには人が集まってしゃべっています。あんまが通っていった後、今度は一人の技師がやってくるのです。技師というのは、泉鏡花の作品の中では専門の知識がある存在です。大変特殊なインテリ、神のごとき慧眼の持ち主であって、この技師がやってきて、トンネルを一目見て、「ああ、これは危ない。危険《けんのん》だ、こんなところは通れない」と喝破します。

休み茶屋まで戻ってきて、「みんなもあんな所は通れないぞ」と言うのですが、他の人たちは、「いや、このトンネルはできて七、八年経つけれど、今までみんな無事に通ってきたから大丈夫なんじゃないか」と応じます。「それは川を鉄の板でせき止めて、水が乗り越すまでのほんのいっときの間にトンネルを通り抜けただけで、もうこれ以上は無理だ。今にも鉄の板の上から水がこぼれ出してくる寸前になっている」と、技師は言います。とにかく自分はこんなところは絶対に通れない、海から船に乗って回った方がずっとましだと主張すると、休み茶屋にいる者たちは、この大しけでは船の方がよっぽど危険だからと止めるのです。

　そこへ、不思議な人物がやってきます。かごかきのかごに乗った一人のご新造さん、人妻です。ここでちょっと休んでいきましょうと、かごから下りたところを見ると、頭巾をかぶったろうたけた美女なのです。この人が先に通っていったあんまがいると聞いた途端に、「ああ、私はそこは通れないので、ちょっとここで一休み」と言い出します。

　泉鏡花の世界の中では、目の見えないあんまというものに何か怪しいイメージがありまして、それは凶兆の象徴だったり、取り付かれて困ったことになったりする存在なのです。このご新造さんも、何か因縁があるらしくて、トンネルの後を続けて通っていくことをためらうのです。

　その人妻も休み茶屋に下りてきて技師とぱったり出会ったところ、二人はどうも以前からの知り合いだったようで、ご新造さんが「三さん」と急に話しかけると、技師がさっと顔色を変えます。周りも巻き込んで、「トンネルは危ない、危険だ、とても通れない」とか、どうしても訳があってこの先へ進まなくてはいけないとかとさんざん迷うのですが、しまいにその人妻が技師に向かって言うのです。

> 「あなたはお急ぎではないの。」
> 「私も急なんです。」
> 「それでは参りませう。」と、信乃は意を決したやうである。

　すると、技師はこう言います。

> 技師は顔の色をかへながら、呼吸ぐるしい、おもい調子で、
> 「参りませう。」と、いつて、真蒼になつた。

　ここで、何か因縁があるこの二人で、一緒にトンネルを通ることになるのです。

その後、かごかきで一緒についてきた者や周りの者たちがしゃべっている場面に変わります。あの技師とあの人妻とは何か怪しい。何か因縁があって、このトンネルで出会って二人で通ることになったのだろう。われわれは一緒には行かず、あの二人が無事に通り過ぎるまで、ここで待って見届けることにしよう、と様子をうかがっています。最後の場面を読んでよいでしょうか。

真先の番頭は、かがんで、隧道の中をうかがつて見る。真暗の穴の中三十五間の半ばあたりでもあらう。薄紫の肩掛の後姿が、いま一団のあかりの中へぼんやり見えた。人形だけの大きさで頭上、左右の崖は水気を含んで黒いのに、あかりがさして、キラキラと光る。足許には此雪にも岩の点滴が落たまつて蒼くなつて颯と走つて居る。藤色の頭巾の色のやや黒ずんだのがひつたり胸にくツついて細い手で其肩を抱いた。技師は松明を一ゆり揺つて、頭高く、ツとさしかざした。其火の岩にうつる中に、真黒な外套ですくつと立つたのが、いま松明をあげると穴の西の入口を見返つた。薄紫の肩掛、藤色の頭巾と、黒の外套と、一つになつた姿がありありと見えて、松明をあげて振返つた技師の顔は土気色である。と見る時、わつといつた一列七人の男は、真白な雪の上へ巨砲の口から射出されたもののやうに哄と投出されて算を乱した。

山が暗くなつて、けたたましい鶏の声。

ここで小説が終わります。どうもトンネルは本当に崩れたらしいのです。

この「山中哲学」を高校生の頃に読んでから、このラストがすごく印象に残っています。泉鏡花は、山が崩れてどうしたこうしたなどと、ぐだぐだと書いていません。山が暗くなって、一斉に鳥の声がする場面で終わっているのです。泉鏡花のラストシーンには、他にも印象的なものがたくさんあって、ラストさえ決まっていれば、そこに至るまでは多少は分かりにくても大丈夫、と、私自身にも刷り込まれてしまったようですが、鏡花と私を一緒にしたらいけませんね。鏡花は本当に上手な作家だと思います。

## 安永ゼミでのご縁

クラーク館のことに戻るのですが、私が泉鏡花の卒論を書いたのが、安永武人先生のゼミで、一学年上にやはり鏡花を卒論に選んだ先輩が、院生として残っていらしたのです。安永先生のところに出入りされているご様子は見ていましたが、当時、学部の学生から見ると、院生の先輩は恐れ多い存在でした。あるとき授業の始まる前だったか後だったか、席に座っていると、その院生が何か用事があったらしくて教壇の先生のところにやってきて、二人で話をしていたのですけれども、ふと安永教授が私の方を指さして「今年、泉鏡花をやっているのはあの子だよ」とおっしゃいました。すると、院生がきっと振り向いて、私の方をご覧になったのです。

私はとっさに「やばい！」と思って顔を伏せたのですが、実はその方が田中励儀先生だったのです。今の同志社大学文学部の教授、泉鏡花研究会の重要なメンバーです。このことを私が知ったのは、今から二年ぐらい前でした。田中励儀先生といえば、最近では国書刊行会の『初稿・山海評判記』の編集もなさっていて、書物でおなじみの方なのに、あのときの院生だとは、そのときはまだ分かっていなかったのです。

実は田中励儀先生以外にも、安永ゼミに関わるご縁があったのだということが、二年ほど前にバタバタと一時にわかってきました。詩人の高柳誠さんが『高柳誠詩集成』という立派な本を送ってくださったのが、きっかけでした。高柳誠さんが同志社の文学部で、国文専攻の先輩だということは知っていましたので、礼状をお出ししたりしてやりとりするうち、同じ安永ゼミだとわかり、交流ができたのです。

同時に、時里二郎さんとのご縁も判明しました。幻想小説畑の人から見ると、高柳誠さんは親近感が持てるような詩をお書きになる方だし、時里二郎さんもそういう系統の詩人です。実は子育てをやっている最中に一度、時里二郎さんからもご本を送っていただいたことがありました。読んでみたら自分と似た人種であるような印象が強かったのですけれども、当時は何しろ休業中でして、山尾悠子という名前でお返事を出すのも気がひけて、失礼なことにそのまま黙っていたのですが、ずっと気になる存在でした。

その後、拝見していると、高柳誠さんと時里二郎さんがどうも一緒にお仕事なさったりしているし、時里二郎さんもやはり同志社の文学部の方です。「もしかしてご友人だったのですか」と高柳先輩にお伺いしたら、「時里は同じ学年で友人同士です」と。何しろ当時、学籍番号があいうえお順で決まったのですけれども、高柳、時里だと近いのです。「学籍番号が近かったので、同志社に入学して最初にお互いに声を掛け合った仲で、それ以来の友人です」とおっしゃって、すごくご縁を感じました。この二人がこの建物の中で一緒に授業を受けたり、卒論をお書きになっていた。高柳先輩は安永ゼミで三島由紀夫で卒論をお書きになり、時里二郎さんは別のゼミで、源氏だったかの古典をやっておられた。この二人がこの建物の中で親しくなさっていたというのは、私はすごく萌え物件みたいな感じがして、感銘を受けたのです。

なにしろ、高柳誠と時里二郎というお名前の取り合わせがすごくいいのです。これが田中さんと冨田さんとかだと、そんなに印象が強くなかったかもしれません（笑）。

## クラーク館の階段をスケッチする

階段の写真★3を映していただけますか。

この階段が、正面から入ってすぐのところにあります。左右両横から分かれて真ん中の踊り場に至って、そこから向きを一八〇度変えて二階に上がっていく階段です。ここは二階です。同志社大学の中には他にも素敵なれんが造りの建物はありましたが、この中で実際に授業を受けた者からすると、この階段に対する思い入れは特別でした。

この階段が好きで、好きで、当時、携帯があったら写真を撮りまくってそれで満足したと思うのですけれども、携帯はありませんでしたので、私は何をしたかというと、まず大学ノートに絵としてスケッチしたのです。その後で、これを言葉と文章で表現するというか、この不思議な構造を人に文章で伝えようと試みました。

左右両側から上っていって、回りながら真ん中で合流して踊り場に至り、そこから一八〇度方向転換して、真ん中の階段から二階に上っていくという構造を、言葉と文章で人に伝わるように表現する。できることなら、その文章自体に読む魅力があればさらに望ましい。

★3

もしかしたら文章修行の材料の一つになったのかもしれないと思うほど、思い入れのある階段です。原稿用紙五枚ぐらいの短いものですが、このクラーク館を舞台にした短いスケッチ風の小説を書いているので、それを最後に読ませていただきます。

「天使論」という格好のいいタイトルなのですが、このタイトルは舞踏家の笠井叡さんの有名な著書『天使論』のタイトルを、図々しくもパクりました。二十代の頃に書いたものなので相当に恥ずかしいのですが、当時、澁澤さんに入れ込んでいまして、両性具有とか、天使とか、そういうものが本当に大好きでした。澁澤さんの紹介で知ったバルザックの『セラフィータ』という小説が、翻訳が入手困難で手に入らなかった。読めない小説というと、ますます魅力を感じるわけです。そんな感じだった大学四年生の頃の生活を書いたスケッチ風の小説です。

＊＊＊

大学の正門から鬱蒼とした緑蔭のなかを抜け、神学部館のまえに出る道は麻也子の好きな道である。時代のついた赤煉瓦の建物は学生課の事務所で、この一劃は御所の森に近く、鳩が多い。

車道を一本隔てた向こうは男子寮で、糸杉と高麗芝の美しい前庭を持つそこはピンク煉瓦の三階建洋館、白ペンキ塗りの屋根窓の並ぶ瀟洒なたたずまいで遠望される。裏手はS＊＊寺の地所である。

和洋折衷、明治のゴシック・ロマンスといった光景はこの大学構内のあちこちに見られ、たとえば国文の学生ならば、明治の洋館の煉瓦窓から裏の茶室を見おろしながら西鶴や秋成を読むことができる。神学館の北隣り、ここが麻也子の週四回通う小径の行きどまりである。とがった青銅の丸屋根の塔を持つ、二階建てのそのC＊＊館は国文専用で、一階の三室が科の事務室、二階の五室がゼミの教室に当てられていた。この妙な構造は、玄関ホールと二翼の階段、中二階の踊り場が非実用的なスペースをたっぷり占めているためだ。

先端が丸くなった縦長の窓々が、昔風のぶ厚い赤煉瓦の壁に映えていかにも美しい。玄関脇に亭々と木蔭をつくるのは樟の大木である。

御多分にもれず、ここにも大学の七不思議と称する怪談のひとつが伝わっている。何月何日だかの真夜中、蝋燭を手に階段をのぼると塔の四階に出るというたぐいの話である。その因縁についての詳細は今では伝わらず、なんだつまらない、と話を聞いたとき麻也子は失望したものだ。

Fとは、このC＊＊館での近現代のゼミで初めて口をきいた。

「――妹がね」

と、Fがその話をしたのはそれまで麻也子が一度も入ったことのなかった大学通り近くの喫茶店で、昼まえの閑散としたテーブルのひとつを挟んで向きあったとき、秘かな胸騒ぎを押さえて麻也子は思わず上気したものだ。薄くマニキュアした指に煙草をはさんだFとは、その日とりとめのない話をしただけだったが、麻也子は高校の運動部にいるというFの妹の話しか記憶していない。

――それが動物みたいなの。何を考えているのか判らなくて気持ちがわるい、とFは言った。

「昨日も私の部屋に黙って入りこんできて、何かしていると思って振り向いてみたら床で寝ているのね。腹が立って、蹴ってやろうとしたら物も言わずにしがみついてくるから――」

それで取っ組みあいの喧嘩をしたのだ、とFは言った。

Fとお茶を飲んだのは、それ一度きりである。彼女も、C＊＊館のゼミに週四回通ってくる。

その年、麻也子は幾つかのことに熱中した。骨格のくっきりした、彫ったように鋭いFの顔を眺めること、あるいは階段――確かに、このC＊＊館で最も美しいのは階段で、何度スケッチをとっても飽きなかった。二階から踊り場まで降りると、巧緻な彫刻の手摺を持つ階段はそこから両翼にわかれ、左右対称に一八〇度のカーヴを描きながら鬱然たる玄関ホールに到る。中二階の床から吹き抜けの天井までを占める縦長の大窓、バルコニー、そこへ光を零す樟の木。

また、当時翻訳の手に入りにくかったバルザックのSéraphîtaを好奇心のためにぽつぽつ訳し、北欧の神秘哲学の展開に頭が痛くなるとよくその大窓をながめた。両性具有の天使セラフィータ・セラフィートゥス、畸型の天使というイメージがいつのまにかこの階段と窓の光景に重なった。

Fがその階段を落ち、膝を切ってかなりの出血をしたという小事件はその頃のことだ。その場に居合わせそこねた麻也子は、後になって聞かされたとき、悔しさにほとんど逆上したものだった。どんなに、それを見たかったことか？――

後で現場を見に行ってはみたが、木の床板には、血の一滴さえ染みてはいなかった。

・・・・・・・

その夜の明けがた、麻也子の夢に青年の天使が来た。あの樟の大枝のあいだに、ゆらりと白衣を曳いて浮かぶかれを麻也子は窓越しに見ていて、青年の顔の天使は美しい指のしぐさで何か喋っているのだが、でも、その顔に騙されてはいけない。

見れば白衣の裾に血が滴り、だから、かれは女なのだ。

＊＊＊

若書きの二十代の頃は、こんな小説を書いたりしていました。

泉鏡花についてうまくお話ができたかどうか、とにかくここでご縁ができて、高柳誠先輩と時里二郎先輩にもその後、連絡を取らせていただいて、「私はお二人が萌え物件なのです」というようなことを口走っているので、きっと時里先輩は私のことを馬鹿な後輩だと思っていらっしゃることでしょう。田中励儀先生とはその後、一年ぐらいたってから泉鏡花研究会の原稿を書いてくださいとご連絡を頂きまして、「もしや、安永ゼミにあの頃いらっしゃった院生の方が、田中励儀先生だったのではないですか」とお伺いしたら、「まさしくそれが私です」とおっしゃいまして、ご縁がこのようにしてつながりました。この場に私のような者が立たせていただくことになったのも、いろいろな方々のご縁のつながりがあったからこそかもしれないなと思ったりします。

本当を言うと、国書刊行会の担当さんが定年になったら、私もいい年だから店じまいにしてもいいのではないかと思っていた時期もあったのですが、『飛ぶ孔雀』みたいな妙な小説を思いがけず書いてしまったうえ、このような受賞者の立派な方々の末尾に名を連ねさせていただくことになり、ここでやめるわけにはいかないと思うようになりました。正直言って、自分では十分自信を持って世に出せるような出来ではなかったかなという気持ちもありますので、いつか本当に胸を張って、これこそが私が自信を持って皆さまにお目に掛けられる小説ですというものを書けるときが来るように、今後も書き続けたいと思っています。本日は本当にありがとうございました。

第46回鏡花文学賞授賞式
日時―2018年10月21日（日）15時〜17時
会場―金沢市民芸術村

# 〈私的〉山尾悠子年代記

高柳 誠

Takayanagi Makoto

## 1 前史

山尾悠子という作家の存在を知ったのは、いったいいつだったのだろう。学生時代に、同じ大学の同じ文学部国文専攻の後輩にSF作家としてデビューしたとてつもない才能の女子学生がいるという噂を聞いた確かな記憶がある。しかし、彼女のデビュー作を確認してみると、一九七五年十一月の『SFマガジン』に発表された「仮面舞踏会」がそれに当たるから、私が大学を卒業した年の秋であることがわかる。それ以前に、彼女は一九七三年「ハヤカワSFコンテスト」に応募して最終候補に残ったので、それが噂として当時の私にまで伝わったと考えられなくはないものの、どうやら諸般の事情を勘案すると、記憶における時間の錯誤によって作られた偽りの記憶である可能性が高いようだ。まあそれも、山尾悠子に関する印象がいかに神話的な様相を帯びていたかの証拠の一つともなるのだが……。

## 2 作品との出会い

山尾作品との出会いについては鮮明に覚えている。一九七八年六月にハヤカワ文庫から刊行された彼女の最初の短編集『夢の棲む街』を、私は同年九月二日に購入し、六日に読み終えている。これは、よほど印象が強かったためか、きちんとメモが残してあるからまちがいない。購入した書店の雰囲気もそのときの書棚の光景もしっかりと目に焼き付いている。こんな経験は、だれにとってもそう何度もあることではないだろう。ふだんSFを読まない私は、その書物が刊行されたことさえ知らないまま何気なく書店に行き、タイトルに惹かれて文庫を手に取りその奥付に記された著者


**高柳 誠**［たかやなぎ・まこと］TAKAYANAGI Makoto

1950年名古屋市生まれ。同志社大学文学部国文学専攻卒業。1983年『卵宇宙／水晶宮／博物誌』でH氏賞、89年『都市の肖像』で高見順賞、97年詩画集三部作『月光の遠近法』『触感の解析学』『星間の採譜術』で藤村記念歴程賞を受賞。他に『高柳誠詩集成Ⅰ・Ⅱ・Ⅲ』(書肆山田)、最新詩集に『無垢なる夏を暗殺するために』(同上)がある。

略歴をみて、これが例の噂の早熟な作家かという興味ですぐに購入したのだ。

巻頭に置かれた「夢の棲む街」の、「〈夢喰い虫〉のバク」や〈薔薇色の脚〉といった奇想天外な登場人物によってたちまち引きずりこまれる、この世にあるはずもないふしぎに肉感的な町のたたずまいに直ちに魅了されると同時に、これほどの異世界を生み出す想像力のスケールとそれを支えることばの精妙な力学に圧倒された。他の作品も、SF的結構をもつ作品ももちろんあるものの、どれもこれもその枠内だけに収まらない文学的な香味をすでにして漂わせていて、SF作家というこちら側の勝手なイメージを裏切る多様な彩りにみちていた。そのなかでも、私が一読して激しい衝撃を受けたのは、「遠近法」と題された作品だった。まずは、いきなりの引用をお許しいただきたい。

《腸詰宇宙》(とその世界の住人は呼んでいる)は、基底と頂上の存在しない円筒型の塔の内部に存在している。その中央部は空洞になっており、空洞を囲む内壁には無数の環状の回廊がある。回廊は、一定の間隔を置いて、円筒の内部に無限に存在する。どの層の回廊も完全に一致した構造を持っており、この秩序は、塔の上下いずれの方向にむかって仔細に検討していっても、変化することはない。

(「遠近法」)

水晶宮はその名の通り、柱・床・天井・壁といったすべてが水晶でできている宮殿であると一般に考えられているが、それは次のように訂正されなければならない。「水晶宮を構成している物質は、すべて暖かさも冷たさもない即自的な物質である」と。また、次のように言い換えることも可能であるかもしれない。「水晶宮は文字通り水晶のなかに存在する」と。

水晶宮のなかの、誰も立ち入ったことのない神秘的な密室には、水晶宮の精巧な――というより、水晶宮そのままの――ミニアチュールがおさめられていると噂されている。しかも、わたしたちの言う水晶宮自体が、もう一つ大きな水晶宮の密室におさめられているミニアチュールにすぎないという説もひそかに囁かれている。つまり水晶宮は、極小から極大への宇宙の生成物の構造と正確に呼応しているというのだ。

(「水晶宮2」)

自作の引用は顔が赤らむ思いでありながら、私自身が味わった驚愕をぜひ追体験していただきたくてあえてしてみた。この二つ、一卵性双生児とは言わないまでも、二卵性双生児ほどに似ていると思うのは、私だけであろうか。引用は、どちらの作品もたまたま前置きの部分を除いた本文の冒頭部とでも言うべき箇所であるけれど、類似した表現は探せば他にも簡単に見つかるだろう。なによりも、「腸詰宇宙」「水晶宮」といった現実とは遠く離れたそれ自体で完結している異世界をことばの力のみで構築しようとする強い意志、そこに描かれる異世界の本質は「空無」そのものであるという現実認識の姿勢、さらに、「私小説」の伝統を引き継ぐ日本文学特有の湿潤な「私性」を表出することを強く拒む硬質な文体——どうもこうやって指摘していると、山尾悠子のことだけならばともかく、私自身にも当てはまることなので居心地が悪いことこの上ない。

しかもこの二作は、書かれた時期が完全に重なっているのだ。「遠近法」の初出が『別冊新評』の一九七七年七月号であるのに対し、「水晶宮」が詩集『卵宇宙／水晶宮／博物誌』として湯川書房から刊行されたのは遅れて一九八二年であるものの、小冊子形式の私家版としては、すでに一九七七年九月に『〈水晶宮〉を構成するための12のエスキース』と題されて刊行されていた。同じ時期に全く偶然に、たがいにそれとも知らず離れた土地でそれぞれに自らの異世界を孜々として築き上げていたかと思うと、なにかふしぎな眩暈に似た感覚に襲われる。これらの引用を見れば、この両者が少なくとも出発の時点において極めて近い文学的風土に位置していたことは、だれの目にも客観的な事実として見えるのではないだろうか。私の驚愕のほども理解していただけるであろう。

もちろん、両者にははっきりした違いもある。最初に気づくのは、「遠近法」にはメタフィクションと言うべきか枠物語と言うべきか、物語の上にもう一つの物語を重ねる方法が取り入れられていることだ。この作品は、ほとんどが《腸詰宇宙》について記述された部分からできていながら、冒頭、中間、終結部で、その作者の知人である作中の「私」が話者となって作品や作者について語るかたちで当の作品に介在してくるという、二重の構造をもっている。この作品からは誰しもがボルヘスの作品を連想するであろうけれど、山尾自身によると「書き始めた時点では、不勉強なことにボルヘスを読んでいなかった」ということで、書いている途中でボルヘスの作品に出合った結果、「作品としてはああいう形にならざるを得なかった」と後のインタビューで証言している。この構造の導入によって、まさに「遠近法」の題名の通り作品にくっきりとした立体感が生まれたことはまちがいない。

ほかにも、詩と小説というジャンルの違いもあって、「水晶宮」では中核部分だけを記述しあとは余白を残して暗示にとどめ、そこに読み手の想像力の関与を求めるのに対して、小説である「遠近法」では物語に即してもっと具体的なリアリティを保証する記述が必要とされる。いや、ジャンルの違いだけではない。「水晶宮」が単なる概念的なデッサン、あるいは心象的なスケッチの状態にとどまっているのに対し、「遠近法」は臨場感あふれることばの手触り、そこに展開される異世界のスケールの大きさ、色彩感豊かな描写、自在なことばの運動によって立ちあがってくる形而上学、そのどれ一つをとっても、私が二、三年の試行錯誤の果てにようやくたどり着いた出発地点に比べて、はるかな高みに聳え立っていた。私は、その才能に舌を巻き、心の底からの畏怖を感じると同時に強い衝撃を受けた。

私のことはさておくとして、「遠近法・補遺」に引用された詩のなかの「誰かが私に言ったのだ／世界は言葉でできていると」という有名なフレーズにある通り、ことばこそ世界のすべて、世界の本質であるとする認識――これほど潔い決意を書くことの原点に置く作家がいったいどれだけいるだろうか。これを見ただけでも、この作家に対する畏怖と尊敬の念はますます高まってくるはずだ。しかも、山尾悠子は、この認識のもとにことばの手触りにみちた独自の世界をはじめから作り上げてしまっていた。これは、まぎれもなく詩人の態度というべきであろう。さらに、「比重はもちろん一行目の方にある」と『増補　夢の遠近法』（ちくま文庫）の「自作解説」で言うところを思量すると、恐るべきことに彼女はすでに出発時点で、詩人の魂をもったうえで小説の本質的な機微を捉ええていたのである。

## 3　休眠期

ところが周知のように、その後山尾悠子は、一九八〇年代に入ってからの結婚、出産、子育てといった実生活上のことなどを契機に執筆活動から長らく遠ざかる。それに従って、彼女の名前も文学の表舞台からしだいに姿を消していった。今となっては記憶がはっきりしないものの、その間に私は上梓した詩集を彼女に送ったことがあった。たぶん『都市の肖像』（一九八八年）か『アダムズ兄弟商会カタログ第23集』（一九八九年）だったと思う。今確認したところ、後者が刊行された年の『文藝年鑑』の住所録に記載された山尾悠子の名前に赤丸が付けてあるから、後者でまちがいないはずだ。畏怖を覚えるほどの作家に送ったのだから、自分なりに作品にある程度の手応えがあったのだろう。残念なことに礼状は届かなかったのだが、当時は彼女の心が文学から最も離れていた時期だったはずで、礼状を書くだけの時間的余裕もなかったにちがいない。そう思って自らを慰めることにしている。

## 4 復活劇

二〇〇〇年六月に国書刊行会から上梓された『山尾悠子作品集成』は、多くの文学読者に喝采をもって迎え入れられた。私も晴天の霹靂のごとき驚愕を感じ、一読者として喜び勇んで購入した。『夢の棲む街』に収められていた作品以外はすべて初めて目にするものばかりで、一読して、SFのジャンルを遙かに越えた多様な作品群が強い実在感を発しながら並んでいることに驚嘆した。そこには、もはや散文詩と呼ぶべきものから、ファンタジー、ホラー、幻想小説、怪奇小説、コメディ、童話、掌篇小説に至るまで、幅広いジャンルが取り揃えられていた。この作家の、己の文学的領土を着実に広げようとする営為に敬意を抱いたし、それにつれて方法や文体がさまざまに試みられていることにも共感した。しかも、そこには一貫してことばによって異世界を作るという強い意志が感じられたのである。

伝説的作家の再びの羽化は、『山尾悠子作品集成』の出現と軌を一にしておこなわれた。その成果は、二〇〇三年連作長篇『ラピスラズリ』、二〇一〇年掌篇集『歪み真珠』(いずれも国書刊行会)に結実する。前者に収められた五篇は、描かれた時間・空間がバラバラで、その関係は必ずしも直線的にはつながっていないものの、哀調を帯びた「滅び」の調べを奏でながら、「冬眠」や「人形」といったキイワードをめぐって入れ子的につながったり互いに暗示しあったりして相互に侵食しあい、ふしぎな存在感にみちた多義的な世界を形成していく。こうした関係性の変化・運動を感じ取ることこそが、この作品を読む肝となるだろう。織りなされる密度の濃いことばは呪文のように耳の奥に反響して、退屈とは異質の底なしの眠気に襲われながら、読者は静謐な美学に支配された独自の山尾ワールドへと誘いこまれていく。そして、魅惑的な細部に目を奪われるまま迷宮をさまよい続けたはてに、いつのまにか来るべき清冽な目覚めを待ち望む「冬眠者」としての自分に気づくであろう。

『歪み真珠』の方は、そのタイトルがバロックの原義であることはよく知られているけれど、これらの作品の手触りは同時にロココの優雅さや典雅さをあわせもつ。実に多彩な物語群が展開されていながら、それらを全部語り切らず、時にその原型を示唆し、時にその発端だけを示すというように、すべて書かれたもの以上の豊かな物語性を感じさせる手法に驚嘆する。それは、ことばそのもののもつイメージや音韻、光や色艶等がそれ自体息づいていて、その呼吸を感じ取れるからにほかならない。こういうものをこそ、真の意味で「詩」と言うのだ。たとえば、「娼婦たち、人魚でいっぱいの海」などは、ただちに金井美恵子の『春の画の館』の影響を思わせるものの、その精妙さ、優雅さ、息づくことばの生々しさ等々を感じ取ると、そんなことはもうどうでもよくなる。こうした見た目から言って散文詩的な作品だけではなく、どれをとっても、ことばそのものが、また、それによって書かれた作品世界そのものが、この世とは別の原理によって生命を帯びだすさまは比類がない。

## 5 現身との出会い

私の方からの一方的な読者であった関係が変わったのは、『高柳誠詩集成』(書肆山田)の刊行がきっかけだった。四〇年近い歳月にわたって書き続けてきた詩業を書肆の慫慂によってまとめることになった私は、その第Ⅰ巻が刊行されたときふと山尾悠子の名前を思い浮かべ、作品を読んでもらういい機会と考えて書肆を通して送ってもらった。やがて、それに対する礼状が届いた。そこで山尾は、「お名前とお仕事についてはもちろん以前より存じ上げていましたし、同志社国文の二年先輩と分かってから勝手に親しみを持っておりました…」と、私の予期していなかったことを書き送ってきた。それを契機に手紙のやり取りが始まり、そのなかで同じ国文専攻であるばかりか、なんと同じゼミの後輩であったことが判明したのである。学生のときにはお互いにそれと知らずに同志社の今出川キャンパスで何回もすれ違っていたはずで、そこには異次元の世界へと誘う強力な磁場でも発生していたのだろうかと、その奇縁にさまざまな想像をそそられる。

現身の作家にはじめて会ったのは、二〇一六年七月一五日、澁澤龍彥没後三十年の会が行われるのに合わせて彼女が上京した際に、会場となった山の上ホテルの喫茶室であった。国書刊行会の礒崎純一氏がすべてお膳立てをし、同席してくれた。澁澤龍彥ゆかりの日に会うというのも、何か因縁めいていて象徴的に感じた記憶がある。現実に存在すること自体が疑わしい伝説的な作家に会えるということで私自身ずいぶん緊張していたのだが、目の前に現れたのは小柄で上品な楚々とした女性で、ああなるほどと妙に納得してしまった。もちろん、これは、『山尾悠子作品集成』の扉に掲げられた写真を見ていたがゆえの反応だったかもしれない。そこで何を話したのかは残念ながらほとんど記憶にないけれど、『高柳誠詩集成Ⅱ』の栞の執筆を快諾してもらえた喜びだけは覚えている。

それ以来、彼女が上京するたびに、たとえば歌集『角砂糖の日』の復刊記念の催しの際や、『飛ぶ孔雀』刊行記念の金原瑞人氏とのトークショーの折、『小鳥たち』出版記念パーティー、前記の礒崎純一氏の澁澤龍彥の伝記『龍彥親王航海記』の読売文学賞受賞式といったときに、彼女の身近な人たちと会食をともにするようになった。そうした山尾悠子周辺の人々と交流するのも今では私の大きな喜びになっている。彼女は周囲の空気を凛とさせるほどその存在感を発揮しているものの、自らはどんなときでも清楚で控えめな自然体で、しばしば物書きに見られる自己顕示欲からはどこまでも遠い。いったいこの存在のどこからあれほど深遠なしかもくっきりとした輪郭をもった幻想世界が出現するのか、いつも不可解でならない。しかし逆に、そうした無私の態度にまで至った人格だからこそ、ふしぎな実在感をもった普遍的で幽玄な世界が彼女のうちに総体として宿ることができるのだろう。山尾悠子は、幻想文学の世界における巨大なブラックホールなのだ。

## 6 近作について

このところの、山尾悠子の活躍については、もはや私ごときが言うべきことはなにもない。現身に出会ったころでも、すでにして多くの読者はもちろん、作家・文学者からも崇拝される存在ではあったけれど、一方で、寡作で知られ未だ神秘のヴェールに包まれた神話・伝説的な作家でもあった。それが、あれよあれよという間に、神秘の輝きはますます増大するまま幻想文学の巨星へと成長していく過程は多くの人が目撃したはずだ。その最大の成果こそが、二〇一八年に刊行された『飛ぶ孔雀』(文藝春秋)にほかならない。泉鏡花文学賞、日本SF大賞、芸術選奨文部科学大臣賞と三冠を達成したことが何よりもそれを証明している。ようやくにして、時代が山尾悠子に追いついたと言うべきだろう。

『飛ぶ孔雀』は、清原啓子の魅力的なカヴァー画といい真っ黒な本体といい、まずその造本・装幀のみごとさにため息が出る。この作品には、あまりに多くの事象、イメージが記述されていて、一読したのみでは物語の流れや人物関係等が充分には摑みがたい。しかし、それは、旧来の小説のようにそうしたものを説明することに作者自身が熱心ではないからだ。ここでは、まず何よりもことばが単なる物語を運ぶ道具になり下がることなく、イメージと緊密に連携しながらおのれ自身の自由な運動を展開している。こうした特徴は初期作品から見られるものの、この作においてますます自在に奔放になってきて、そのことばの自律的な運動は、鏡花の文体の確かな反響をそこここに響かせながら、見事に調和した音楽的な調べを奏でている。重層的な混沌たる世界から溢れだす濃密なことばの蜜に、読者は幸福感に包まれたまま溺れるしかない。これは、もはやことばによる生命体と呼ぶべきだろう。

二〇一九年には小品集『小鳥たち』(ステュディオ・パラボリカ)を刊行。こちらは、中川多理の魅惑的な人形の効果も相俟って、装幀においても内容においても瀟洒で贅沢な本となった。作品や章ごとに場面や視点が移り変わり、それを小鳥姿の侍女たちが自由に羽ばたいて軽やかにつないでいく。それがそのまま作者の精神の運動と重なっているところがすばらしい。小鳥に象徴されるように絶えず移動し続ける作品であると同時に、文章の自在な運動そのものがしっかりとしたリアリティをもって一つ一つ色彩豊かな情景を生み出してくる空中楼閣のような作品。さまざまな趣向や仕掛けがあるのでそれらを膨らませばいくらでも長篇になりそうな素材なのに、あえて凝縮してこのサイズに収め、そこに人形たち固有の存在感が加わって、掌にいつまでも収めておきたい愛らしさにみちている。

## 7 夢想

私が山尾悠子の作品に深く魅了されるのは、その豊かな物語性にもよることを否定しないけれど、今まで何度も触れてきたように、なんと言ってもその詩心から生み出される斬新なイメージや文章から溢れ出てくる蠱惑にみちた音楽性、色艶や手触り、匂いまでをもったことばの質感によることにまちがいはない。曲解している点も含めて、私は山尾作品をいつも詩として読んできたのだろう。そして、その詩心溢れる作品群はいつも私を挑発してやまない。それゆえ、彼女が小説ではなく現代詩のジャンルに進んでいたらいったいどんな作品を書いたのであろうかと、その生まれえたかもしれぬ幻の作品群を私はしばしば夢に見る。そして、現在までのところ、いわゆる散文詩的な形態の作品や短歌などからそれらを想像するしかないことを読者の立場から実に残念に思いながら、しかし、冷静に考えてみると、それが具現化していた場合、自分の作品がいきなり色褪せて見えてしまう現実や私に残された詩の領域はなかったかも知れぬ現実に、否応なく直面させられていたであろうことが容易に推測できて、不肖の先輩としては人知れずそっと安堵の息を吐くのである。

東雅夫

# 山尾悠子とその時代
## ——第一期仄聞録

Higashi Masao

作家・山尾悠子のデビュー作は昭和五十年（一九七五）、同志社大学の国文科に在籍していた二十歳の秋に、『SFマガジン』十一月号の女性作家特集に掲載されたSF色濃厚な短篇「仮面舞踏会」（ハヤカワSFコンテスト最終候補作）だが、作者自身は後年この若書きをあまり認めたくなかったらしく、翌五十一年、やはり『SFマガジン』の七月号に掲載された「夢の棲む街」を、みずからの〈処女作〉と呼んでいる（「仮面舞踏会」は後年の国書刊行会版『山尾悠子作品集成』などにも一切、収録されていない）。

当時の私は高校生で（ちなみに山尾は一九五五年生まれ、私は五八年生まれ）、しかもあいにくなことに『SFマガジン』を定期購読もしていなかったので、〈山尾悠子〉という稀有な作家の存在を知ったのは、昭和五十三年（一九七八）六月に、最初の短篇集『夢の棲む街』が、ハヤカワ文庫JAの一冊として刊行されたときだった。

表題作や代表作のひとつ「遠近法」など、『SFマガジン』掲載作を中心とする（「遠近法」のみ「別冊新評」七七年七月号掲載）全六篇を収めた同書が、同時代の幻想文学読者にもたらした衝撃は、すでに〈幻想文学〉というジャンルが曲がりなりにも確立された現代の若い読者には、ちょっと想像がつかないほど大きなものであった。

ちなみに昭和五十一年から五十三年までの時期に、どんな怪奇幻想系の作品が上梓されていたのか、ごく簡単にまとめると、次のような感じになる。

◆昭和五十一年（一九七六）
金井美恵子『アカシヤ騎士団』／高木彬光『大東京四谷怪談』／藤枝静男『田紳有楽』／藤本泉『呪いの聖域』／眉村卓『異郷変化』／山田風太郎『幻燈

辻馬車』

◆昭和五十二年（一九七七）

赤江瀑『野ざらし百鬼行』／色川武大『怪しい来客簿』／都筑道夫『雪崩連太郎幻視行』／吉田健一『怪奇な話』／荒俣宏『別世界通信』／澁澤龍彦『思考の紋章学』

◆昭和五十三年（一九七八）

荒巻義雄『神聖代』／石川喬司『世界から言葉を引けば』／河野多恵子『妖術記』／宗谷真爾『王朝妖狐譚』／竹本健治『匣の中の失楽』／西村寿行『蒼茫の大地、滅ぶ』

ご覧のように、純文学系からエンターテインメント系まで、多彩な分野にわたり、現在でもしばしば名前を挙げられるような里程標的名作が書かれていたことが分かる。

とはいえ、そこに何らかの統一感があったかといえば全然で、それぞれの作家が、それぞれの感性の赴くがまま、偶発的に、後に怪奇幻想系と見做されるような作品を書いていた……という感を深くする。

興味深いのは昭和五十二年に、荒俣宏の『別世界通信』（月刊ペン社）と澁澤龍彦の『思考の紋章学』（河出書房新社）という幻想文学評論の先駆的な名著が刊行されていること。この頃から、ようやくにして〈幻想文学〉という視点に立脚した（どこまで自覚的だったかは、さておき）評論本が、市場価値を得始めていたわけである。

そうした最中に、海外ならカフカやボルヘス、国内なら倉橋由美子や安部公房を彷彿させるような新鋭作家が、SF雑誌のコンテストから出現したのだから（しかも自分と僅か三歳しか違わない若さで！）、その驚きたるや大変なものだったわけである。

『夢の棲む街』（初刊本）に収録された六篇は、表題作や「遠近法」のように醇乎たる幻想世界を志向するものから、現実の京都の街を舞台とする「月蝕」のような変化球まで、なかなかに幅広く、これから先、どのような作品世界を構築してゆくのか大いに愉しみにしていたのだが……遺憾ながら、最初の作品集刊行と前後して『SFマガジン』への登場は激減し、代わって『SFアドベンチャー』や『奇想天外』といった他のSF系雑誌や、集英社の『小説ジュニア』などが発表舞台となる。そして一九八〇年に長篇『仮面物語』（徳間書店）と短篇集『オットーと魔術師』（集英社文庫コバルト・シリーズ）が刊行されたあたりから、新作そのものが発表されることが稀となるのだった（ち

**東雅夫**［ひがし・まさお］HIGASHI Masao

1958年、神奈川県生まれ。アンソロジスト、文芸評論家。82年から「幻想文学」、2004年からは「幽」の編集長を歴任。11年、評論『遠野物語と怪談の時代』で日本推理作家協会賞を受賞。ちくま文庫「文豪怪談傑作選」シリーズほか編纂・監修書多数。編集稼業40年超。『夜想』とも創刊直後からのお付き合いゆえ、ほぼ同期間。気の長い話です、お互いに。山尾さんには傘寿、白寿と益々の御活躍を！

なみに山尾は『オットーと魔術師』についても否定的で、後年も再録される機会がないが、私自身はけっこう気に入っていて、集中の白眉というべき連作「初夏ものがたり」の一篇「通夜の客」を、後に自分のアンソロジー『少女怪談』［学研M文庫］に収録させていただいたことがある）。

ちなみにこの時期、私が何をしていたかというと、高校では『百鬼夜行』（首謀者は後に思想家として活躍する浅羽通明）、大学では『金羊毛』（首謀者は保坂保彦）という同人雑誌の編集制作に関与していたのだった。そして〈幻想文学研究誌〉と銘打たれた『金羊毛』の三号目が、季刊雑誌『幻想文学』に衣替えして、一九八二年四月から商業雑誌として再スタートを切るのだった。

実は、本誌『夜想』の今野裕一編集長とは、この同人雑誌時代に知り合い、大変にお世話になった。『夜想』の創刊号が出て、二号目の準備を進めていらした時期である。きっかけは、今野氏の弟さんと私が、早大の国文で同窓だったこと（先ごろ新著『乱歩の日本語』を春陽堂書店から上梓された言語学者の今野真二さんである）。当時、上野の池之端にあった『夜想』の編集室に押しかけて、今野さんとミルキィ・イソベさんから、出版に関するお話をいろいろとうかがったものだ。

「たとえば『ユリイカ』や『現代詩手帖』と『夜想』と、刷り部数では、そんなに大きな違いはないんだよね」

……なんて話を訊かされて、初心な大学生は、思わずその気になったのだ、懐かしや。

『金羊毛』の第二号は、ダイレクト印刷という方式で刷られているのだが、これは今野さんの紹介で、当時の『夜想』にならったもの。目次ページを作成するのを忘れていたら、イソベさんがその場で、ササーッと作ってくださった。デザイナーとしての最初期のお仕事のひとつかと。昭和五十六年（一九八一）早春のことである。

さて、かくして商業誌として再出発した『幻想文学』では、とりあえず、当時現役で活躍しておられた怪奇幻想文学方面のVIP（作家、翻訳家、批評家、美術家等々）に、インタビュー取材をお願いするという方針を堅持していた。これにはポジ／ネガ——両方の然るべき理由があった。

ポジティヴな理由としては、それぞれの方の〈幻想文学観〉をつぶさに伺うことで、当時はまだ海のものとも山のものともつかない側面があったこの分野に、ひとつの標準点を設置できるのではないかという想い。幻想文学専門誌を標榜する唯一の雑誌としての意地みたいなものですな。それと同時に、取材を受けてくださる側にも「二十代の文学好きな連中の考えを知りたい」といった好奇心があったような感触がある。

一方、ネガティヴな理由は単純で、新たな原稿の執筆をお願いしたり刊行させていただくだけの資金力がなかったのだ（ちなみに『幻想文学』誌のインタビュー謝礼は、創刊から終刊まで一貫して一万円でお願いしていた。安いといえば安いけれど、いまだにこの金額で取材している雑誌も珍しくないですな、大手の版元でも！　どことは云わないが）。

創刊号の澁澤龍彥、荒俣宏に始まり、日野啓三、矢野峰人、井村君江（以上、第二号）、村上春樹、中井英夫、奥野健男、川村二郎ときて、ちょうど十番目に取材をお願いしたのが、山尾さんだった（以上、第三号）。カメラマン役をお願いした甕由起夫氏（ずっと後年になって、国書刊行会からオラシオ・キローガの短篇集を翻訳刊行した甕くんである）と二人で東海道新幹線に乗り込み、京都の繁華街まで逢いに出向いたのだ。

考えてみると、東京以外の土地へ取材に出たのは、このときが最初だった（交通費が乏しいから。その後

★「金羊毛」第2号

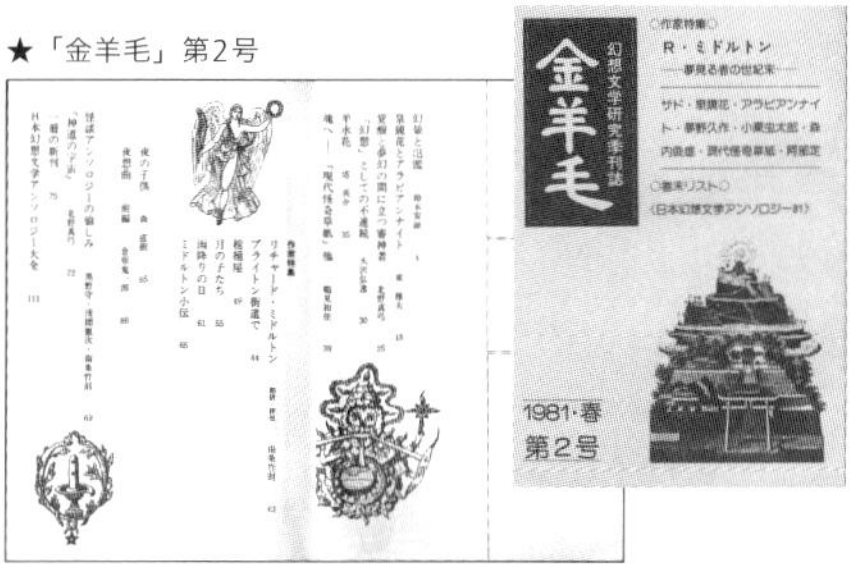

★「百鬼夜行」

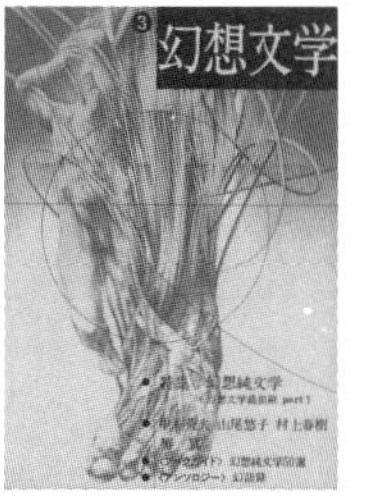

★「幻想文学」2号

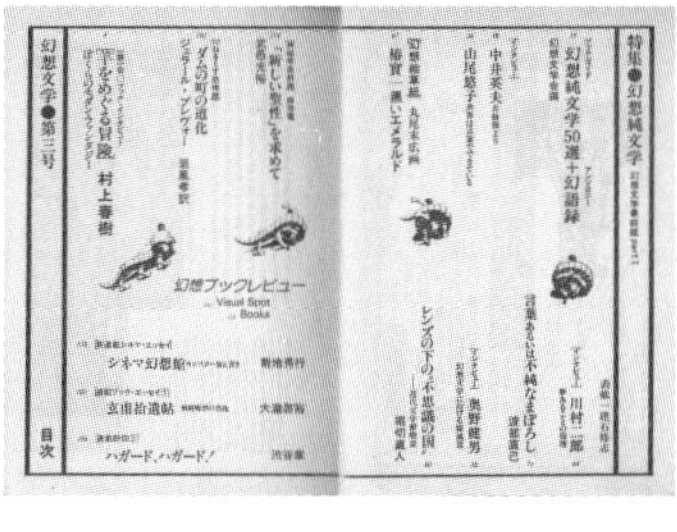


★「幻想文学」3号

も『幻想文学』時代には、地方取材はほとんどしていない)。まあ、それくらい、山尾悠子という新進作家に入れ込んでいたのであるよ。

第三号(一九八三年四月発行の「幻想純文学」特集)の表紙を見ると、中井英夫・山尾悠子・村上春樹と三人の名前が大きく掲げられている。今にして思えば、これはなんだか象徴的な並びではないか。村上氏は新刊『羊をめぐる冒険』の巻頭インタビューなので、特集に沿った作家取材は、中井英夫と山尾悠子のお二人ということになる。澁澤さんと共に『幻想文学』誌の精神的支柱であり、〈幻想文学者〉としての己にも大変自覚的だった中井さんは当然として、それに対峙する新鋭として山尾悠子を持って来たのは、ひとえに編集長(=ワタクシ)の独断というほかないが、この判断は決して間違ってはいなかったと、今でも確信している。

とても面白い、インタビュー内容になったからだ。

雑誌が出た八三年といえば、今から三十七年も前の話で、現物をお持ちの方は少数派に違いない。そこで少し詳しく、このときの取材内容を振りかえってみたいと思う。

取材前後の記憶がさっぱりで恐縮なのだが、京都には修学旅行くらいしか縁のなかった私ゆえ、取材場所の喫茶店は、山尾さんから御指定いただいたのではなかったかと思う。

憧れの作家さん、しかも自分とだいたい同世代……ということで、お会いする前から期待値が高まるばかりであったことだけは憶えている。取材の前年に刊行された歌集『角砂糖の日』(深夜叢書社)と、三一書房版『夢の棲む街/遠近法』も、もちろん発売と同時に入手していた。その時点では唯一の、小説以外のまとまった情報といってよかった『別冊新評』の新進SF作家特集も、もちろん熟読していた。用意は万全である。

インタビューは〈幻想文学との出会いはいつ頃から〉という、いきなり核心にふれる質問から始まっている。高校まではずっと出身地の岡山で過ごしていたという山尾さん、当時は幻想文学的なものに触れる機会はほとんどなかったという。

〈京都へ来て、澁澤龍彥、塚本邦雄、森茉莉、それから高橋睦郎、あのあたりと、全部一時にぶつかったんです。あの時は本当にショックでしたねえ〉

特に高橋睦郎の「第九の欠落を含む十の詩篇」をはじめとする詩やエッセイに、深甚な影響を受けた、という。また物事の考え方・見方については、〈『澁澤龍彦集成』とか、あのあたりを一生懸命読んで……〉とのこと。澁澤の著作では、特に『幻想の画廊から』や『夢の宇宙誌』などの美術論に最も惹かれたという。このあたり、似たような読書遍歴をしている私にとっては、たいそう分かりやすいお話だった。

続いて話題は、デビューのきっかけとなったSFをめぐって。〈私本当のところを言って、SFのよい読者じゃないんですよ〉〈コンテストなんて『SFマガジン』の独創的な事業だと思ってた〉〈宇宙船が出てくるの、私まったく駄目なんです〉などと、仰天ものの発言が飛び出す。そもそも自分が、SF作家と呼ばれることについては——。

〈それを言い出すと難しいんですけどね。自分の書くものはSFじゃないと思ってるなんて言うと、たちまち「では純文学ですか?」って、たいていの人がそういう反応でくるんですけれど、SFと純文学がね、対極にあるなんて考え方も随分おかしいと思うし、まあ自分にとって目標としてあるというか、自分が居たいと思ってる分野は、やっぱり幻想小説ということになるんでしょうね。幻想小説という、この言葉もなんだか扱いにくい言葉ですけれど。なんかもじもじしますね(笑)。〉

なかば予想された返答に接して、内心ほくそ笑む編集長であった。ちなみに、このときの〈幻想純文学〉という特集自体が、山尾さんのおっしゃる〈もじもじ〉する感じを、もっともらしく言語化したような内容だった(気になる向きはぜひ、古書店や図書館でバックナンバーをご覧いただきたく。まあ村上春樹や山尾悠子が〈新人作家〉だった時代の特集なので、現在の〈純文学〉や〈SF〉とは多少異質かも知れないが……)。

ところで「月蝕」と「初夏ものがたり」についても伺ったのだが、前者については〈あれはちょっとした冗談〉、後者については〈「夢の棲む街」なんて、八十枚の短篇ですけど書くのに六ヶ月かかってます。「初夏ものがたり」だと、あれたしか二百枚程ですけど、一晩三十枚で書きました(笑)〉と、あっさり躱されてしまった。

これに対して、作者が代表作と呼ぶ「夢の棲む街」については、次のような熱いリアクションが返ってきた。

〈あのね、澁澤さんの『幻想の画廊から』に、モンス・デシデリオについての文章がありまして、こういうことが書いてあるんです。「この画家は、世界の終末を描いたといっても、いわゆる社会的、宗教的な終末観の影響を受けたわけではなくて、現実の災害の模写でもなければ、また予感される文明の崩壊のイメージでさえもなく、これは単に一個人の悪夢の表現にすぎない」（以上、一気に諳誦する）私が世界の終末みたいなのを趣味として書きたがるのも、まあその次元でやってるんではないかなあ〉

澁澤龍彦による右の一節が、本当にその場で、何も見ないでスラスラ諳誦されたのには驚いた。それに続けて、こんなことも——。

〈それと泉鏡花が、あの人は何でもカタストロフで終わらせるでしょう。「夢の棲む街」とか「ムーンゲイト」とか、あのへん書いたのが、ちょうど大学の四年で、卒論のテーマとして鏡花を集中的に読んでましたからね、あのカタストロフで終わるというのが、なんともよくって、ちょっとマネしてやろうと（笑）思ったということもあるんですけどね〉

このとき鏡花ゼミ（同志社大学）の数年先輩にいらしたのが、後年、鏡花研究の泰斗のお一人として知られることになる田中励儀氏だった。実はこれと前後する時期に、山尾さんとの件は知らぬまま、田中さんからは『幻想文学』誌宛てに懇切なファンレターを頂戴するようになっていたのだった。ちなみに今年（二〇二〇）連続刊行された、澁澤龍彦編〈泉鏡花セレクション〉（国書刊行会）では、山尾さんが巻末解説を担当され、田中さんがその指南役を務められたということで、このときの山尾発言は、遙かにそこへと繋がってもゆくのであった……。

最後に〈今後はどのような傾向のものを？〉という質問に応えて、〈私、前から戯曲ね、それも古典的で端正なセリフ劇というものに大変あこがれがあるんです。それも絶対に悲劇〉と応えているのも、大いに興味深いところだろう。そこから派生して、〈謡曲〉も子供の頃から親しんでおり、〈この前出した方の（註・三一書房版）『夢の棲む街』に入れた「繭」、あれが実は謡曲の「松虫」だといったら、人は失笑するでしょうか（笑）。「松虫」というのは、男同志の友達二人が夜道を並んで歩いているうちに、一人がいつのまにか死んでしまうという話で、そういうイメージから出発したんですよね。あれは〉とのこと。謡曲「松虫」といえば、久生十蘭が短篇「黄泉から」で、この曲を用いているのを御存知の向きもあるだろう。私は先年刊行した『文豪ノ怪談ジュニア・セレクション霊』（汐文社）で、十蘭の「黄泉から」と「松虫」（原文と現代語訳）を並べて載せるという、ちょっとしたお遊びをしたが、あれの源流には、このときの山尾発言が、実は尾を曳いていたのだった。

　さて、インタビューの締めくくりは、こんな感じであった。

〈――なるほど。「遠近法・補遺」のおしまいの方に「誰かが私に言ったのだ／世界は言葉でできていると」という一節がありますが、お話をうかがっていて、まさにあれこそ山尾さんの作品世界を象徴する言葉だという気がいたします。

山尾　ええ、そう正面きって言われると、オタオタするんですけれども（笑）。〉

　このときのインタビューを「世界は言葉でできている」と題した由縁である。とはいえ、まさかこの一節がその後、国書刊行会版『山尾悠子作品集成』（二〇〇〇）や、ちくま文庫版『増補　夢の遠近法』（二〇一四）の帯にも使われて、あたかも山尾世界を象徴するようになるとは、当時は想像していなかった。


　山尾さんには、このときの取材を契機に、『幻想文学』および『別冊幻想文学』（一九八六年創刊）で、いろいろと御寄稿をお願いすることになった。

　特に「十年目の薔薇」（『中井英夫スペシャル』）、「頌春館の話」（『タルホ・スペシャル』）、「死と真珠」（『澁澤龍彦スペシャルＩ』）、「綺羅の海峡」（『幻想文学』第五十七号の特集〈伝綺燦爛――赤江瀑の世界〉といったあたりは、戦後生まれの幻想文学者による先人たちとの邂逅録として、とても貴重なものだと思う（皆さん、いまは鬼籍に入られて久しいし……）。

　また、『幻想文学』第五十八号（二〇〇〇）の〈女性ファンタジスト２０００〉特集には、創作「月暈館」のほかに「私は私の表層を知るのみである――東編集長の質問に答える」と題された長文の書面インタビューも掲載されていて（国書刊行会版作品集成の副産物ですな）、これがまた非常に面白いのだ！　あまり知られていないようなので、こちらも山尾ファンは必読、と申し上げておこう。

　まあ、ざっとそんな成り行きで、『幻想文学』第五十四号（一九九九）の小特集〈山尾悠子の世界〉が実現し、これを一契機として国書刊行会版『山尾悠子作品集成』が始動、作家・山尾悠子の第二次活動期が華々しく幕を開けるわけだが……ここから先の展開については、ほとんど単身で、山尾の創作活動を見守り、叱咤し、多くの名作を世に出すことになった国書刊行会の礒崎純一元出版局長が、愛憎なかばする一文を寄せられるとのことゆえ、そちらにバトンをお渡ししよう。

★「幻想文学」54号

# 山尾悠子さんのこと

礒崎純一

Isozaki Junichi

1

『山尾悠子作品集成』出版の相談に、山尾さんが住む岡山に赴いたのは、一九九九年のことである。何月だったかは記録がないのだが、「最初にお会いしたときは花粉症がひどくて鼻ばかりかんでいました」と、あとで山尾さん自身が言っていたから、四月か五月の風薫る季節だったのだと思う。

この集成の企画を頭の中で考えめぐらし始めたのは、その時からそうは遡るわけではない。

一九五九年生まれの私は、山尾さんより四つ年下だから、山尾悠子のデビュー当時の作品をリアルタイムで読んだ、たぶんもっとも最後の世代となる。大学時代にハヤカワ文庫『夢の棲む街』のカバーにある著者の美少女写真を見て、「この世のものとは思えない」という感想をいだいていた。

一九九七年十月、テーマ別アンソロジーのシリーズ〈書物の王国〉を始めた。その第一回配本の『架空の町』に、山尾悠子の代表作の一つである「遠近法」が収録された。その校正の際に、私はおおよそ二十年ぶりで山尾作品を再読することになった。『架空の町』で編者の任にあった旧知の東雅夫さんは、私と同学年だから、やはり最後の山尾読者世代であり、一九八三年には、みずからが編集長をつとめていた雑誌「幻想文学」で、山尾さんに京都でインタビューをしている。

「山尾悠子って、やっぱりすごいね」

そう私が言うと東さんが答えた。

「そうだろ！　単行本未収録とかもうんとあるから、そうだ、このさい山尾悠子全集とか国書でやればいいじゃん、どーんといち万部くらい刷ってさ!!」

後半のほうは、例によって例のごとく、この人ならではの、じつに無責任で、いいかげんきわまりない調子である。

（ヒガシの野郎は、またもテキトーなちゃらっぽこを言ってやがる。このご時世に、そんな無謀な本が出るわけないだろう。）

これが、その時のこちらの正直な反応で、もちろん、二人のこの話題もこの時はこれだけで終わった。

翌一九九八年十一月、やはり〈書物の王国〉の十一回配本として『吸血鬼』が出た。本書には山尾さんの「支那の吸血鬼《ヴァンピール・シノワ》」という短篇小説が収録をみた。この巻の責任編者は須永朝彦さんだったが、この作品も東さんの推薦によるものだったと記憶している。オスカー・ワイルドの耽美的な童話を髣髴させる「童話・支那風小夜曲集」の一篇を構成する「支那の吸血鬼」は、私にとって初めて読む作だったが、一読してびっくりした。

（山尾悠子ってこんな作品もあるんだ……）

昔から雑誌を購読する習慣をまったくもたないので、「奇想天外」や「NW-SF」などに掲載されていた山尾さんの単行本未収録の作品は読んでいなかったのである。東さんの発言をちゃらっぽことかつては一笑に付した私の頭の中に、『山尾悠子作品集成』なる企画が現実味を濃厚におびて浮上してきたのは、この時が最初だった気がする。以後、山尾悠子の単行本未収録作のコピーを集め始めた。

明けて一九九九年の二月、「幻想文学」誌が、小特集「山尾悠子の世界」を組んだ。そこには、山尾さんの未発表短篇や山尾復活を切望する野阿梓さんの美しいエッセー「七月のレジェンド」とともに、石堂藍さんの、「世に崩壊せざるものなし」と題する長文の山尾悠子論が掲載されていた。そこで、やはり私と同世代の石堂さんは書いている。

「山尾悠子が文学の世界から姿を隠してから、十五年が過ぎた。その間、日々すぐれた新人は出現したけれども、山尾悠子のような作家は現れることがない。」

この評論は石堂藍一世一代の名文でもあるだろうが、超のつく辛口評論家として知られる石堂さんの、濃密なる山尾悠子讃を読まされて、とつおいつして煮え切らなかった自分の腹がようやく決まった。作品集刊行を打診する手紙を山尾さん宛に投函したのは、それから間もなくのことである。

思いおこせば、岡山詣でまでの経緯は、およそこんなところである。ただし、山尾さんにコンタクトをとったのは、実はこの時が最初ではない。十五年も遡る一九八四年に、マルセル・シュオッブ『黄金仮面の

**磯崎純一**［いそざき・じゅんいち］ISOZAKI Junichi

1959年生まれ。慶應義塾大学文学部フランス文学科卒。編集者。2020年、『龍彦親王航海記――澁澤龍彦伝』で読売文学賞を受賞。共著に『古楽CD100ガイド』、『古楽演奏の現在』、編纂CDに『カウンターテナーの世界』等がある（瀬高道助名義）。

王』の短い月報原稿を書いてもらっていたからである。その時、連絡先をまず早川書房に尋ねたものの、「てんで不明」という素気無い答えが返ってきたことを憶えている。

うまいことに、福岡市博物館へ出張する予定があった。当時、京極夏彦さんや多田克己さんといっしょに妖怪画集のシリーズを手がけており、その最新作『妖怪図巻』の準備のためで、岡山の地にはその帰路に立ち寄ることにした。行きの早朝割引格安飛行機は妖怪博士多田さんといっしょに乗り、博物館を訪問した後で妖怪博士とはさよならして、福岡市内で一泊、翌日朝、福岡駅から山陽新幹線にのって昼頃岡山駅に着いたわけである。

待ち合わせ場所は駅構内の待合室。私は十数年前の山尾さんの写真を見ているものの、山尾さんはこちらの顔はとうぜんご存じない。それらしき女の人が上ってきて、待合室の中をひとわたりぐるっと見たが、そのまま階段を降りて行こうとした。慌てて追いかけて声をかけると、やはりご本人だった。東京から「編集長」がやって来るというから、もっと押し出しの立派な人物を想像していたのに、高校生みたいなのを見てよもやその本人だとは思わなかったのだろう。

駅近くのホテルにある綺麗なレストランに腰を落ち着けて話をした。私にとって長らく「この世のものとは思えない」存在だった伝説の山尾悠子は、昔の写真からくらべると少し痩せていて、おだやかに話す声も綺麗で、いい家の上品な奥様という感じがした。

作品集の刊行については、はなから異存はまったく出なかった。あとは、何を収録するかという問題だけで、ご本人が失敗作と判断する『仮面物語』と、コバルト文庫『オットーと魔術師』収録のジュヴナイルだけは収録を見合わせて欲しいという意見で、それならかえって、全部入れてもなんとか厚い一巻本でできるかなと思った。

東京に戻ると、しばらくして山尾さんから、目次構成案とともに古い掲載誌の切り抜きが送られてきた。そこにあった、大昔に書き込まれたとおぼしいたくさんの推敲の朱字が、今でも私の記憶に残っている。

この年の八月には澁澤龍彥の十三回忌が営まれ、澁澤と縁の浅くない山尾さんも列席のために上京された。二百人ほどが集まった鎌倉のこの席で、種村季弘さんと高橋睦郎さんに山尾さんを紹介した。種村さんは伝説の山尾悠子のことをよく覚えていらした。山尾さんの宿泊先の飯田橋のホテルにあるカフェーで、石堂さんが作品集成の解題にそなえたインタビューを行なったのもこの折である。

本に挟み込まれる栞の文章は、東さんと野阿さんのほか、佐藤亜紀さんと小谷真理さんにお願いすることになった。この栞の文章の冒頭で、東さんは、「ヤマオビトの幽界《かくれざと》を探訪すべく、某日、私は国書刊行会編集部のミチスケと共に同地へ向けて旅立った」と書いているが、この「ミチスケ」なるものは当時「瀬高道助」なるペンネームを使っていた私のことである。推薦文はやはり小松左京先生にということで、都内の事務所にお伺いすると、小松先生はその場で口述するからといわれ、口述筆記の経験のない私は大いに慌てたが、先生はその時ふたつのことを提案された。ひとつは、口絵として若き日の山尾悠子の写真を必ず入れること。さらにもうひとつは、出版パーティーをやりなさい、自分が喜んで発起人の一人になるからということであった。

装丁は思案熟考のうえ、柳川貴代さんに依頼することに決めた。その後、山尾本の多くを手がけ、今では大家の趣きのある柳川さんも、当時はまだ三十代前半の新進装丁家である。私自身もそれまでまだ二、三冊の本しか組んで仕事をしたことがなかったのだから、ある意味で大抜擢だと言えたかもしれない。函に使用したバーン・ジョーンズのあえかな天使の絵は、山尾さんご自身のたっての希望だった。

2

本の準備はつつがなく進み、刊行日も二〇〇〇年六月に決定した。書店への営業活動も始まった。だが、注文がまったくとれない。若い書店員にとって、著者が名前さえまるで聞いたことのないうえ、値段が九千円以上というのだから、無理もなかったろう。事前の書店からの短冊注文は都内の大型書店でさえ各店一冊か二冊というありさまで、全部合わせても二百冊そこそこ、我が社にあってもワーストの記録だった。「こんなの注文取れるわけがないですよ」と、当時営業部で書店周りを担当していた新入社員のTS君から面と向かって文句を言われた。TS君はその後編集部に移り、SF関係の書籍の企画で活躍するのだが、そんな人間でも名前すら知ってはいなかったのだろう。ただし、一店舗だけ、というか一人の書店員だけ、三十冊という例外的な注文をくれた。神田東京堂の名物書店員の佐野さんだった。

そもそも、この無謀な企画がまかり通ってしまったのは、いま考えても、ひとえに私自身が編集長として編集部の企画採決の全権を一手に握っていたからにほかならない。他に許諾を得る必要がなく独断でやれたからである。もし部下の方からこんな企画が出ても、一蹴したのではないだろうか？　国書刊行会は、二〇一〇年代の半ば頃までは、編集会議なるものを一度も開いた経験を持たないという特殊な体質の会社だった。通常のように企画編集会議で民主的な採決をとっていたら、こんな命知らずの企画が実現しないのは火を見るより明らかであろう。

　だが、会社全体の沈鬱な心配をよそに、一万円に近い『山尾悠子作品集成』は発売と同時に注文が殺到して、ひと月を待たずに重版が決まった。本をお送りしてあった矢川澄子さんと多田智満子さんが電話をくださった。多田さんは、「初めて読んだけれど、このかた、すごいわね。シュオップみたいなところもあるし、アルトーみたいなところもある」と言った。書評も数多く出たし、読売新聞が、伝説の作家の高額本の予想外の売れ行きを社会面で記事にとりあげたりもした。だが、なによりも、世間に向かって大きなインパクトを与え、『山尾悠子作品集成』の評価を決定づけたのは、川上弘美さんが朝日新聞の読書欄に書かれた文章だったと思う。

「硬質な文体、選びぬかれた言葉で、これら幻想の場面は描かれていた。作者は二十歳そこそこの女性であるという。当時の私は、ため息をつくばかりだった。同じ大学生が、こんな小説を書くことができるのか。自分など、この百分の一のものも書けるわけがない。そんなふうに打ちのめされたものだった。」

　こう川上さんは、大学時代に山尾悠子の「夢の棲む街」を読んだときの感激について綴られているが、川上弘美さんも、東雅夫さんや石堂藍さんとともに、私と同世代の人である。こうふりかえると、奇跡みたいな山尾悠子の復活劇は、山尾悠子を「兄姉として仰ぎ見るという風があり、その仕事はリアルタイムでつぶさに見てきた」世代の人間たちが、秘密裏に、熱心なタッグをくんで仕組んだようなものだったと、言ってよいのかもしれない。

『作品集成』は結局現在まで、累計一万部が出ている。となると、「どーんといち万部くらい刷れ」という東さんの一九九七年のご発言は、けっして与太郎の妄言ではなかったことになるが……

## 3

先に引いた文章を、川上弘美さんは、「さらに嬉しいことに、十五年間沈黙を守っていた作者は再び作品を発表し始めたという。（…）大いに期待し、刮目している」と結んでいる。

この再生第一作の誕生経緯に話を移す前に、ひとつ、小松左京先生と約束した『作品集成』の出版記念会についてふれておこう。

この出版記念会は、刊行直後に、東京駅のステーションホテルで開いた。列席者は三十数人で、その半分は山田正紀さんや齋藤愼爾さんをはじめとした山尾さんの昔の知人の方々。残り半分は、西崎憲さんや倉阪鬼一郎さんといった、山尾さんがこの機会にぜひお目にかかりたいと望んだ人たちだった。この席で私は、生涯に一度だけ、講談社の宇山秀雄さんと話をかわしている。小松先生が乾杯の音頭をとられた。私は司会をやっていたので、版元のスピーチは今回の本を手伝った部下の一人に任せたが、それが『八本脚の蝶』の著者の二階堂奥歯（佐々木絢子）さんだった。彼女はこの年、新卒で入社したばかりで、この当時はまだ大変まれであった、若い山尾愛読者だったのである。

印象深いパーティーの翌日には、北鎌倉の澁澤邸へ東さんと三人で伺った。学生時代に、その後の人生を運命づけられるような大きな影響を受けた澁澤龍彥について、山尾さんは、澁澤の死の直前に出た「國文學」澁澤特集号をはじめ何度か文章を書いている。けれど、生前に会ったことはない。山尾さんは、澁澤の書斎の本棚に『夢の棲む街』が所蔵されていることを確認してたいへん喜んだ。篠山紀信の写真で有名な仕事机の前に座らせてもらい大満足のようだった。龍子夫人の美味しい料理をいただき、静かな北鎌倉には遠くで雷が鳴っていた。

澁澤龍彥の家に足を踏み入れたこの貴重で特別な体験は、もしかすると、その後の山尾悠子の新たな作家人生に、想像される以上の大きなエネルギーをもたらしたのかもしれない。

さて、作品集成刊行まで、十五年ほど冬眠状態のようだった山尾さんが、新作へのふつふつとした創作意欲を消してはいないことには、とうぜんこちらも気がついていた。ある日、電話口で「新作をどうです？」と軽く話をふってみると、「やってみたい」という返事がすぐに返ってきた。長篇あるいは長篇に近いものを出しましょうという、こちらの希望を伝えた。

「長いものは苦手で」

「それなら、連作短篇のようなスタイルならどうでしょう。マンディアルグの『大理石』みたいな」

「そうねえ……」

三年後、二〇〇三年九月に書き下ろしで出版された『ラピスラズリ』は、全五章仕立てで、六章からなる『大理石』とその構成が似ていなくもないが、それがこのときの会話に示唆されてのことなのかどうかは分からない。

この出版は、やはり安産とはいえなかった。初めの約束では、完成は一年でということだった。が、待てど暮らせど完成稿は届かない。作家の中には、創作途中で原稿を編集者にみせて意見を聞きたがるタイプの人も多いけれど、山尾さんは脱稿するまではほとんど読ませてなどくれない。

「ちゃんとやっているかどうかさえ分からないから、編集者の精神安定剤に手付け金程度の原稿を見せろ」と、こちらがねじ込むと、しぶしぶ一部をメールで送ってくれたこともあるにはある。けれど、それだとて作品中途のフラグメントだけで、そんな切れ端を読まされても、いったいこれがどういう小説なのかもこっちにはかいもく見当もつかない。そもそも、山尾悠子は小説を冒頭から結末にむかって直線に書いていくわけでもなくて、どうやらあるいくつかの鮮烈なイメージがまずあって、その断片からどんどん描いていって物語をつくりあげているような気もする。

たしかこの『ラピスラズリ』のときのことだったと思うけれども、完成したのかどうか、電話口でなにやら曖昧なことをしのごの言う。らちが明かないので、「じゃあ、来週岡山にもらいにいきますよ」と言うと、「では来てください」というご返事である。

喜び勇んで新幹線で岡山に乗り込んで、岡山駅近くのカフェーでひさしぶりにお目にかかったものの、原稿なぞ持って来てはいないらしい。敵もさすがに申し訳なく思ったようで、「せっかく遠路はるばるいらしたのですから、自宅に来てください」と言う。ご自宅は車で駅から十五分程度で、今日も駅まで自家用車で来ているらしい。

私は戦慄した。なぜかというに、あんな浮世から離れた小説を書く人なら、ハンドルを握ったならばいきなり高速を逆走しだす気がしたからである。それでこわごわ自家用車に乗せてもらうと、豈図らんや、いたく安定したハンドルさばきである。ご本人も、車の運転は大好きで、運転には自信がある、とか。

そういえば、一度山尾さんのお二人の息子さんのうちの下の方と東京で話す機会があった。当時東大の学生だった息子さんに、お母さんのことを尋ねると、「まったく普通の母親です」という答えが返って来た。私は「母は宇宙人なんです」とかいう返事をひそかに期待したのだが、どうやらそんなところは微塵もないようだ。

山尾さんとお付き合いができてから、ちょっと驚いたのは、その手紙だった。まず女子高校生みたいなその文字（当時はメールではない）。それに輪をかけたような、女子高校生もどきの文章。なぜあんな結晶体のごとき絢爛な名文章を書く人が、手紙ではこんなになるのかしら。小説を書くときだけ、何かが天から降りてくるのだろうか。このギャップは不思議である。そのくせ、三島由紀夫の『中世』をすらすら暗誦したりする。

それで思い出したが、いつだったか山尾さんと話をしていて、お互いに小林秀雄訳ランボーを若い時にたいそう愛読したことが判明してちょっと盛り上がった。山尾悠子が小林秀雄訳の『イリュミナシオン』をよく読んでいた事実は、この人の文章の硬質性を考えるうえでいささか重要な気がしないでもない。

それはそれとして、この山尾さんのご次男は、石堂藍さんの下の息子さんと同学年で、大学受験時期が同じだったので、当時、私はこの二人の教育熱心な母親から、同時に息子の受験苦労話をうんと聞かされいささか閉口した覚えもある。我が子の受験となると、高踏的幻想文学作家であることもなにも、関係はないのだろうか？

ご自宅に着くと、ご自分の書斎の本棚を見せてくれた。六畳くらいの小さな書斎で、壁の一面に普通の書棚がある。本の数は、まあ一主婦としては多いだろうが、作家の書棚としては別に大したことはない。国書刊行会の本がたくさん並んでいたのには大いによろしいと思った。

自宅の裏には町の大きな池がある。なんとそこには白鳥が鎮座ましましていた。山尾さんは、「休筆期間中はなにをしていましたか」というインタビューの質問に、「白鳥に餌を投げてました」と答えている。私はこれを当然比喩表現だと受けとって、「なんと絶妙なるお答えだろう」と感嘆していたのだけれど、比喩などではなかった。現実だったのである。

この『ラピスラズリ』の刊行は、若い世代に山尾ファンを徐々に増やす契機になったと思う。『作品集成』は大好評だったとはいえ、あの定価だから、当初の購読者はやはり往年の年輩のファンが中心だったようだった。

『ラピスラズリ』の布表紙には、G・F・ワォッツの「希望」という絵が貼りこんである。これはこの小説のインスピレーションのひとつとなったという絵だ。特別の作家の特別の経緯から生まれた作品なのだから、特別な造本にしたいと考えて、こんな凝りにこった体裁にしたのだけれど、「こんなのは今はできない」と製本屋さんから断られ、どうにか頼み込んでやってもらった記憶がある。

『ラピスラズリ』の翌年には『白い果実』を出して

いる。これは世界幻想文学大賞を受賞した米国のジェフリー・フォードの小説を、金原瑞人さんと谷垣暁美さんが翻訳した原稿に、山尾さんが徹底的に手を入れるという贅沢な過程を経た本である。金原さんが持ち込まれた話だったが、やはり岡山育ちの金原さんは、山尾さんと小学校・中学がおんなじの幼なじみだったという。すごく可愛い女の子だったと、そのとき金原ひとみの父親から聞いた。

4

次の『歪み真珠』となると、もっと難産だった。

山尾さんは掌篇の小説集を編んでみたいというプランを昔からお持ちで、短いもののあつまりの薄い本だからすぐにできますとのお話だった。だが、出版にこぎつけたのは二〇一〇年で、前作から数えて七年もかかったことになる。「オリンピックだって四年に一度はあるぞ」と、この寡作の作家にイヤミを言うと、「一編一編をつくり込んでいくのがそれはそれは大変で……」と言っていた。『歪み真珠』は十五編を収めているが、そのうち四編は既発表作だから、単純計算だと、掌篇一作につき半年以上の時間をかけていたことになる。

この本の刊行後ほどなく、初めてのサイン会をやった。場所は、新宿の紀伊國屋書店と神田の東京堂書店で、どちらにも大勢の熱心な愛読者がつめかけた。山尾さんはサインをするたびに、椅子から立ち上がって一人一人にとても丁寧にお礼をしていた。

山尾さんはいつも静かに微笑んでいる。話し方もいたって穏やかである。しかし、ご本人の言を信じるならば、二十代の頃はひどく生意気で、寄らば切るぞという雰囲気を漂わせていたのだという。そうしたものの片鱗みたいなものは、二十年以上にわたる長い付き合いの中で私もちらっと見たおぼえもなくはない。若い頃はSF界の狭い男村でいろいろ苦労されたようで、そのことは私も何度か聞いている。

二〇一〇年は『夢の遠近法』も刊行しているが、これは『作品集成』に収録されていた初期作品からの自選集である。さすがに出版はスムーズに運び特に記すようなことはないけれど、本書の別冊付録にエッセーと評論を収録したことで、それまで不注意にも見落としていた山尾悠子の別の才能に気づかされた。四編ほどの文章だが、どれもがそう誰にも書けるしろものとは違うのである。この時の驚きの発見が、のちに、〈新編・日本幻想文学集成〉の倉橋由美子の巻と、〈澁澤龍彥　泉鏡花セレクション〉への解説依頼に繋がっている。

次の新作は長篇恋愛小説を書きたいという話が山尾さんからあった。悠子さんの書きたいものをどうぞ好きなだけ自由に書いてくださいませというのが、山尾本をつくる時のこちらの編集スタンスの基本だから、山尾さんの執筆も少し始まっていたはずだが、その頃、「文學界」の編集者から、山尾さんに執筆をお願いしたいから連絡先を教えて欲しいという電話があった。『ラピスラズリ』を文庫に欲しいという話が筑摩書房から来たのも、そう違わない時期だったと思う。

『作品集成』が出てから十年以上も、この類いの話が少しも舞い込んでこなかったのがむしろ不思議なくらいだが、いま考えてみるとその理由がわかるような気がする。このとき連絡をくれた文藝春秋の編集者も筑摩書房の編集者も、私などより一世代以上若い方たちである。つまりは、『作品集成』や単行本版『ラピスラズリ』を学生の頃に読んで初めて山尾悠子を知った世代の人なのである。こうした人たちが山尾悠子の一愛読者から編集者になって、一線で仕事をはじめるまでは、十年くらいの歳月が当然のこと必要になるわけである。山尾悠子の文学世界は、この若い世代を俟ってようやくはじめて、自然体な理解が広く可能になったのかもしれない。たぶんそうなのだろう。

「文學界」での『飛ぶ孔雀』の連載も難航したようだが、書き下ろした第二部を加えて、二〇一八年には無事単行本となった。二〇一四年には『夢の遠近法』が、一九年には『歪み真珠』も文庫化され、山尾さんの読者も若いほうに一気に大きく広がっていった。

『飛ぶ孔雀』は泉鏡花文学賞、芸術選奨文部科学大臣賞、日本SF大賞の三つを受賞した。とりわけ鏡花賞は、大学でほかならぬ鏡花を卒論とした山尾さんにとり、喜びもひとしおだったようだ。澁澤龍彦をはじめ、金井美恵子、倉橋由美子、赤江瀑などなど、山尾さんの尊敬する作家たちがいままで軒並み受賞している文学賞でもあるので、「もしも貰えるなら鏡花賞がいちばん」と前からおっしゃっていた。

鏡花賞の授賞式は鏡花の故郷金沢で開かれた。壇上で賞状をもらう山尾悠子さんの晴れ姿を見て、隣席にいた泉鏡花記念館の学芸員である甘木女史が、「どう？　感無量なんじゃないの」と私に訊いてきた。選考委員のお一人として前々席に座っていた綿矢りささんを指さして、「綿矢さんってまるで女優さんみたいだね」と答えると、しんそこ呆れはてた顔で甘木さんに睨まれた。

# 金原瑞人

## 喪服の似合うエレクトラ

Kanehara Mizuhito

穂村弘さんとの対談のとき、「金原さん、山尾悠子さんの同級生なんですって」ときかれて、「ええ、まあ」と答えたら、「いいなあ！」といわれてしまった。山尾関係のイベントなどで顔を出すと、たまにそういう話になることがある。しかし、ふたりはたまたま小中学校が同じで、何年かはいっしょのクラスだったこともあり、机を四つ並べて給食を食べたとき、ちょうど向かい合わせだったことがあるくらいで、その頃、好きな本について語ったことなど一度もないし、好きな絵をみに一緒に倉敷にいったこともないし、好きな演劇を鑑賞しに市民会館にいったこともない。ただ、ほんの偶然、何年か、同じ学校に通っただけだ。そして、こないだ話していたら、なんと、内山下幼稚園に一年間いっしょに通っていたことが判明した。このエッセイを書くにあたって、戸棚をさがしてみた。すると、奥のほうから幼稚園の集合写真が二枚出てきた。

そのうちの一枚に、たしかに、彼女らしい女の子が映っている。前髪を下げて、ロングヘアをお団子にした女の子。子どものころは、たしか、こんなヘアスタイルだった。しかし六十年ほど前のものなので、メールで送って、「この子じゃない？」ときいてみたところ、「老眼でよくわからないのよね」との返事で、ついでに、「金原君はどこ？？」ときかれてしまった。

そのメールの文面を一部、抜粋すると。

小さな写真なので何とも言えないけれど。これかなあ？？　老眼でわかりにくいんですが、金原君はどこ？？

園長先生はよく覚えています。私の父方祖母も内山下幼稚園の園長を務めていた時期がありました。祖父は腸チフスで若死にしたので、祖母（奈良女子大出身？　とか聞きました）は働いて子どもたちを育てたのだとか。

園長先生から、「あなたがお孫さんなの！　あなたのお祖母さんはここの園長だったのよ」と言われたことをものすごくよく覚えてます。

私は5才まで清輝橋の近くに住んでました。だから幼稚園のさいしょの一年はマリア幼稚園に。

それから内山下に引っ越したのね。内山下幼稚園には一年だけ。マリア幼稚園のシスターから頂いた「マリア様のメダル」、今でも持ってます。

パラボリカ・ビスで6月末に行なわれた座談会、「金原氏との人形の争奪戦の始まり」について言及があります。

矢内さんが「金原さんがずっとあの人形にご執心で」と話題にして、「それほど言うなら、譲ってもよかったのに」と私は発言しています。

そう、その人形のことを書こうと思っていたのだ。

二〇一九年七月下旬、台東区柳橋のパラボリカ・ビスという本屋＋ギャラリーで、山尾悠子＋中川多理『小鳥たち』出版記念展があった。このへんのことは座談会に詳しいと思うので省略するが、その前日のパーティに顔を出したところ、中川さんの人形が所狭しと並べてあって（まあ、ギャラリーが狭いのだが）、知人への挨拶もそこそこに二十分くらい立ったりしゃがんだりしながらながめていた。なかに一体、六本木のマンションを売ってでも、そばに置いてみたい黒衣の人形がいた。何度みても、どこからみても素晴しい。こんな雰囲気の人形にはまずお目にかかれない。中川さんが次々に挨拶にくる人の相手をする合間を縫って、「ぜひ、あの人形を」といってみたところ、ここの人形は先着順ではなく、展示会が終わってから抽選になるとのこと……なのだが、この人形に限っては、そうではない、という。「え？」とたずねると、「山尾さんがご予約なさっているんです」とのこと。さすがに『小鳥たち』の作者は例外らしい。

それをきいて、しめたと思い、奥にいた山尾さんのところに飛んでいって、あの人形がなぜ、ぼくのところにこなくてはいけないか、その理由を七つか八つあげて、説得した。幼稚園、小学校、中学校の同級生だ、まあ、しかたないわねえとかいって、譲ってもらえると思っていたのだ。ところが、頑として譲らない。え、こんなに頑固な子だったっけと首をかしげつつ、五分ほど口説いてみたのだが、暖簾に腕押しで、まったく埒が明かない。そのときは、「それほど言うなら、譲ってもよかったのに」という気配はちらりともみせなかったのをよく覚えている。

**金原瑞人**［かねはら・みずひと］KANEHARA Mizuhito

1954年岡山市生まれ。法政大学教授・翻訳家。訳書に『青空のむこう』『豚の死なない日』『さよならを待つふたりのために』『月と六ペンス』『このサンドイッチ、マヨネーズ忘れてる　ハプワース16、1924年』など。エッセイに『サリンジャーにマティーニを教わった』など、日本の古典の翻案に『雨月物語』など。

結局、その人形は山尾さんのところにいってしまった。同級生同士で恋の鞘当て、それも男女で、という妙な一場だったのだが、よりによって、こんなところで趣味が一致しなくてもいいのにと思った。

ところが今年の九月、こんなメールがきた。

こんにちは。お久しぶりです！

2月の読売文学賞以来かな。あのときは楽しかったね！

変わらずお元気のことと思います。

ところで、雑誌「夜想」で私の特集号を作って下さるとのこと。

真っ先に、幼馴染の同級生のところへ原稿依頼した、と聞きました。

お忙しいことと思いますが、お引き受け下されば恩に着ます。

どうかよろしくお願い致します。

昨年、中川多理さん展示会で欲しがっていた「黒衣の侍女」。

もうとっくに忘れてしまったかな？

doll & photo : Nakagawa Tari

え、なんだ、これは。もしかして、あのときのことをふと思い出し、良心が痛んだのだろうかなどと考えて、すぐに、「黒衣の侍女」は、いまでもときどき夢に出てくる。よっぽど、彼女に思われているらしい。あれはいい人形だよね。じつは母親が人形が好きだったもので、ぼくもそれを継いで、たまにギャラリーでみたりするんだけど、あれほどの人形にはまだ

doll & photo : Nakagawa Tari

会ったことがない。」とメールしたところ、次のような返事が。

黒衣の侍女のこと。私はその後、多理さんに大型の〈始まりの侍女〉なども造ってもらいまして。そして今は「夢の棲む街」の人形制作中なので、さらに頂くことになりそう。

老大公妃を始めとして総勢何人になるのかな、とにかく大人数となってきてまして、さすがに独り占めは強欲かしらと。

あの黒衣の侍女のこと、とっくにお忘れかも、と思ったのですが。もしもお望みでしたら、今さらですが、お譲りすることもできますよ。

というわけで、一年後、「黒衣の侍女」がうちにきた、という次第。本棚のひと隅を空けて、そこに座ってもらい、隣には『山尾悠子作品集成』を置いてある。

# kotoritachi

doll & photo
Nakagawa Tari

# 小鳥たち～翼と宝冠

doll & photo | 中川多理

# tsubasa-to-houkan

doll & photo
Nakagawa Tari

**中川多理**［なかがわ・たり］NAKAGAWA Tari

人形の町、岩槻生まれ。筑波大学芸術専門学群総合造形卒。DOLL SPACE PYGMALION にて吉田良氏に師事。現在札幌にて人形教室を主宰。作品集に『Costa d'Eva イヴの肋骨』『夜想 # 中川多理―物語の中の少女』。今日も裸の人形にせっつかれつつ徹夜で衣装制作エンドレス。レースとチュールとビーズに塗れています。

［座談会］

# 循環する小鳥たち

## 山尾悠子＋中川多理

聞き手｜編集部
photo｜赤羽卓美

山尾悠子が解説を書いている『澁澤龍彦　泉鏡花セレクション』（国書刊行会）にトリビュートした「中川多理人形展　Till Dawn――暁に」。会場で本誌編集委員たち（田中光子・矢内裕子・ミルキィ・イソベ）が山尾悠子さん、中川多理さんを迎えた。

### 「高丘親王航海記」

**中川**　何年か前に『高丘親王航海記』を読む機会があって、いろいろなイメージがあって、すべてに透明感があって、人形を作りたいなと思いました。親王と周りの女の人たち、パタヤ姫、春丸とか……少年の格好をしていた秋丸に興味を惹かれました。いちばん好きなシーンに春丸を寄り添わせよう、と。親王に最後まで付き添い最後は鳥になって、迦陵頻伽になって飛んでいくのがいいなあと。高丘親王はおじいさんですが、お話の中では若々しく見える……。

**山尾**　67歳にはとても見えないんですね。

**中川**　澁澤が自身を投影しているのではないかな。そんなイメージがあったので、おじいちゃんおじいちゃんしなくてもいいんだな、と。

「小鳥たち」のとき、老大公妃を作らせていただきました。それまでは少年や少女、作っても青年までしか作ってなかったんです。お人形って、自分より年少の小さきもの、これから成長していくものを作るのが普通なので、あまり大人を作ってこなかった。「小鳥たち」を読んだときに、老大公妃、これは作らなきゃって、思った。作っていてすごく楽しかったんですね。自分でもいいな、いいのできたな、という実感があったので、高丘親王もいけると思って、踏み切って作りました。青年寄りのそれでも67歳の親王を作りました。

### 「小鳥たち」の老大公妃

**山尾**　多理さんの老大公妃って、大きさがあるせいもあってお顔がとってもリアルで、老いたひとの顔を再現してあるのね。顔の皺もたくさんあるし、肌の質感も年取った人の肌を精密に再現してあって。私、かなり参ったのは、こめかみがくぼんでいるのね。多理さんは老人のお顔をちゃんと観察して作られたなあと思って。

**中川**　棺に入っているから、重力で筋肉や皮膚が落ちる感じ。普段はあまりやらない和紙貼りで、ちりめんの皺を出して……楽しかったです。

**山尾**　私はあれをわが物としてずっとおつきあいさせてもらっているんだけど、ほんとうにいい顔しているんですね。いつ見ても、あ、いい顔だなあと思ってそのたびに感心するので、いい創作をされたと思います。

**今野**　少女とか少年がいまの創作人形の趨勢であるなかで、幻想小説の不思議な登場人物は、創作人形作家のモチベーションになりますね。それが自分の年齢よりかなり上でも……。

**中川**　枠外のものを敢えてやろうとすると奇を衒ったものになってしまうので、そうじゃなくて、お人形としてまず見てもらう。モチーフにしている小説のお話を見る人が知らなくても、良い人形ができないといけない。それができたのではないかと。

**山尾**　作家としても、こういうものを手掛けられたら一段階上がっていくんだろうなあ、と傍目にも思いました。

**今野**　中川さんは、ずっと成長過程というか、どんどん前の作を超えて行かれるのですごいなあと思います。山尾さんの小説も、毎回実験があり、文体を工夫され、ドライブされているような印象があるんですが、いかがですか。

**山尾**　その場その場で苦悶のあまり、自然に滲み出してくるものなので(笑)。今回は実験してやろう、とか、そういう余裕はありません。結果として、だと思います。

**今野**　謙虚なおっしゃり方ですが(笑)、一般的にスタイルを確立されると、だいたいそのままやっていく……というものではないかと。特に人形作家の場合は、スタイリングが表現と個性というところがあります。そこを確立すると安定する傾向がありますが、多理さんは毎回スタイリングをちょっとずつ違えていく。変動するスタイル、書きっぷりの進化、動の要素は、山尾さんの小説のあり方にもすごく感じます。幻想作家はスタイルという考えを根底から覆されました。

**山尾**　年を取ってきつつあるということだと思います。あまり余裕がないので、毎回。よくいえば寡作、ありていに言えば少ししか書けないので、実験をするとか新しいことを試そうという余裕はない。その場その場で出てくるものしかないですね。

**今野**　書いていると新奇なものが出てくるように感じます。設計図があって、書く前に全体構成ができているわけじゃないんですね。

**山尾**　あんまりないですね。ラストが決まっていることはありますけれど。

**今野**　人形作家もそういうアプローチをしていると、様々な方にお聞きします。おおまかに設計して、こんな感じでいく。作り上がると、あ、こういう子が出てきた、と。「降りてくる」要素は多いし、そういう作家がいい作家だと思います。

**中川**　ですね(笑)。脳内で描いている状態だけだとわからない。実際手を動かして、形になったときに、思っていたものよりいいものになったときは、良い。

**今野**　それが良いんですね(笑)。

**山尾**　膝小僧があるんだけど、普通、球体関節人形に膝小僧、あるんですか。

**中川**　きれいな膝をつくって、真っ二つに切って関節球を中に仕込むのが通常の球体関節人形なんですけど、最近、球が二個、お団子状につながっていて可動領域が増える二重関節が使われることがあります。そうするとポーズが自在に取れるので、昔よりも動きを意識して作る人が増えてきています。肘も二重関節が入っている。春丸は踊り子なんで……高丘親王の隣で横座りして、しなっとした感じでいてほしかったので、可動域を増やそうと……。親王も、通常、正座とかあぐらをかいたりできないんですが、あぐらをかかせるために、お膝もおなじ関節にしています。

## 人形をお迎えすること

**今野** 人形の業界では、人形を買うことをお迎えすると言います。人形を持つということは少し特殊なことだと思っています。山尾さんが、中川さんの「小鳥たち」の人形に出会われて、持とうとされる気持ちが湧いてきたんですか? もともと人形を持つという感覚がありましたか。僕がいちばんびっくりしたのは、中川さんの人形をお迎えするのにまったく躊躇がなかったことです。創作人形を持たれるのは初めてですか?

**山尾** 創作人形は初めてです。

**今野** 最初の人形は、普通はもう少し逡巡されるものですけれど。

**山尾** だって、自分の小説の登場人物を作ってくださったんですから。ほしい、というところから始まっています。ちょっとケースが特殊なので……。小鳥たちは結局、30体?くらい……。

**中川** そうですね。そのくらい作ったのかな。

**田中** 山尾さんはお家で、ご自分で角度を変えたり触ったりしたりなさいますか。

**山尾** どの向きにしたらいちばんお人形がきれいに見えるか、角度を変えてやってみています。

**田中** お家にお持ちになって、なにか発見がありますか。

**山尾** 老大公妃は、かなり大きさもあるし、怖いんじゃないかという心配もあったんですね。でも全然怖くないわけ。本人に「夜、歩いたりしたら、多理さんに言うからね」って(笑)。夜中に置いてある部屋に入っていっても全然平気だし。「明日、多理さんに会うからね」って、昨日も言いました。

**今野** それは本当の意味で人形が家族になられているからじゃないですかね。僕は長いこと人形を扱っていますけど、たとえば作家のところにいる時間と、ギャラリーにいる時間と、最後に持たれている方との時間を比較すると、持ち主との時間が圧倒的に長い。人形という存在といちばん関係が深いのは、持ち主なんです。よく、本は読者が作ると言いますが、同じように、人形の最後の作りは、持たれている方がされている。しかも、老大公妃は、その小説を書かれた方のところにいるので、もっとも幸せな人形なんじゃないかと思います。持ち主によってやっぱり、顔つきが変わったりしますしね。

**中川**　造型が変わるわけではないのに……。

**今野**　持たれている方の人格が反映する。もちろん、物理的に顔は変わらないと思うんですけど、でも変わるというのが僕の感じです。ぬいぐるみは、完全に変わります。造った人がわからなくなるくらい、顔が変わります。

**中川**　さわって、動いちゃう。

**今野**　よく、人形は作った人に似る、と言います。いちばんよくなぞるのは、自分の顔の鼻やほっぺたなので、たぶん、手に記憶があって、その形に近くなる。ぬいぐるみの場合は持ち主が、かわいいわねえ、と鼻をなでる。それは自分の鼻をなでているラインでなでるので、だんだん持ち主の顔のラインに似てくる。ぬいぐるみは中がやわらかくて、ちょっと動きますから。そっちへ動いて行って、持ち主に似るってぬいぐるみ作家は言いますよ。自分が作ったかわからないくらい変わるって。

**中川**　久々にオーナーさんが持ってきたぬいぐるみを、顔が違うって、直してる作家さんがいるくらい（笑）。人形の場合は、選ばれるときに傾向というか、ご自分に近いもの、内面を反映して理解できる子を連れていくので、何体かお持ちの方は、やっぱり、その方の色が出てくる。具体的に、白い子が好き、といって白い子ばかり持っていく方もいる。和風、洋風、年齢が違っても、共通点があることも多いですね。

「小鳥たち」の不思議な縁。それは山尾悠子と中川多理が惑星のように惹きあった必然でもあったかもしれない。『新装版 角砂糖の日』の挟み込み付録として書き下ろされた「小鳥たち」にトリビュートして作られた中川多理の人形、それに対しての山尾悠子の小説…。折り重なりながら、コラボレーションは豆本『翼と宝冠』へ収斂していく。「中川多理人形展　Till Dawn——暁に」に展示された小鳥たち……。

## 『小鳥たち』

**中川**　『高丘親王航海記』の最後に、春丸が、うぐいす色の小鳥、迦陵頻伽になって飛んでいくところがある。今回の小鳥は、うぐいすの姿でいてほしいな、と思って目の色も全部あわせて作りました。

**今野**　このグラスアイは、中川さん全部自分で作られています。

**中川**　「小鳥たち」の侍女の小鳥たち、最初は、全員もっと均質な感じになるかなあと思って作ってたんですが、1人ずつ全然違う様になっていきました。

**山尾**　ひとりひとり全然違う。最初から素敵だったのが、さらにどんどん上手に素敵になっていく感じ。

**中川**　山尾さんの他の作品に出てくる〈夢喰い虫〉のバクとかもそうなんですけど、ちょっとずつ個性の差はあっても、最終的には、かたまりで動いているっていうか、全員でひとつの生命体みたいなイメージがあります。

**山尾**　すごく美人になってきた。

**中川**　不思議なことに、どんどんかわいくなってきました。太ってたり身長が高かったり低かったり、あまりデコボコしてほしくないので、型を取ってあって、ベースは一緒のはずなんです。ちょっとした作り込みとか彩色、その子その子の個性に合わせて目玉や髪の毛を変えています。髪の毛はその子のイメージに合わなくて、貼ったあとひっぺがしたり

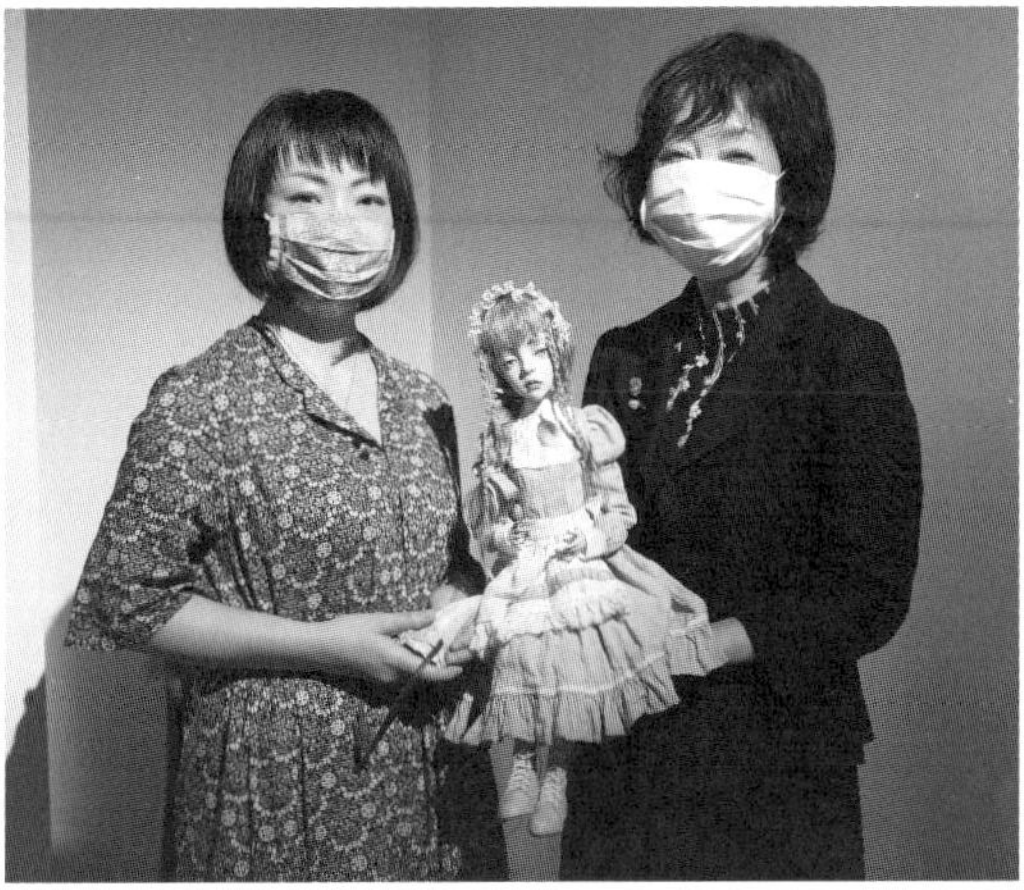

変えたり、そんなことをよくします。そうやって生まれてくるところで、それぞれの個性が出てきます。

**山尾**　ヘアスタイルで全然違いますよね。グリングリンのパーマとかで。

**ミルキィ**　目は？　眉は？　眉でけっこう表情が変わるでしょ。

**中川**　困り眉の子とか、おだやかな子とか。けっこう数がいるので、すっごく個人的にかわいい子、他の子もかわいいけど、ちょっとこの子は今までになくて素敵じゃない？　と思う子が出たとして、同じにしたいな、と思うことはあっても、同じ子は出てこない。不思議です。

**今野**　なぞれないですよね、おんなじ子を作ってくれ、と言われても。創作は、ゼロから作り上げてどうなるか分からないところでたどりつくのであって、できあがりに寄せることはできない。

**中川**　あの子が忘れられないから作ってほしい、と言われても……。そうしてあげようと思って作っても、違う、って、人形本人が言ってくるから。すいませんでした、と。

**今野**　「こんな顔じゃない、こっちがあたしの顔よ」と。

**中川**　口、開けようとしてごめんなさい、とか。不思議です。

**矢内**　おなじ型を使っていても、ひとつひとつ違うんですか？

**中川**　そうですね。目はその都度あけるので、切り込み方も変わるし。型によって統一感は出ていますけどね。

**今野**　特に、小鳥たちは小説と合わせてそういうことが必要だったよね。

**中川**　そうですね……あっ（人形が）喜んでる、山尾さん来てるから喜んでる。（人形の顔をあげて）私だと、これくらいの顔の上げ方なんです。さっきはもっと、下向いてたでしょ。

**田中**　今野さんとの設営の違い……。

**今野**　多理さんからすると、その角度がベスト。

**中川**　写真を撮りやすいようにしちゃうんだと思う、私たち人形作家は。

**今野**　人形は動かないから、撮るとき、カメラの目のほうがしゃがんで合わせに行く。動けるカメラマンや、写真の目線を持っているお客さんは、人形にいちばん合うところに自分が動いて行く。でも棒立ちで撮る人も結構、多いから。

**ミルキィ**　棒立ちだとちょっとね、表情拾うのにもう一つだから。

**今野**　人形って不思議で、見る人が自分を見られてると感じることが多い。でも、必ずしも受動的な観客ばかりがいるわけではなく、人形を積極的に「見に行く」人もいる。僕はどちらかというとそちらの観客に合わせてセッティングしています。それでもあまり視点の位置がきちっと決まっているとそこに入らないと、観客は人形に見てもらえなくなるから……そういう意味じゃ難しい。

**中川**　一ミリ、二ミリの小さい単位で、顔の表情が変わってしまうので、目はとても大事なんです。人形教室の生徒さんが目を入れたときに、チェックをするんですね。具体的には、出すぎているところは直す、黒目の位置が合ってないのも直すんですが、寄り目の子がすごく多い。自分を見ちゃう。

**今野**　ああ、なるほど、人形に人形の作り手を見させるという要素もあるのか……。なるほどねえ、人形は自己を出すというところもあるから。

**中川**　もう少し遠くを見たりさせてもいい？　と。人によって、ベストだと思う位置が全然違っていて、私には、ちょっと近視眼的に思えます。

## 豆本『翼と宝冠』

**田中**　山尾さんがお書きになった最初の掌篇「小鳥たち」。幾何学的な庭園のなかにふたつの離宮があって、こちらの寵姫は目がロンパリ、あちらの寵姫は足の長さがちょっと違う。あのディテールは自然に出てきたのですか。

**山尾**　別段、なにも考えずに（笑）。

**中川**　ああいうところが素敵、たまらない。

**田中**　お針子が、王様がわざと選んだんじゃないかしら、と言うんですよね。

**山尾**　最初の「小鳥たち」に宝石の冠の話が出てきて、そのあと『小鳥たち』の単行本ではそのイメージを放置していたので、最後に『翼と宝冠』を書けてよかったです。

**田中**　『翼と宝冠』まで読むと、この小鳥たちは、老大公妃がつくり出したことがわかります。

**中川**　いちばん最初の掌篇では、そこまではわからなかった。だんだん判明してくるので、おおーっと思う。後半のこの子たちの顔の違いとかにも出てるかも。

**田中**　あとは、編み上げ靴ですよね。

**中川**　そこ大事、そこ大事。大事、大事。ずっと言ってる（笑）。

**今野**　人形の編み上げ靴は、オリジナルで作ったんですよね。これ全部？　洋服も？　靴も？

**中川**　そうですね。市販で売っているわけではないので、自分の人形のサイズで。

**ミルキィ**　靴の裏がかわいいんだよね。

**今野**　靴の中はどうなってるの。

**中川**　足が入ってますけど（笑）。あそこまでがっつり（編み上げ靴を）履いてるから、はだしの姿で出してないですけど、ちょっと小鳥の足みたいに、ぴよっとしてる。

**今野**　いいねえ、見えないところまでちゃんと作るねえー。

**ミルキィ**　脱がしてみたいねえ。

**中川**　春丸みたいな普通の少女のからだよりは、ちょっと足が細い。鳥の足みたいな感じ。それを靴で締め上げてる。

**ミルキィ**　その話を聞いたとき、ちょっとびっくりした。私が写真を選んだとき、足が細っそーいのを選んだら、「細いのが目立ちすぎる」と多理さんから、ボツが出ちゃったんです。

**中川**　普通の人体より特異な身体性の部分をクローズアップした写真だったから、「怖くない？」って。一般の方におもねって（笑）。

**ミルキィ**　そう言われちゃったんだけど、私は、使いたい、って。

**中川**　人形写真集なら、人形好きが買うから、いいんですよ。ちょっとアレでも。今回は、山尾さんとのコラボなので。

**ミルキィ**　逆に私なんかは、足が細いという印象を見せてしまったほうが面白いかと思ったんですよ。小鳥だから。小鳥の足って細いじゃないですか。その華奢な感じを出してもいいよね、とこっそり思っていました。

## 人形の側の幸せ

**今野**　山尾さん、お家の子とここにいる小鳥を比べたりする感覚はありますか？

**中川**　うちの子のほうがかわいいわ、とか。

**山尾**　そりゃあもう！　うちの子を見て、うっ、かわいい！　って。

**中川、今野**　よかった！

**ミルキィ**　山尾さんのところへ行っている子はいいよね。

**山尾**　おでこちゃんがよかったわあ……。

**中川**　同じものは作れないから、そのとき出会った子を連れて行ってね、という気持ちで作っているけど、やっぱり忘れられない子はいるんです。

**今野**　買う人の中にあるなにか……ひとがたとでもいうようなものに合ってたりするんじゃないですかね。ファッションドールでも、複数体持っている人の人形はどこか似ていて共通感覚がある、ある傾向がある。見かけは違っても中のどこかが。同じ人形、こんなにたくさんいらないのでは？　と思わず言ってしまうような、そんなことと呼応する感じがある。

**ミルキィ**　シェーマを選んでる感じ。

**今野**　僕の思う良い人形は、ほんの少しすきまが空いていて、そのすきまを持ち主のひとが埋める。そこを最後に作り上げて完成してなおかつ育てていく。そんなふうに本気で思っています。

　自己主張がうんと強い、作家の「わたし」というのが１２０％くらい入っている人形では、そういうことは起きない。多理さんの人形は多理さんの顔にも似てるし、どこまでも多理さんの人形なんだけど、若干すきまが空いているのがすごくいい。持ち主が最後に入って行って、人形と一緒に形成する余裕というか余白が、すこし空いている。そのバランスが、多理さんのはすごくいい。……この子はどうですか？

**山尾**　これでラストになるの？

**中川**　お話も完結したし、いい区切りかな、と思うんですが、私、自分の家にも欲しいなあと。さっきの型の話になっちゃいますけど、たくさん作ると型が摩耗していくので、そろそろ取りづらくなってるんです。一度にいっぱい、わさっという出し方は、初期しかできない。やるんだったら、岩清水みたいに、ちくちく、すこしずつ取って、できた、という感じになると思われます。
**今野**　でもまあ、公式に出るのは最後だよね。
**中川**　そうですね。……（この人形）私が最後なの？　みたいな顔してますね。そんな大役を？　聞いてないけど？　みたいな。
**田中**　多理さんは人形をお作りになるとき、「この人にあげよう」「この人が好きかもしれない」って、演劇でいう、当て書きみたいなイメージはおありですか？
**中川**　しないですねえ。

中川多理に山尾悠子作品をモチーフに人形を作りたいから許可をとって欲しいと言われたのは、もうだいぶ前のことだった。国書刊行会の礒崎純一さん（この場にも同席されていた）や『幻想文学』の東雅夫さんを通じて、山尾悠子さんの許可はいただいたが、なかなか実現がかなわなかった。そして『新装版 角砂糖の日』をきっかけに機会が巡ってくるのである。

## 『夢の棲む街』をめぐる山尾悠子と中川多理

**今野**　多理さん、一番好きな山尾さんの作品は？
**中川**　特に好きなのが、一番最初に読んでなんだこれは、と思った『夢の棲む街』。もちろん「小鳥たち」は大切な、大好きなお話になったし、お人形モチーフということで『ラピスラズリ』も。あと支那風の連作がすごく好きです。人形にはならないんだけど、『遠近法』は大好き。山尾さんの作品を初読のときは、もしかしたらまだ人形を作り始めてなかったかもしれない頃で、なにを作りたいとか、そういうのは関係なく読んでいました。
**今野**　一ファン、一文学少女として読んでいた。
**中川**　それから、パラボリカ・ビスの企画で小説の作品化、人形だけではなく絵画の方とか、いろいろやってらしたときに、私は山尾悠子さんをやりたいとお伺いを立てたら、いいね、と言ってくださった。そのあとで読み返すときには、人形にできるかな、という読み方をしてみました。
**今野**　人形にできるかできないかというのは、どこにどんな違いがあるの？
**中川**　腸詰宇宙を人形にしようとか、ちょっと、無理じゃないですか（笑）。なかの人をつくる、みたいになっちゃうから。お人形になったところが見えるか見えないか、という読み方を、人形を作るようになった後半はしておりました。「破壊王」も好き。
**今野**　『飛ぶ孔雀』は人形にならない？。
**中川**　『飛ぶ孔雀』も好きですね。でも、どうだろう？　あんまりそういう気持ちで読んでなかったような気がする。……いま、作りたいものがいくつかあるので、そちらをやらせてください。
**山尾**　もしも〈薔薇色の脚〉を作ってくださるなら、それは私はいただきます。
**中川**　〈薔薇色の脚〉は、まず、やりたい。
**今野**　どんなのになるのかなあ。
**山尾**　それこそ、ベルメールみたいなイメージしか浮かばないですね。
**中川**　それは〈薔薇色の脚〉を書くときに、イメージされてたんですか？　読んだときまず、ベルメールが浮かんだので。人形は顔が命、と言われるけども、足がすごい……足で全部表現しているのはすごいなって。

## 踊る脚

**今野**　僕は「薔薇色の脚」を読むと、土方巽の足だけがポワント履いて劇場で踊ってるようなイメージになっちゃうんですよ。すこし脱線しますけど、僕は土方さんと親しかった時期がありました。あるとき、「踊りが見れるな、俺の踊りはどうなんだ」と聞かれて、くるぶしから下が、世界のどこにもない天才だ、って答えたらものすごく喜んでくれた。「俺の足は天才だぞ、ほんとにそうだぞ」と。あの人は、足の大きさ、23センチくらいしかないんです。いいダンサーの足って、甲高で、こういう……鳥みたいな足をしてる人たちが天才系。ポワントで立ったとき、甲がきれいに立つ人がいるんです。一緒にやってた泉勝志というダンサーがそうなんですけど。土方さんの足もちらっとみたら、奇麗な甲高で、掌にのりそうなタイプの足で、踊りがうまいに決まってる。

**中川**　大きいほうが安定しそうだけど、そういうことじゃないんですね。

**今野**　足が大きくて指が開いている人はだめですね。土方さん、ものすごく喜んで「お前、俺のいいところがわかるんだな。じゃあ笠井はどうなんだ」と聞く。笠井叡さんはジャンプ力かな、と。天使館で踊っていても、高いところにある神棚に助走もなくあがっちゃうんですよ。目の前からぱっと消える。気がつくと、神棚にいる。たぶん脇にある布などを掴んであがったんでしょうけど、早くて見えないんです。スタンディングジャンプはダンス界でいちばんでした。土方さん、「おまえはよくみてるなあ、俺は笠井と踊るときは絶対ジャンプはしない。あいつがジャンプしたら逃げるんだ。かなわないからさあ。あいつはジャンプの天才だ、おれはそばによらん」って、笠井さんのことを非常に認めていました。土方さんはデスマスクのような足の型が残ってる。亡くなられたあとにさわったことがあるけど、すごくいい感じの足ですよね。天賦のものもあって、それをどう活かしていくかがおもしろいなあと思います。それぞれのダンサーが、天賦のもの、持っているものが違う。そういう話を土方さんがしてくれて。「俺はすべてがここにある」と足をまた指していました。かっこいい人でした。それを思い出しちゃうんですよ、「薔薇色の脚」から。薔薇色ダンスもありますし。

**田中**　山尾さんの「薔薇色の脚」は、どこからきたのでしょう？

**山尾**　なんだかわけわからない。実質的にあれは、私が初めて書いた小説なんですけど、その冒頭がいきなり〈薔薇色の脚〉で始まってるわけですよね。やっぱり変ですよね（笑）。どこから思いついたか、全然わかんないです。

**田中**　作品を拝読していると、足の印象は強いんです。同じように手とかうなじとか、からだの他のパーツが出てきてもいいのに。「小鳥たち」も後ろ足の印象でしょ、撥ね足の。

**中川**　どこから思いついたんですか、と、私もお客さまから聞かれるんですが、どう降りてきたか、わかんないんですよ。

**今野**　フェチとかでもないよね。多理さん、足フェチではないものね。へそフェチだけど（笑）。

**中川**　いままで生きてきたなかで取り入れた要素が混沌としたなかで、かちっと組み合わさって出てくるのかな、って、整理して言うとそういうことなんだけど、どうしてこうなったか聞かれても、ちょっと困る。こうなりました、としか。

## フェティッシュ

**今野**　山尾さん、物質とか物体のフェチとかは、おありになるんですか？　作品と関連しての、これはよく出てきちゃうぞとか、これ好きだよな、というのは。

**山尾**　足が好きだというのは、途中から自覚がありましたが、最近、気が付いたら、鳥も結構好きなのかも。

**中川**　「小鳥たち」では、宝石の描写がすごい。脇でも印象的で。濃い要素がさりげなく入っているのがいいなって思います。

**山尾**　料理の描写とかは全然だめですけど。

**中川**　「飛ぶ孔雀」には、低温調理がありました。

**今野**　茶室の要素が、庭園中にばらまかれている。広い庭園のなかで茶室の道具が生き物の様に蠢いている感じがあって、たまらない……。

**中川**　子どもが見ているお茶会って、そういうものかもしれない。なにをやっているかわからなくて、へんなものを運んで。

**今野**　唐突に流れが変わったり、登場人物が変質していったり、掴み所がない。けれど、場所のなかでそれらは確信をもって変わっていく。なんとなくじゃなくて、きっちりそうなっている。それにひきずられて読むのが、僕はすごく快感でした。

**山尾**　あの庭園は子どものころから知っているので。そういう場所って違いますよね。

**中川**　作品で、ちょっと、これがもとになったんだよ、というものがあるなら……。「小鳥たち」の噴水庭園のお話とか、伺えるとうれしいですよね。作る時に……参考になるというか……謎解きっていうのではなくて、もちろんなんで降りてきたかわからないでしょうけど……一要素として伺いたい。

**山尾**　ものすごくあられもないことを言うと、水の庭園とかは、要するに、テレビの旅行番組をよく見てるんですけど。

**中川**　ＢＳの番組ってメールに書いてくださいましたね。

**山尾**　あれが大好きで。あれね、ドローン撮影が導入されてからめちゃくちゃ映像が変わりましたよね。「小鳥たち」って実をいうと、ドローンの視点なんですよね。あの視点で庭園を描写できたらおもしろいだろうな、って。最初はそういう思いつきだった。だから、あとでドローンが出てきます。

**中川**　ドローン、ＡＩ！

**今野**　イタリアの迷路庭園って、地図をもらわない限り、中を歩いているだけでは全貌が全然わかりませんよね。権力を持っている人だけが、俯瞰図、俯瞰感覚を持ってたと思うんですよ。それもありの庭園描写だと思うんですけど。山尾さんの小説では、俯瞰と細部がぐにゃっとくっついていて、メビウスの輪じゃないけど……その行ったり来たりが、かっこよくて、すごく好きです。

**中川**　何が元になってるんですか、と聞かれるのは嫌じゃないですか？　私はそう思っちゃうので、あまり作家さんに作品のお話を伺うのはどうかな、ってためらってしまう。……でも、やっぱり、そういうお話を聞けると、うれしいんです。

## 作りたい気持ち　書きたい気持ち

**今野**　例えば、四谷シモンさんの時代は、技術からなにから全部作らなくてはならなかっ

た。球体関節を造るにも自分なりに開発しないといけないから、そのときやりたいものに対する技術が身につく。時代が後の人たちは、球体関節はこうやって作るんですよ、と習うし、キットすら存在する。それで習うものと、シモンさんが、これしかないのよっと球体を作る感じとは、全くちがう。

極端な言い方をすると、表現したいものがあって、それを形にするために技術がある。表現の欲望が強ければ技術はわりとすぐに身に付くし、必然の技術になる。

多理さんは、何十年か続いた創作作家の中で、原理的な姿勢をもっている。僕の知っている作家のなかでは、本当にめずらしい。たいてい先に技術があって、なにを創ろうか悩む。多理さんは、次これやりたいと、どんどん技術的なことを変えていく。言葉悪く言えば、場当たりのように見えるけれど、場当たりで作って、こうなっていくのはすごい、と僕は脇で見て思ってるんです。

**山尾**　なにもかも全部できるって、すごいなあ。信じられない。

**矢内**　写真も撮られてますよね。

**中川**　要素が多いというか、やることが多いんです。目も、衣装も、本体も。やることが多いといつまでたっても飽きない。その都度、ちゃんと〆ていかなきゃいけない。人形本体を仕上げなきゃ、色塗らなきゃ、髪貼らなきゃ、服つくらなきゃ、の積み重ねで、ちゃんと完成していくことは、大事かなと思ってます。完成させずに、ずっと夢みながらこねくり回してる幸せな状態でいてもいいんだけど、やっぱり、終わらせるのが作家としての責任かな……。

**矢内**　ちゃんと終わらせるの、大事ですよねえ(笑)。

**今野**　作家たちには、なるべく人形は手元に置かないように、いつもゼロの状態にしてね、と言っています。人形作家も絵を描く人も、年齢があがっていくと自分のいい作品をキープするようになっていく。手元にないと、買い戻したりする。そうなるともう終わりで、自分のすごい作品を超えなきゃ、と思っちゃうのは、だめだと思うんですね。つねに飢餓状態で、つねにゼロからスタートできるようになっていると、作家はどんどん行く。

**矢内**　そこが、当たり前ですけど、人形と小説との違いですよね。人形って、作ってどんなに気に入っていても、どんどん送り出すわけでしょう。

**中川**　そうですね、求めてもらえた子はいなくなっていくので。手元にあると、安心はしちゃうかもしれない。山尾さんは、過去作は読み返しますか。

**山尾**　わたしは読み返せないタイプです。特に、ブランクがすごくあったでしょう。若いころに書いたものは、もう、ぜったい、読むのはいや。いくつか、例外的に『夢の棲む街』とか『遠近法』とか、特別によく書けたかな、と思うものなら、なんとか読んでも大丈夫なんですけど。『山尾悠子作品集成』を出したときも、ほとんど読み返していないですね。

**礒崎**　ゲラを送っても、ほとんど見てないなあ、と(笑)。こっちが明らかな疑問点を書いたところだけ。

**今野**　小説に対して、書かれたあとの実感はどうなんですか？　わたし天才かも！　みたいな気持ちって。

**山尾**　いや……それはなんとも言えないですねえ……。

**矢内**　過去作を読み返すのは苦手でも、新作としてはどうですか。入稿して、本になる前は。

**山尾**　ゲラを読むのが、いやでいやで……、いつまでもぐずぐずして、土壇場になって、仕方なくやっています。

**今野**　客観化は好きじゃない、ということですか？　作品に入り込んで書く、そのことだけが好き？

**山尾**　うーん、ものすごく気に入ることも、たまにはあるので。いつまでもいつまでもいつまでも、いじくり続けてますね。

**今野**　それはでも、創作の過程ですもんね。多理さんもあまり客観はしないよね、今回のはできがよかった、とか。

**中川**　ありがたいことに、そのひまもなく、次の展示を企画してくださるので。いい感じに、過去を振り返らないで、次だけ見ている。作品集を作らせていただく機会に改めて見返して、あ、こんなの作ってたんだ、という感じです。

## 『小鳥たち』から『翼と宝冠』へ

**山尾**　多理さん、すごい勢いで作ってくださったでしょう。特に、最後の老大公妃とか。

**中川**　宝冠の少女とか。あそこはもう、作るたびに自分でも、いい子できた！　という手ごたえがありました。スパンは確かに短かったんですけど。

**山尾**　言ってはなんですけど、作家としてこれは、ステップをあがることになるんじゃないかなあと思いましたね。

**中川**　はい、ありがたかったです。よい機会をいただきました。

**今野**　そうですよね、無理をして次のラウンドのところへ顔だけでも出ると、その次のラウンドはものすごく楽になる。

**中川**　私も緊張感がありました、すごいプレッシャーだったけど、こんな幸せな創作ができる期間はめったにありません。

**山尾**　これは無理だろうなあと思いました、ほんとに。できたのでびっくりしました。

**中川**　山尾さんのお話がすごかったので色々「降りてくる」傾向がすごいんです。作らなきゃ、これ作らなきゃ、と、どんどんモチベーションがあがっていく。

**矢内**　老大公妃はどのくらいの時間でできたんですか。

**中川**　二ヶ月間くらいかな……すごいものがおりてきた、と。

**矢内**　それってかなり早いですよね。

**今野**　小説が来たとき、うわあ、老大公妃、最後がこれかあ！大物！と思って。さすがにこれは無理だよな、とそのときは僕は思ってました。そしたら「行けたら行くから」と連絡をもらって。

**中川** それは行きますよ。……宝冠の少女も短かったんですよ。

**山尾** 『翼と宝冠』を書いたとき、これは多理さんのお人形にするにはぴったりな作品だけれど、時間的に無理だろうなあと。できあがってみて、ああ、と。当てがきしたみたいに、多理さん向きの話になっていたけど、時間的に無理よねえと思ってたので、びっくりしました。

**中川** 今までにちょっとない感じの子ができたんでよかったです。……私、最初に、ちらっと豆本のお話を伺ったときは、『小鳥たち』をちっちゃくするんだと思ってたんですよ。

**今野** いや、提案したミルキィさんもそう思ってたの。

**中川** そしたら書き下ろしで。本当なら本編に入れなきゃいけないのが……。

**今野** でもあれ、本編に入れる位置、ないですよね。はじめと終わりが溶け込んだようなかたちになっている。一冊にまとめるとして、これは後ろなの、前なの？ 割っていれるの？ 無理無理、ってなって。ああいう小説の書き方があるんだ、とぞくぞくしたし、すごくびっくりした。

**矢内** あのかたちがベストでしたね。

**中川** ベストベスト。豆本の発売日が決まってたから、そこに合わせてこれを作り出して。すばらしい小説だったので、そこの集中力で、すごくいい子ができました。

**矢内** その、降りてくる感じは、作れる、という確信みたいなものですか。

**中川** 作れる、の前にまず、作らなきゃ、と。

**今野** お二人のこの関係のなかじゃそれしかないでしょう。相互、引かない。どちらかが終わりにしないと、永遠につづくかも、という感じすらありました。こんなふうに先がわからなくて、作品同士がからみあってどんどん先へいくコラボは、ちょっと体験したことがない。

**中川** ありがたかったです。楽しかったです。

**矢内** コラボというと、どこか広告代理店ぽいというか、企画書があって動いてる感じがしますが、そうじゃないですね。

**今野** 二人を合わせるために、どこかで調整するじゃないですか。今回はお二人とも、全力プラス20パーセントくらいで当たりあっていた。

**礒崎** ジャムセッションみたいに。

**矢内** 確かに、やりとりそのものが、生きてる感じがしますね。絶妙のスケジュールと絶妙のタイミングで。

**今野** 絶妙かなあ（笑）。超無理くりで。『翼と宝冠』は……。でもこの小説で、打ち止めて次にいける形になりましたね。お二人のコラボは次のステージに。

日時―2020年6月30日（火）
会場―パラボリカ・ビス

山尾悠子

# 薔薇色の脚のオード

Yamao Yuko

舞台上の軽快かつ狂騒的な踊り手である薔薇色の脚、薔薇色の脚たち。劇場を擁する漏斗の街の住人たちによって周知されるかれらの形態および生態のこと。そのごく一部について。

漏斗の街の構造をそのまま模したとされる劇場は街のもっとも底にある。円形舞台は客席のさらに底の底にあり、急傾斜ぶりをもって知られる客席および満員の観客たちの姿のすべてが闇に包まれるとき、舞台の空間のみが照明の底にあかあかと曝される。踊る薔薇色の脚たちはどこからともなくそこへ踏み込んでくるのだが、たとえば猛々しいまでの〈骨盤の踊り〉、薔薇色タイツの生地に多数の縦に伸びる伝線と丸い穴を生じさせずにおかない〈巨体化した太腿の踊り〉、そして小さめの膝がしらを経由して足の甲とくるぶしに至るまでの視線の旅を強要する〈長い脚の踊り〉等々、その舞踏の目覚ましさといっては満座の観客たちの注視を一瞬たりとも手放すことはないのだった。

そして狂騒的とも言える群舞の只なかにしばしば異質で矮小な姿が紛れ込むこと、舞踏とは無関係に小突き回されるらしい黒い影があること、これもまた観客たちにとっては珍しくもない眺めだった。脚たちによって無残に蹴り倒され、容赦なく踏みにじられるそれはむろん劇場付きの演出家のひとりに他ならず、街の女浮浪者や孤児を拾ってきては一人前の薔薇色の脚に育て上げることを生業とするかれらであるのだが、ときに、というよりかなり頻々と、舞台上の凶暴な舞踏のさなかへ身を投じる誘惑にかられるようなのだった。息の根も止まるばかりに踏みにじられ、あるいは実際にその場で絶息し、舞台上に平たく広がる見苦しい汚点と化してしまうこと——何故か短軀ぞろいの演出家たちはそのように夢見ずにはいられず、重度の打撲や複雑骨折等で半死半生救出された者は襤褸切れじみた姿となりつつも、再度の挑戦を内心固く誓うのだった。

薔薇色の脚の踊り子たちの形態は劇場の長い歴史において少しずつ変化してきたとも言えた。もっとも顕著なのは上半身の問題であり、薔薇色に充実し照り輝く下半身の肥大化巨大化はつねに変わらぬスタンダードな傾向であるにしても、添え物の扱いとなりがちな上半身にもそれなりの価値を見出すのか。あるいはほぼ下半身に吸収され干涸らびた余計ものとして無視されるのか、この件に関してはそのときどきの流行的な変動もあるようだった。

劇場の薔薇色の脚たちがつねに漏斗の街の代表的な存在であることには変わりなく、街の酒場の小ステージで薔薇色タイツを着用した店の踊り子たちが並んで踊ることもまたよくあることだった。その折には上半身が隠れるようステージの幕を半ばまで降ろしたり、あるいは照明の加減や上半身のみぴったりした黒い肉襦袢を着用するなどの工夫があり、扮装とわかって眺めることもまた客の側の約束となっていた。――そしてある時期のこと、劇場の本物の薔薇色の脚たちのあいだで幅広の薔薇色リボンをウエスト正面の巨大蝶結びとするのが流行ったことがあった。その流行はさっそく街の酒場のステージにも波及し、通常のすがたの踊り子たちにとっては単なる飾りに過ぎなかったものの、酒場を経由して劇場へと赴いた客たちはまったく別の様相をそこに見出して驚くに至った。薔薇色リボンは蝶結びの飾りでもあったが、その垂れ下がり部分を手綱の如くに用いて、必死に下半身を御する矮小な上半身の踊りがそこにあったのだ。

あれはいったい何だったのか、と劇場からの帰路で漏斗の街の住人たちは思うのだった。群青の夜空には生きて動く星座群の運行があり、うかつに見上げれば巨大な顔を持つ星座のひとつと目が合いかねず、頭上のことに関してはあまりしげしげとは観察しないことが街の住人たちの習いではあった。――薔薇色リボンを操る痩せこけた上半身の顔は思い返しても必死の形相であったようで、はたまた薔薇色の下半身の足の裏に唇を押し当てて言葉を吹き込むという演出家たちの噂についても何故か連想的に想起されるのだった。言葉、薔薇色の言葉たち――酒場の裏口に踊り子たちの若々しい影が射し、帰り支度のさざめきに冷たい夜風が混じった。風は自然と螺旋を描き、落ち葉を巻いてくるくると街の底へ底へ、不夜城の如くに灯を絶やすことのない大劇場の大屋根へと紛れていき、見送るうちに傍観者たちのささやかな思考の言葉もまた散り散りに吹き散らされていくのだった。

ごく一時期のことながら、あるとき娼館の秘密の間に一体の薔薇色の脚が匿《かくま》われているとの街の噂がたった。劇場から娼館へと身を移した事情等はいっさい不明であったものの、薔薇色の脚と娼婦たちとの親和性については改めて街の住人たちも感じ入るのだった。そもそも娼婦上がりの薔薇色の脚たちもしばしば存在したのだ。密かに匿われているとの評判どおり、娼館の秘密の間へと実際に通された者はほとんどおらず、不確かな風聞によれば巨大な薔薇色リボンを前結びとしたその一体の薔薇色の脚は——ちょうどリボンの流行時期と一致していたのだ——常にも増して巨体化しており、室内奥手の上座にゆったり腰かけながらつま先が優に扉口に届くというのだった。

薔薇色タイツの薔薇色の脚たちは踊るときヒールとストラップつきの舞踏靴やポワント用の紐付き布シューズを着用することもあり、それらの色目はむろんのこと薔薇色と決まっていた。娼館の秘密の間もまた薔薇色の室内装飾で統一されているらしく、艶のある装飾生地や猫脚家具も装飾円柱も羽毛や花飾りもすべてが薔薇色。薔薇の侍女たちに扮した娼館の女たちに囲まれて巨体の薔薇色の脚は女神然と鎮座しており、薔薇色リボンの巨大蝶結びに半ば隠された干物状の上半身は力なく目を閉じて、ほぼ存在しないも同然となっているらしかった。コレハイッタイ何ナノカ、ドウイウコトナノカ。——噂に聞くだけで情景はありありと脳裏に浮かび、街の住人たちもやや混乱気味の気分となった。巨体化して扉口まで届くというそのつま先に恭しく接吻すればよいというのか、と。

薔薇色の薔薇色の薔薇色の、肉質の言葉たちへの拝謁。その勝利への拝跪。

劇場付きの演出家たちが書き散らし、書き残した紙片の断片。

われわれが脚たちの足の裏に唇を押し当てて、言葉を吹き込むことにより薔薇色の脚は育った。それは誰もが知る事実であり、誰もそれを否定することはできない。しかしそれらの言葉とはいったい何であったのか、今となってはもはや思い出すこともできないのだ。

舞踏とは何か。

薔薇色の脚たちはかつて集団で逃走し、捕獲され連れ戻された過去がある。言葉ノナイ地平デツマ先立ッテ踊ッテミタカッタ、そのように言い残して逃走し、そして帰還した脚たちによりわれわれは舞台上で惨殺され、踏みにじられ、平たく見苦しい汚点となり果てたのだ。

ワレワレハスデニ存在シナイ。

しかしそれにしても。

（この一葉の紙片のみ裏返しとなっている）――生マレテ初メテ〈小説〉ヲ書クトイウノニ、イキナリ〈薔薇色ノ脚〉カラ書キ始メルトハ。イカニモ奇妙ナコトデハナイカ。イッタイドウイウコトナノカ。

繰り返し。劇場の闇のなか、光の滝の底で軽快に踊る薔薇色の脚たち、薔薇色の脚、薔薇色の。

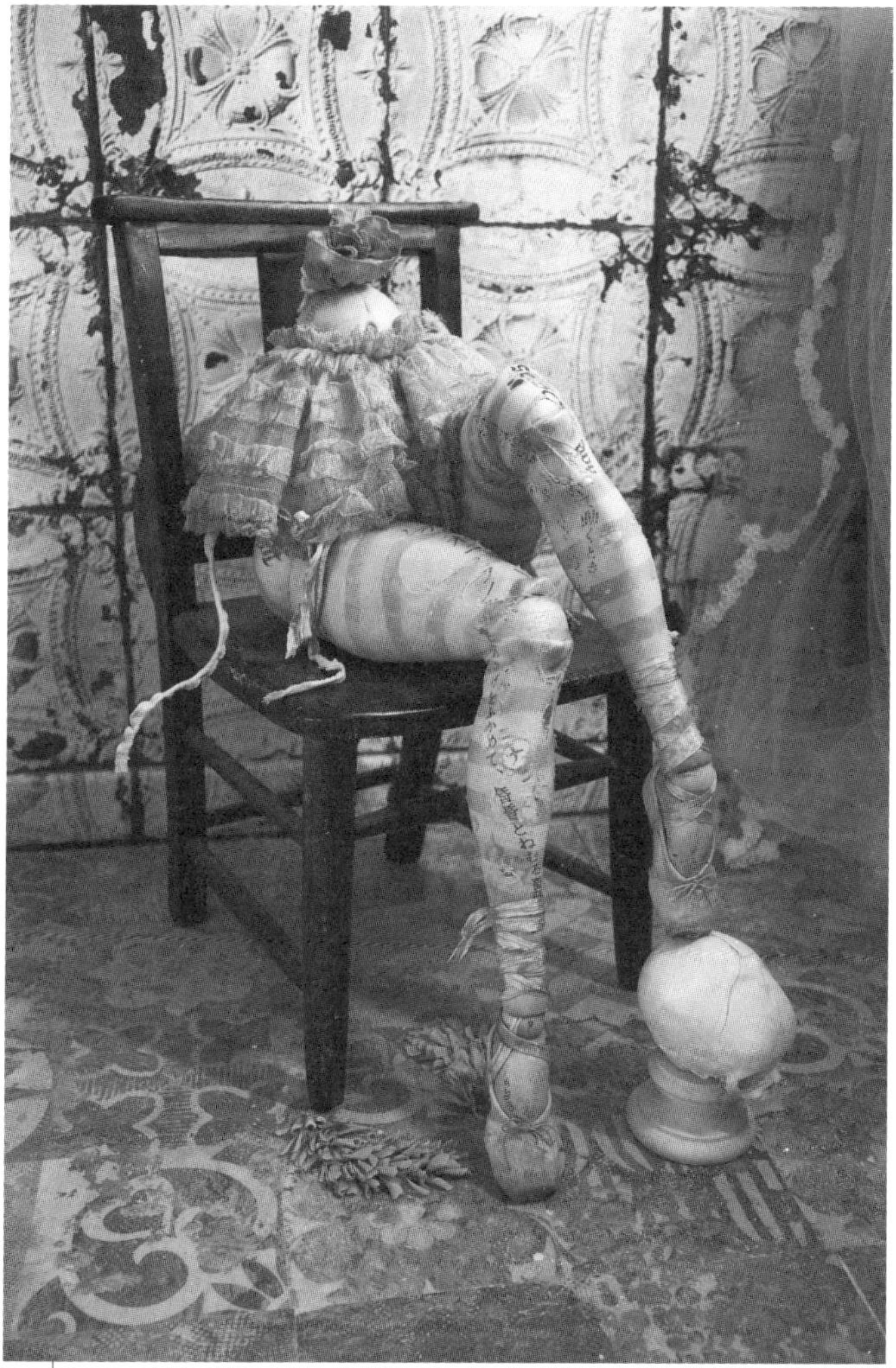

［初出］中川多理「薔薇色の脚」展にて展示（二〇二〇年十一月／パラボリカ・ビス）

y a m a o y u k o

doll & photo
中川多理

# bibliography 山尾悠子 ビブリオグラフィ

- ◆目次｜収録作／後書／解説など
- ◆装画／装幀者
- ◆版元／判型／ページ数／奥付

## 初の作品集■『夢の棲む街』1978

◆目次｜夢の棲む街／月蝕／ムーンゲイト／遠近法／シメールの領地／ファンタジア領
解説・荒巻義雄「幻想の種袋——解説に代えて」

◆カバー｜長沢秀之　カバー絵所有｜岡信雄　カバーデザイン｜クレジットなし

◆ハヤカワ文庫ＪＡ／288頁／1978年6月30日刊

## 書き下し処女長篇■『仮面物語　或は鏡の王国の記』1980

◆目次｜仮面物語　或は鏡の王国の記
解説・荒巻義雄「右半球の復権を目指して——解説に代えて」

◆装幀｜山岸義明

◆徳間書店／四六判上製／272頁／1980年2月29日刊

## ジュブナイル集■『オットーと魔術師』1980

◆目次｜オットーと魔術師／チョコレート人形／堕天使／初夏ものがたり（第一話 オリーブ・トーマス／第二話 ワン・ペア／第三話 通夜の客／第四話 夏への一日）

◆カバー絵｜中村景児　カバーデザイン｜三谷明広

◆集英社文庫 コバルト・シリーズ／232頁／1980年8月15日刊

## 歌集■『角砂糖の日』1982

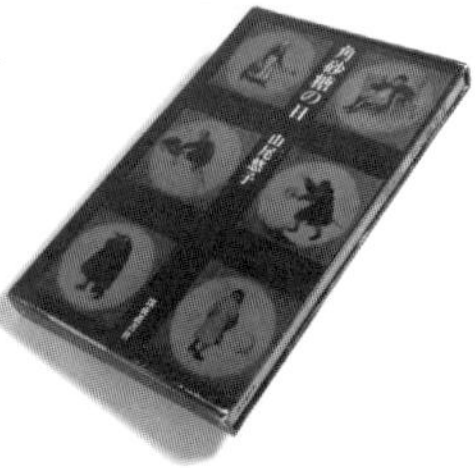

◆目次｜跳ねる兎／菌の火／記憶街　　後記

◆装画｜ブリューゲル　装幀｜末永隆生

◆深夜叢書社／A5判変型函入／92頁／1982年2月15日刊

## ベスト版■『夢の棲む街／遠近法』1982

◆目次｜夢の棲む街／遠近法／遠近法・補遺／傳説／繭　　後記

◆装画｜ボッシュ　装幀｜末永隆生

◆三一書房／四六判函入／156頁／1982年8月31日刊

## 集大成■『山尾悠子作品集成』2000

◆目次｜〈夢の棲む街〉夢の棲む街／月蝕／ムーンゲイト／堕天使／遠近法／シメールの領地／ファンタジア領
〈耶路庭国異聞〉耶路庭国異聞／街の人名簿／巨人／蝕／スターストーン／黒金／童話・支那風小夜曲集／透明族に関するエスキス／私はその男にハンザ街で出会った／遠近法・補遺
〈破壊王〉パラス・アテネ／火焔圖／夜半楽／繭（「饗宴」抄）
〈掌篇集・綴れ織〉支那の禽／秋宵／菊／眠れる美女／傳説／月齢／蟬丸／赤い糸／塔／天使論
〈ゴーレム〉ゴーレム　　後記・火の発見の日
解題・石堂藍「山尾悠子――絢爛たる空虚」　　山尾悠子著作年表
◆栞｜佐藤亜紀「異邦の鳥」　野阿梓「山尾悠子という存在」　小谷真理「脚と薔薇の日々」　東雅夫「夢たおやかな密咒のごとくヤマオビトは語った」
◆装画｜バーン=ジョーンズ「Love leading the pilgrim」　装幀｜柳川貴代
◆国書刊行会／A５判函入／768頁／2000年6月25日刊

## 書き下し連作長篇■『ラピスラズリ』2003

◆目次｜銅版／閑日／竈の秋／トビアス／青金石
◆表紙絵｜G・F・ワォッツ「希望」　装幀｜柳川貴代
◆国書刊行会／四六判函入／240頁／2003年9月22日刊

## 翻訳■ジェフリー・フォード『白い果実』2004

◆目次｜白い果実　　訳者後記・金原瑞人／山尾悠子
◆翻訳｜山尾悠子・金原瑞人・谷垣暁美
◆装画｜松崎滋「Babelic Place II」（部分）　装幀｜柳川貴代
◆国書刊行会／四六判上製／352頁／2004年8月21日刊

## 掌篇小説集■『歪み真珠』2010

◆目次｜ゴルゴンゾーラ大王あるいは草の冠／美神の通過／娼婦たち、人魚でいっぱいの海／美しい背中のアタランテ／マスクとベルガマスク／聖アントワーヌの憂鬱／水源地まで／向日性について／ドロテアの首と銀の皿／影盗みの話／火の発見／アンヌンツィアツィオーネ／夜の宮殿の観光、女王との謁見つき／夜の宮殿と輝くまひるの塔／紫禁城の後宮で、ひとりの女が　　後記
◆装幀｜柳川貴代　　◆国書刊行会／A５判函入／240頁／2010年2月25日刊

## 自選の幻想小説集■『夢の遠近法 山尾悠子初期作品選』2010

◆目次｜夢の棲む街／月蝕／ムーンゲイト／遠近法／童話・支那風小夜曲集／透明族に関するエスキス／私はその男にハンザ街で出会った／傳説／月齢／眠れる美女／天使論　　自作解説
◆栞｜山尾悠子エッセー抄
人形の棲処／頌春館の話／チキン嬢の家／ラヴクラフトとその偽作集団
◆装画｜モンス・デジデリオ「宮殿の襲撃」　装幀｜間村俊一
◆国書刊行会／四六判上製／288頁／2010年10月15日刊

**文庫版**■『ラピスラズリ』2012

◆ 目次｜銅版／閑日／竈の秋／トビアス／青金石　文庫版あとがき
解説・千野帽子「再生するためなら世界は何度でも滅びる。」
◆ 装画｜グザヴィエ・メルリ「秋（“L'automne”）」　カバーデザイン｜柳川貴代
◆ ちくま文庫／256頁／2012年1月10日刊

**文庫版**■『増補 夢の遠近法 初期作品選』2014

◆ 目次｜夢の棲む街／月蝕／ムーンゲイト／遠近法／パラス・アテネ／
童話・支那風小夜曲集／透明族に関するエスキス／私はその男にハンザ街で出会った／傳説／遠近法・補遺／月齢／眠れる美女／天使論　自作解説
文庫版あとがき
◆ 装画｜モンス・デジデリオ「バベルの塔」　カバーデザイン｜間村俊一
◆ ちくま文庫／432頁／2014年11月10日刊

**待望の復刊**■『新装版 角砂糖の日』2016

**第51回造本装幀コンクール文部科学大臣賞**
◆ 目次｜跳ねる兎／蘭の火／記憶街　新版後記
◆ 付録｜小鳥たち
◆ 挿画｜合田佐和子「ジョーン・フォンテインと花」／
まりの・るうにい「ツァラの住んでいた街」／山下陽子「百合枕」　装幀｜佐野裕哉
◆ LIBRAIRIE6／A5判変型函入／104頁／2016年12月25日

**カードセット**■『跳ね兎——『角砂糖の日』より』2017

◆ 目次｜海の美女／少年の園／百合枕／昨夕の西洋将棋／罌粟の原／跳ねうさぎⅣ／懲罰の部屋／幾何学の町／燦きの名／跳ねうさぎⅠ
『跳ね兎——AU LAPIN-AGILE』に寄せて
◆ 短歌｜山尾悠子　挿画｜山下陽子　デザイン｜佐野裕哉
◆ éditions HAQUENÉE／限定600部／2017年3月25日刊

**連作長篇小説**■『飛ぶ孔雀』2018

**第69回芸術選奨文部科学大臣賞・第39回日本SF大賞・第46回泉鏡花文学賞**
◆ 目次｜Ⅰ飛ぶ孔雀／Ⅱ不燃性について
◆ 装画｜清原啓子「絵画」　装幀｜大久保明子
◆ 文藝春秋／四六判上製／248頁／2018年5月10日刊

**文庫版**■『歪み真珠』2019

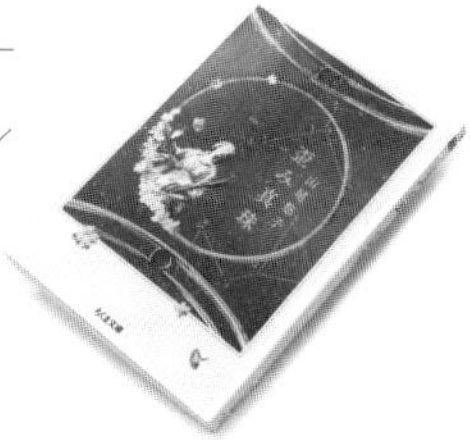

◆目次｜ゴルゴンゾーラ大王あるいは草の冠／美神の通過／
娼婦たち、人魚でいっぱいの海／美しい背中のアタランテ／マスクとベルガマスク／
聖アントワーヌの憂鬱／水源地まで／向日性について／ドロテアの首と銀の皿／
影盗みの話／火の発見／アンヌンツィアツィオーネ／
夜の宮殿の観光、女王との謁見つき／夜の宮殿と輝くまひるの塔／
紫禁城の後宮で、ひとりの女が　後記
解説・諏訪哲史「『歪み真珠』——綺想の結節点」

◆装画｜山下陽子 collage「無辺の天井」 カバーデザイン｜佐野裕哉

◆ちくま文庫／224頁／2019年3月10日刊

**競作**■『小鳥たち』（文：山尾悠子／人形・写真：中川多理）2019

◆収録作｜小鳥たち／小鳥たち、その春の廃園の／小鳥の葬送
山尾悠子「中川多理さんと小鳥たちのこと——あとがきに代えて」
中川多理「あとがき」

◆人形・写真・装画｜中川多理　装幀｜ミルキィ・イソベ＋安倍晴美

◆ステュディオ・パラボリカ／四六判上製／104頁／2019年7月29日刊

**豆本**■『翼と宝冠』2020

◆目次｜翼と宝冠

◆装幀｜ミルキィ・イソベ

◆ステュディオ・パラボリカ／並製 W52mm×H68mm／32頁／2020年2月15日刊

**文庫版**■『飛ぶ孔雀』2020

◆目次｜Ⅰ飛ぶ孔雀／Ⅱ不燃性について
解説・金井美恵子「深川浅景からコスモスの夢」

◆装画｜清原啓子「絵画」 カバーデザイン｜大久保明子

◆文春文庫／272頁／2020年11月10日刊

**〈旅〉のものがたり**■『山の人魚と虚ろの王』2021

◆目次｜山の人魚と虚ろの王
付・巻末　短文集（短文1　短文2　短文3　短文4）

◆装画｜ルドン「Vision No.8— Dans le Rêve」装幀｜ミルキィ・イソベ

◆国書刊行会／A5判変型函入／144頁／2021年2月24日刊

●掲載された写真についてどうしても撮影者がわからないものがありました。
お心あたりのある方は、編集部までお知らせください。

yaso# Yamao Yuko
first edition : 25 March 2021

publisher & art director ❖ Milky Isobe
editor ❖ Yamao Yuko Special Feature Editorial Committee :
Tanaka Mitsuko, Hiraiwa Sogo, Yanai Yuko, Konno Yuichi, Milky Isobe
layout ❖ Milky Isobe + Abe Harumi
special thanks ❖ Isozaki Junichi

published by Studio Parabolica Inc.
1-13-9 Hanakawado Taito-ku Tokyo 111-0033 Japan
TEL: +81-3-3847-5757 FAX: +81-3-3847-5780
info@2minus.com
http://www.yaso-peyotl.com/

printed and bound in Japan


夜想#山尾悠子

2021年3月25日発行

発行人／アートディレクター❖ミルキィ・イソベ
編集❖「山尾悠子特集編集委員会」
田中光子／平岩壮悟／矢内裕子／今野裕一／ミルキィ・イソベ
レイアウト❖ミルキィ・イソベ＋安倍晴美
special thanks❖礒崎純一（国書刊行会）

印刷製本❖中央精版印刷株式会社
発行❖株式会社ステュディオ・パラボリカ
東京都台東区花川戸1-13-9 第2東邦化成ビル5F 〒111-0033 ☎03-3847-5757／℻03-3847-5780
http://www.yaso-peyotl.com/

ISBN978-4-902916-45-4 C0093